이노 Innovation 베이션 8 완결

제2부 현자의 돌

이노베이션 8

남수아 판타지 장편소설

초판 1쇄 찍은 날 § 2000년 12월 10일
초판 1쇄 펴낸 날 § 2000년 12월 15일

지은이 § 남수아
펴낸이 § 서경석
펴낸곳 § 도서출판 청어람
편집 § 문혜영 · 허경란 · 박영주 · 김희정
마케팅 § 정필 · 강양원

등록번호 § 제 1081-1-89호
등록일자 § 1999. 5. 31
어람번호 § 제 1-0054호

주소 § 경기도 부천시 원미구 심곡1동 350-1 남성B/D 3F (우) 420-011
전화 § 032-656-4452   팩스 § 032-656-4453

© 남수아, 2000

값 7,500원

※ 잘못된 책은 바꿔드립니다.
※ 저자와 협의하여 인지를 붙이지 않습니다.

ISBN 89-88818-79-2(SET) / ISBN 89-5505-030-5 04810

이노베이션
Innovation 8 완결

제2부 현자의 돌

도서출판
청어람

이노베이션

목 차

Part 8:Wish

…이기를 바라다. 희망하다. 기원하다.
남의 행복·평안 등을 바라는 맘. 기원.

내일이 오면, 행복해질지도 몰라.

1

"…그렇다면 북부겠군요."

파르나 중부의 허름한 술집. 바텐더와 대화를 나누던 젊은 여성은 결론을 끌어내듯이 짧은 말을 꺼내었다. 눈에 확 띌 정도는 아니지만 단정한 인상의 미인이었다. 이목구비가 뚜렷하진 않지만 표준적인 비율의 형태라 아름다워 보이는 것이었다.

"북부일 수도 있겠지. 생각하기 나름이니까."

바텐더는 수건으로 컵을 닦으며 무심히 대답했다. 하지만 저것도 그답지 않게 부드러운 태도란 사실을 아는 그녀였기에 말없이 정보료인 금화를 바에 밀어놓았다.

"너무 돌아다니지 않도록 해. 질 나쁜 놈들이 많으니까. 뭐, 당신이라면 웬만한 치한은 단번에 날려버릴 수 있겠지만, 가끔씩 진짜 센 놈도 있어."

그녀가 막 밖으로 나가려는 순간, 바텐더가 다 닦은 컵을 찬장에 집어넣으며 불쑥 말을 던졌다. 그에게는 상당히 어울리지 않는 말이었기에 그녀는 의아한 표정으로 뒤를 돌아보았다.

"내가 놓친 먹이를 남 주긴 싫으니까."

"조심하죠."

그의 뜻을 뒤늦게 이해한 그녀는 가볍게 대꾸하며 밖으로 걸어나갔다. 조심하겠다는 말과는 달리 매우 가벼운 발걸음이었다. 바텐더의 말에 대답을 하긴 했으나 그리 크게 신경 쓰지는 않는 모양이다.

끼익끼익―

그녀의 뒤에 흔들리는 문소리만이 남았다.

"발소리를 내지 않는군."

문득 바의 가장자리에서 과일주를 홀짝거리고 있던 한 사내가 흥얼거리듯 중얼거렸다. 조금 전부터 술을 마시는 척하면서 그녀를 관찰하던 사내였다. 이미 꽤나 많은 잔을 비웠는데도 그의 목소리에는 술기운이 전혀 묻어 있지 않았다.

"적어도 인간은 아니라는 거겠지."

바텐더가 사내의 앞에 새 잔을 밀어놓으며 낮게 중얼거렸다. 사내가 멍하니 그를 올려다보자 바텐더는 다시 컵을 닦기 시작하며 나직한 말로 대화를 종료시켰다.

"신경 꺼. 우린 정보료만 받아먹으면 그만이야. 이런 일에 직접 관여하기 시작하면 재미없어."

푸드덕!

날카로운 깃털 소리와 함께 갈색의 매가 베기스의 손목에 내려앉았다. 급히 날아오느라 제대로 제동을 걸지 못했는지 발톱을 손목에 걸어 멈춘 뒤에도 몇 번이고 날개를 푸덕거리는 바람에 베기스도 약간 비틀거려야 했다.

"에구에구, 서두르는 것도 좋지만 좀 진정해라, 진정해."

베기스는 매가 알아들을 리 없는 말을 중얼거리며 곧장 매의 발목에 묶인 종이를 풀었다. 매는 기다렸다는 듯이 종이를 풀자마자 크게 날개를 푸덕여 순식간에 까마득한 하늘 위로 멀어져 갔다.

'하여튼 재주도 좋아. 길들인 것도 아니고 매번 야생의 매를 전서구처럼 쓰니 원.'

의미없는 생각을 곱씹으며 손에 남은 종이를 펴기 시작했다. 어찌나 꼬깃꼬깃하게 접어놓았는지, 펴는 데도 한참 끙끙거리며 골몰해야 했다. 늙은이 시력 나쁜 걸 뻔히 알면서 항상 이런다니까. 씨도 안 먹힐 투덜거림이었지만 이젠 이런 투덜거림까지도 거의 버릇이 되어가는 베기스였다.

종이에 쓰인 문장은 언제나처럼 간략했다. 간략한 나머지 황당함마저 간략해지는 것 같은 문장이었다. 베기스는 그 문장을 몇 번이고 되풀이해 읽어보았으나 그 내부에 담긴 완전한 뜻을 읽어낼 수가 없었다.

"휴우~ 하여간에 따라가기 힘들게 하는 왕녀님이로군."

급한 일이 있어서 잠시 외출하니 실무는 전부 위임하겠다는 문장을 대체 어떤 의미로 받아들여야 하는 걸까. 베기스는 잠시 동안 머리를 긁적이며 그 쪽지를 내려다보고 있다가 한숨을 내쉬며 옥상의 계단을 한 칸 한 칸 내려가기 시작했다.

'뭐, 항상 이래왔으니 따를 수밖에. 이런 식으로 해도 항상 일이 제대로 처리되었다는 게 신기하지만 말이야.'

찬란하진 않아도 기분 좋은 날씨였다. 가끔씩 들려오는 풀벌레 소리 덕에 너무 적막하지도, 너무 시끄럽지도 않은 적당한 활기가 대기에 배어 있었다.

"잘 만들어진 모형 도시 같은 곳이군요."

티그람이 잘 닦인 길과 길가의 수풀을 번갈아 쳐다보며 한마디 했다. 약간의 부러움이 섞여 있는 문장이었다. 파르나는 페리어드보다 십 년은 앞서 있는 나라라는 말을 종종 듣는 곳이었으므로.

앞서가던 다리므가 뒤를 돌아보았다.

"파르나는 처음이신가요?"

"예."

티그람은 고개를 끄덕이며 길 저편을 쳐다보았다. 너무 깔끔해서 장난감 같은 길이 앞으로 계속 이어져 있었다.

오늘 아침, 사람들은 결국 사방으로 흩어져 곳곳에서 이상 기후를 가라앉혀 보기로 결정했다. 그리고 중심 지휘소는 전장에 가까운 곳으로 옮기기로 했다. 이제 저택에 머물러 있다고 해서 특별히 안전하다고 할 수는 없게 된 셈이다. 파르나에 오는 걸 반대하던 렌스도 상황이 이렇게 되자 물러나지 않을 수 없었다. 그래서 지금 그들은 이렇게 파르나의 길을 걷고 있는 것이다.

이곳은 파르나 북부의 피셔티아 숲으로 향하는 길이었다. 페리어드에서 파르나까지의 거리는 꽤 멀었지만 미르의 순간 이동 마법을 사용하자 순식간에 옮겨올 수 있었다. 무엇 때문인지 정확한 위치를 잡지 못해 조금 떨어진 곳에 도착했지만, 점심때가 되기 전엔 도착할 수 있을 터였다.

일행은 다리므, 렌스, 미르, 라드휜, 일레이, 티그람, 사이키의 일곱 명이었다. 네이아는 몇 가지 할 일이 있다고 하며 어디론가 사

라졌고, 엘크와 레브라드는 페리어드 내의 지리를 잘 아는 드래곤
이란 이유로 사람들이 데리고 나간 탓에 따라오지 못했다.

일레이는 요즘 계속 미르가 데리고 다녔기에 당연스레 따라오
게 되었지만, 렌스가 함께 올 수 있었던 건 조금 예상 밖이었다.
의외로 지오르 백작은 티그람이 따라가는 것을 조건으로 섬사리
렌스의 파르나 행을 승낙해 주었던 것이다.

렌스는 그딴 허락을 왜 맡아야 되는 건지 모르겠다며 투덜거렸
지만, 요즈음 계속 저택에 붙들려 있던 처지였기에 이렇게 쉽게
허락이 난 게 이상하다는 생각도 하는 것 같았다.

"근데 거의 다 온 거 맞아? 숲은 아직 그림자도 안 보이는데?"

문득 사이키가 이상하다는 듯이 저 앞을 쳐다보았다. 조금 전까
지만 해도 저 앞에 있던 내리막길이 이제는 꽤 가깝게 다가와 있
었지만 여전히 숲이라 할 수 있는 정경은 보이지 않았다.

눈으로 보이는 거리와 실제 걸어야 하는 거리는 아주 다른 법
이어서 가깝게 보이는 곳도 실제로는 꽤 먼 거리인 경우가 많다.
그러니 아예 시야에도 안 들어올 정도의 거리라면 보통 먼 게 아
닐 터였다. 하지만 이곳의 지형을 조금 아는 미르는 가볍게 미소
지었다.

"저 앞에 급격한 내리막이 있어서 그래요. 저기 길이 끊어진 것
처럼 보이는 곳 있지요? 그곳에 서서 내려다보면 거대한 숲이 보
일 거예요."

"그렇습니까?"

사이키는 영 안 어울리는 대답을 하고는 폴짝폴짝 앞서 뛰어가
기 시작했다. 희한하게도 미르와 라드휜에게만은 반말을 쓰지 않
는 사이키였다. 젊은 드래곤들처럼 고룡을 어려워하는 것 같지는

않은데, 꼭 정중한 어투의 말을 쓰는 것이다. 아무래도 그것이 그녀 나름대로의 고룡에 대한 예의인 것 같았다.

하지만 저렇게 폴짝폴짝 뛰어다니는 사이키에게 정중한 말을 듣는 건 역시 이상하고 어색하기만 했다.

"이야~"

금세 저편까지 뛰어간 사이키는 아래쪽을 내려다보며 긴 감탄사를 내뱉었다.

"그렇게 대단한 숲이냐?"

티그람이 짧은 질문을 던지자 그녀는 뒤를 돌아보았다. 저 아래쪽에서부터 불어온 바람이 그녀의 갈색 단발을 넓게 퍼뜨렸다.

"숲은 숲인데……"

"숲인데?"

"나무가 없네."

"뭐?"

수수께끼 같은 사이키의 말에 티그람은 고개를 갸웃했다.

"왜 그… 어라?"

재빨리 뛰어간 라드윈도 아래를 내려다보고는 당혹스런 표정을 지었다. 의아해하던 다른 사람들도 하나둘씩 달려와 아래를 내려다보고는 비슷한 반응을 보였다.

"잘못 찾아온 게 아닙니까?"

잠시간의 혼란이 지나간 후, 렌스가 가장 먼저 이성적인 질문을 던졌다. 하지만 미르는 주저없이 고개를 가로저었다.

"아니에요. 잘못 찾아오진 않았어요. 하아~ 정말이지 황당하군요. 한 30년 안 찾아오긴 했지만 그사이 숲과 호수가 없어졌을 줄이야. 어쩐지 위치가 잘 안 잡히더라니."

미르는 골치 아프다는 듯이 이마를 짚었다. 그도 그럴 것이, 그들의 눈 아래 펼쳐져 있는 것은 끝도 없이 가득한 건물의 숲이었기 때문이다. 사이키의 말대로 숲은 숲이지만 나무가 없는 곳인 셈이었다.

"여기서 그곳을 어떻게 찾지?"

"불가능해요. 이렇게 되었으니 부서진 연구실의 잔해 같은 건 전혀 남아 있지 않을 거예요."

"하지만 지하이니까 어느 정도는 남아 있지 않을까?"

"예? 지하라고요? 그 연구실에 지하도 있었나요?"

"몰라? 오두막보다는 그 밑의 지하실을 찾으려고 온 건데."

"글쎄요. 숨겨진 지하실이었나 보네요. 그럼 남아 있을 수도 있겠네요. 하지만……"

미르는 다시 고개를 돌려 건물들을 내려다보았다. 햇살에 반짝거리는 유리창만 세어도 수없을 정도로 많은, 광활하게 펼쳐진 건물 숲을 쳐다보았다.

"이 안에서 어떻게 그 오두막이 있던 위치를 찾죠?"

*   *   *

류카는 천천히 눈을 떴다. 잠깐 눈을 감았다 뜬 것 같은데 어느새 떠오른 태양에 집 안이 밝아져 있었다. 어제의 전투와 전투 이후 몰려든 환자를 치료하느라 잔뜩 피곤했던 탓에 어지간히도 곤히 잠들었던 모양이다.

눈을 비비며 누웠던 자리에서 일어났다. 아련하게 흐르는 태양 빛이 비쳐들어 집 안에 부드러운 명암이 드리워져 있었다.

"딘?"

몽롱한 의식을 완전히 깨우려 애쓰며 류카는 자리에서 일어났다. 순간 창가에 선 채로 밖을 내다보고 있던 딘이 이쪽으로 고개를 돌렸다.

더없이 차분한 얼굴이었다. 창을 통해 밀려 들어온 햇살이 딘의 얼굴에 드리워져 하얗게 부서지고 있었다. 밤새 한숨도 안 자고 내내 저렇게 서 있었던 것 같은 느낌마저 들 만큼 고요하고 흔들림없는 모습이었다.

"밤새 그러고 있었던 거니?"

"일어난 지 그리 오래되진 않았어요."

딘은 짧게 대답하며 스르륵 창가에서 물러났다. 느슨한 매듭이 단번에 풀려나가듯이 부드러우면서도 빠른 동작이었다. 역시 이런 딘의 모습엔 익숙해지기 어렵다는 생각을 하며 류카는 흘러내린 머리칼을 쓸어올렸다.

시계가 점심때를 가리켰을 때쯤에야 조촐한 아침 식사가 시작되었다. 어젯밤 있었던 늑대의 습격 탓인지 마을은 전체적으로 조용했다. 류카가 의술을 조금 알고 딘이 회복 마법을 쓸 줄 아는 탓에 어제는 밤늦게까지 환자에 시달려야 했지만, 오늘은 손님조차 없었다. 크게 다친 사람은 이미 죽어버렸고, 약간의 부상만 입은 사람은 자연적인 회복력에 몸을 맡긴 탓이리라.

달칵달칵―

수프 그릇에 수저 부딪치는 음만이 불규칙하게 울리고 있었다. 류카는 그렇게 멍하니 수프를 떠먹으며 요즈음 있었던 일을 머리속에 떠올려 보았다.

생각하면 할수록 이해할 수 없는 일투성이였다. 이 마을의 위치를 가르쳐 준 몬스터의 행동도 그렇고, 어젯밤 늑대의 습격도 그렇고, 지나치게 멀쩡해서 오히려 전보다 더 차분한 딘도 그렇고, 이렇게 흐트러진 채로 아무래도 좋다고 생각하는 자신도 그랬다.

몬스터는 자신의 영역에 대한 인식이 강한 놈들이라 자신이 있는 곳에서 사람과 마주치면 무조건 공격하려 든다. 물론 자신보다 압도적으로 강해 보이는 이에겐 잘 덤비지 않지만, 그때의 류카는 잔뜩 지친 상태였었다. 공격한다면 얼마든지 이길 수 있는데도 그냥 지나쳤던 것이다.

게다가 그놈들 중 대장으로 보이는 녀석은 완전히 피로에 지친 얼굴로 마을이 있는 방향을 가르쳐 주기까지 했었다. 아무리 생각해도 이해할 수 없는 행동이었다.

비슷한 이유로 어젯밤 있었던 늑대의 습격도 이해하기 어려웠다. 사람들의 말을 들어보니 이곳은 늑대의 습격이 통 없었던 곳인 데다가 정기적인 늑대 사냥으로 늑대의 수 자체도 그리 많지는 않은 곳이라고 했다.

눈 때문에 사람들이 움직이기 힘들어졌을 때를 노려 습격해 온 거라고 생각할 수도 있었지만 아무래도 그건 아닌 것 같았다. 이렇게 쏟아진 눈 속에서는 그네들도 수가 줄어 오히려 습격하기 어려웠을 테니까. 굳이 마을을 습격해야 할 이유가 있었거나, 아니면 어떠한 연유로 늑대들의 힘이 강해지지 않았다면 습격은 어려웠을 터였다.

'핫!'

갑자기 엉뚱한 결론이 머리 속을 스치는 것을 느낀 류카는 급히 수프 접시를 내려다보았다. 이 수프는 어제 낮에, 그러니까 늑대 고기를 얻기 전에 마을 아주머니가 만들어주었던 것이다. 수프 하나로 식사를 마칠 수 있게 고기를 비롯한 여러 재료가 들어가 있었다.

류카는 수저로 고기 덩어리 하나를 떠올렸다. 완전히 조리된 고기였기에 잘 알아볼 수는 없었지만 맞는 것 같았다. 상당히 기괴한 사실이기에 곧바로 생각해 낼 수는 없었지만 이렇게 생각하면 모든 것이 잘 들어맞았다.

'확실히 아페이를 비롯한 몇몇 몬스터의 고기는 먹을 만해.'

몬스터는 가끔 마을을 습격하기도 하지만 평상시에는 먹이 사슬의 상위에 위치하면서 맹수들을 잡아먹는다. 늑대도 아마 몬스터의 먹잇감에 들어 있었을 터였다. 그러니 몬스터들이 이곳을 떠난 후엔 늑대가 활개치기 시작한 것이다.

몬스터의 고기라고 해서 못 먹을 건 아니었다. 몇 종류에는 독이 있기도 하지만, 이건 독이 없는 종류 같았고 맛도 좋았다. 하지만 류카는 더 이상 수프를 먹지 못하고 수저를 놓았다. 못 먹을 건 아닌데, 동물의 고기와 전혀 다를 게 없다는 걸 아는데도 구역질이 치밀어 올랐다.

눈 때문에 사냥감을 구하기 어려워지자 사람들은 몬스터를 잡았다. 류카와 눈밭에서 마주친 놈들은 그런 사냥꾼들의 손길을 피해 도망치는 길이었을지도 모른다. 그 얼굴에 가득하던 피로감은 사냥당하는 자로서의 괴로움이었는지도 모른다.

아무것도 아니다. 몬스터 따위야, 신경 쓸 만한 가치조차 가지지 못하는 놈들이다. 하지만 류카는 도저히 쉽게 이 사실을 넘길 수가 없었다. 그 피로에 젖은 표정이 너무도 생생해서 눈앞에서 지울 수가 없었던 탓이다.

"조금 있다가 파르나에 갈 생각이에요."

갑자기 앞에서 들려온 목소리에 류카는 고개를 들었다. 아무렇지도 않게 그릇을 비운 딘이 류카의 마음을 꿰뚫어보고 있는 듯한 눈으로 이쪽을 쳐다보고 있었다.

"파르나엔 왜?"

"전력에서 밀릴 듯하자 대규모로 실험체를 만들려는 모양이에요."

주어가 생략된 문장이었지만 주전파 정령들에 대한 이야기라는 사실을 쉽게 알 수 있었다. 실험체를 만드는 건 한 세력밖에 없으니까.

류카는 미간을 좁혔다. 딘이 꺼낸 말은 얼마 전까지 그 세력에 속해 있었던 류카조차도 처음 듣는 이야기였다. 류카가 그쪽 사람과 만나지 못한 지 며칠이 지났기에 그동안 새 작전이 세워졌을 수도 있겠지만, 그렇다 해도 딘이 그러한 사실을 알 수는 없었다. 분명 딘은 요 며칠 간 계속 잠들어 있었으니까.

"그런 말을 어디서 들었어?"

"사라에게."

딘의 대답은 짧고도 명료했기에 더 더욱 납득하기 어려운 것이었다. 겉으로는 멀쩡해 보여도 사실은 심한 피해망상증에 걸려 있는 게 아닐까 하는 생각까지 떠올리며, 류카는 반론이 될 말을 던졌다.

"내가 사라를 만난 건 로베리 마을에서가 마지막이었어."

"살아 있기만 하면 언제든지 대화할 수 있어요."

"그게 무슨 뜻이지?"

왠지 딘과 말싸움을 하고 있는 듯한 느낌을 받으며 다시 질문을 던졌다. 여전히 한 치의 흔들림도 없는 모습으로 딘은 짧게 대답했다.

"우리는 함께 태어났으니까요."

2

"예에, 그러니까 이 부근이란 말이지요? 감사합니다."

미르는 방금 들은 부분을 지도에 표시하며 노인에게 꾸벅 인사
를 했다. 실제 나이로 따지자면야 미르가 그 노인의 몇 배가 되겠
지만, 이런 곳에서는 그냥 어린아이인 척하는 게 편했다. 나이 지
긋한 분들은 손자 생각이 나는지 미르의 질문에 친절히 대답해
주곤 했으니까.

하지만…….

"이거 장난이 아닌데. 사람마다 말이 조금씩 다른 데다가 범위
가 상당히 넓잖아. 언제 찾지?"

옆에 서 있던 다리므가 막막하다는 듯이 지도를 내려다보았다.

그들은 지금 이곳에서 오래 산 듯한 사람들을 찾아다니고 있었
다. 호수가 메워진 것은 30여 년 전이기에 어렴풋이나마 호수의
위치를 기억하는 사람도 있었기 때문이다.

하지만 역시 그건 어디까지나 '어렴풋이' 기억하는 것이어서 도무지 정확한 위치를 잡을 수가 없었다. 이미 지도에는 반경 5km 가량의 너비에 무수한 점이 찍혀 있었다. 다른 사람들이 알아낼 장소까지 합치면 이 '예상 지역'의 너비는 더 넓어질 터였다.

"시간에 쫓기는 것도 아니니 방법이 생기겠지요. 아무튼 대충이 너비 안에서만 찾으면 되잖아요."

미르는 고개를 들어 몇 층으로 쌓인 건물들을 올려다보았다. 본체로 돌아가면 저 정도 건물은 장난감 같겠지만, 지금 이 작은 키로 올려다보려니 현기증이 일 것 같았다. 이 정도면 파르나에서도 꽤나 번화한 도시에 속할 터였다. 올 때의 길이 왜 그리도 한적했는지 이해가 가지 않을 정도였다.

갑자기 새삼스런 생각이 떠올랐는지, 다리므가 미르를 내려다보며 장난스레 웃었다.

"너, 이렇게 보니까 귀여워."

"뭐가요?"

"평소에는 모습이 이래도 말투는 어른스러웠는데, 지금은 일부러 애처럼 말하고 있잖아. 그게 귀여워서."

"칭찬이에요?"

"응, 칭찬. 잘 어울리거든."

"나이 값 못 한다는 말로 들리는데요?"

"아냐, 진짜 보기 좋아. 동생 같아서."

다리므는 진짜로 즐거운지 싱글싱글 웃고 있었다. 지금까진 내내 조심스러웠는데 이런 농담까지 하는 걸 보면 오늘은 상당히 기분이 좋은 모양이다.

"동생이 필요한 거예요?"

미르는 다리므의 품에 안겨 잠들어 있는 일레이를 올려다보았다. 다리므는 처음부터 일레이를 꽤나 귀여워했었는데, 어쩌면 그건 일레이를 동생같이 대했던 건지도 모르겠다는 생각이 문득 들었다.

"뭐, 있는 게 좋을 것 같지만 실현 불가능하잖아? 형이나 누나가 있어도 좋지 않았을까 하는 생각도 했지만 이건 더 더욱 어렵겠지. 아들을 생각하기엔 내 나이가 너무 이르고, 나나 렌스나 외아들이라서 형제가 있는 사람이 보기 좋았거든."

"그런가요."

미르는 쓸쓸한 감정을 느끼며 그의 말을 받았다. 동생이든 뭐든 동경할 수밖에 없다. 다리므에겐 가족이 전혀 없고, 앞으로도 생길 가능성이 없으니까.

"아무튼 이러다간 오늘 여기서 여관을 잡아야겠는걸."

"어차피 며칠 있을 걸 생각하고 온 거잖아요. 다른 사람들은 어떻게 하고 있는……."

미르는 주변을 휘휘 둘러보다가 한 시점에서 시선을 멈추며 입을 다물었다. 의아해진 다리므도 미르의 시선을 따라가다가 미르와 비슷한 표정을 지으며 그쪽을 멍하니 쳐다보기 시작했다.

"자, 잘 어울리는데?"

그쪽, 그러니까 저편 길가에 있는 건 라드휜이었다. 몇 명의 노인들과 함께 평상 같은 데 앉아서 꽤나 즐거운 대화를 하고 있었다. 아이들이 할머니에게 옛날이야기를 듣는 게 아니라 함께 얘기하고 맞장구치는 노인들끼리의 대화로 보였다. '그래, 그랬었지!', '맞아맞아. 허헛, 거참' 이라는 문장까지 들려오자 미르는 고개를 휘휘 저으며 앞으로 걷기 시작했다.

"역시 라드휜은 대단하군요. 저 외모로 저런 대화에 낄 수 있다
니."

"라드휜은 안 데려갈 참이야?"

"한참 재미있게 얘기하고 있으니 의외의 정보라도 얻을지 모르
잖아요. 다른 사람들과 먼저 합류하지요."

"쿡… 하지만 저건 정보를 얻는다기보다는 순수한 대화로 보이
는데?"

"실은 나도 동감이에요."

그때였다.

"다 들려."

갑자기 뒤에서 들려온 목소리에 다리므와 미르는 일제히 뒤를
돌아보았다. 어느새 뒤따라온 라드휜이 숨을 몰아쉬며 이쪽을 쳐
다보고 있었다. 한참 얘기를 하다가 두 사람을 발견하고 뛰어온
모양이었다.

"순수한 대화라니! 나름대로 정보를 얻으려고 일부러 재미없는
대화에 끼었는데, 뭐가 어째?"

농담이 아니라 정말 다 들은 모양이었다. 미르는 할 수 없다는
표정을 지으며 그의 말에 답했다.

"하도 재미있어 보여서 그랬는데, 재미없었나 보군요."

"당연하지! 왕년에는 드래곤을 잡기도 했다고 하는 놈들과의
대화가 재미있을 리 없잖아?"

예상 밖의 말에 두 사람은 풋, 하고 웃음을 터뜨렸다. 그런 두
사람의 반응이 맘에 안 들었는지 라드휜은 볼을 부풀리며 투덜거
렸다.

"왕년에 대단하지 않은 사람이 어디 있어? 다 허풍이겠지. 하지만 왜 하필이면 드래곤 슬레이어야? 내가 지룡왕이었다면 괘씸해서라도 가만 안 뒀을걸? 그런데 재미있는 대화? 사람을 대체 어떻게 보고 그런 소리야?"

"라드휜의 평소 행동을 보면 그렇게 생각할 수밖에 없어요."

"뭐야? 그 호수의 대체적인 위치까지 알아냈는데 듣기 싫으면 관둬!"

미르의 농담 같은 말에 라드휜은 진짜로 토라진 듯 성큼성큼 걸어나갔다. 장난이 아니라 정말로 그 대화가 싫었던 모양이다.

다리므가 곤란한 듯 웃으며 그를 붙잡았다.

"라드휜, 농담인지 알잖습니까."

"하지만 기분 나쁘잖아! 괜한 대화 때문에 짜증나는……!"

라드휜은 다리므를 휙 돌아보며 소리치다가 중간에 입을 다물었다. 다리므가 갑자기 인상을 찌푸리며 고개를 숙였기 때문이다.

"야, 왜 그래?"

라드휜은 정색을 하고 다리므의 어깨를 흔들었다. 하지만 다리므는 여전히 고개를 들지 않았다. 한 손으로 이마를 짚으며 한숨을 쉬는 게 어디가 안 좋은 것 같아 보였다.

"다리므? 어디 아파?"

몇 초의 불안한 시간이 지나가고 나서야 다리므는 고개를 들었다. 하지만 그 얼굴에 담긴 표정은 장난스런 미소였다. 그는 어리벙벙해하는 라드휜의 얼굴을 보며 가벼운 말을 던져 왔다.

"장난입니다. 생각보다 쉽게 넘어가는군요."

순간, 라드휜이 다리므의 뺨을 후려쳤다.

짜악—!

　날카로운 소리와 함께 다리므의 고개가 옆으로 심하게 꺾였다. 갑자기 전해진 충격이 너무 강해서 다리므는 하마터면 일레이를 떨어뜨릴 뻔했다.

　"장난이라고? 그런 장난을 해? 얼마나 놀랐는지 알아!"

　아까는 약간 토라진 것뿐이었지만 이제는 정말 화가 났는지 라드흰의 목소리는 굉장히 날카로워져 있었다. 그는 그렇게 화를 참지 못하는 얼굴로 다리므를 노려보았다.

　"라드흰."

　"꺼져! 꼴도 보기 싫어!"

　라드흰은 다리므의 말도 듣지 않은 채 그대로 돌아서 버렸다. 다리므는 급히 그를 따라가려 했지만 절뚝거리는 걸음으로는 도저히 따라갈 수가 없었다. 몇 분도 지나지 않아 라드흰을 완전히 놓친 채 멈추어 설 수밖에 없었다.

　"화낼 만했어요. 나라도 화났을 거예요."

　뒤에서 들려온 미르의 말도 약간의 쌀쌀함을 담고 있었다. 다리므는 팔을 벌리는 미르에게 일레이를 넘겨주고는 욱신욱신 쑤시는 뺨을 감쌌다. 라드흰은 정말로 있는 힘을 다해 때린 모양이다. 입 안이 찢어졌는지 비릿한 맛이 혀끝에 맴돌았다.

　"다리므님은 가끔씩 장난이 너무 심해요."

　"미안……."

　"이따가 라드흰에게나 말해요. 아무튼 오늘은 여관부터 잡아야겠어요."

　그리고 미르는 괜찮냐는 질문도 없이 앞서 걷기 시작했다. 겉으로 드러내진 않았지만 역시 그도 화가 난 모양이었다. 다리므가 뒤따라오는지 확인도 하지 않은 채 성큼성큼 걷고 있었다.

"미르."

"빨리 따라와요. 저녁때가 되기 전엔 여관을 잡아야 해요."

미르는 뒤도 안 돌아보고 대답했다. 다리므는 급히 걸음을 내디
며 그를 따라가려 했으나 이내 다시 멈추어 서버렸다.

"하아……."

긴 숨을 내쉬어 심해지려는 현기증을 가라앉히려 애썼다. 미르
와의 거리는 이미 꽤나 벌어졌을 텐데 빨리 걸어가 따라잡을 자
신이 없었다. 조금만 흔들려도 속이 울렁거려 계속 긴 숨만 내쉬
며 서 있을 수밖에 없었다.

"…그렇게 아파요?"

얼마나 시간이 지났을까. 현기증이 거의 가라앉았을 때쯤 앞에
서 미르의 목소리가 들려왔다. 계속 걸어가도 다리므가 따라오지
않자 되돌아온 모양이다. 다리므는 천천히 고개를 들어 미르를 쳐
다보며 작게 대답했다.

"역시 드래곤의 힘은 세구나. 장난이 아닌데."

미르는 한숨을 내쉬었다.

"정말 있는 힘껏 때린 모양이군요. 얼음찜질이라도 해야겠어요.
아무튼 가요. 여관을 잡아야 뭐든 하죠."

미르의 손짓과 함께 두 사람은 걷기 시작했다. 다리므는 축축이
젖어든 식은땀을 소매로 닦아내며 조심스레 말을 꺼냈다.

"미안해."

"됐어요. 라드휜은 내일이면 풀릴 거예요."

"미안……."

"사과도 너무 자주 하면 성의없게 들려요."

미르는 곤란하다는 표정을 지으며 저 앞을 쳐다보았다. 각자의

용무를 가진 사람들이 이리저리 흘러가는 큰 길이 보였다. 다리므도 미르의 시선을 따라 잠시 사람들의 흐름을 보고 있다가 시선을 떨구어 발 밑을 쳐다보았다. 페리어드의 황톳길과도, 알테이아의 하얀 길과도 다른 파르나의 길이 발 아래 길게 누워 있었다.

'제길, 안 좋아.'

다리므는 복잡해지려는 감정을 추스르려 애쓰며 고개를 다시 들어올렸다.

'갑작스러운 현기증이라니. 그 연구실 자리를 빨리 찾아야 할 텐데.'

"후욱—!"

사이키가 입으로 바람을 분 순간, 가득 쌓여 있던 먼지가 뽀얗게 날렸다. 어찌나 먼지가 많았는지 옆에 있던 티그람이 기침을 하기 시작하고, 먼지를 분 사이키도 캑캑거렸다.

"사이키!"

한참이 지나고 나서야 기침을 가라앉힌 티그람은 눈가의 눈물을 닦아내며 사이키를 노려보았다. 하지만 사이키는 언제나 그랬듯 티그람의 반응에는 신경도 쓰지 않고 가볍게 뛰어올라 그 자리에서 빠져 나왔다.

"정말 먼지 많군. 콜록, 콜록!"

안쪽으로 들어오다가 물건 하나를 잘못 건드린 탓에 렌스도 목이 컬컬하도록 먼지를 마셔버렸다. 원래 골동품이란 어느 정도 때가 묻어야 더 고풍스러워 보인다고는 하지만, 이건 보기 좋을 정도를 완전히 넘어서 있었다. 섬세한 장식이 새겨진 수저도, 화려한 문양이 그려진 접시도 그 형태를 알아보기 어려울 정도의 먼지

27

층에 둘러싸여 있었으니까. 이건 골동품 가게에 온 게 아니라 오래된 유적을 발굴하러 온 것에 더 가까운 것같이 보였다.

건물 안은 상당히 어두웠지만 불을 켤 수도 없었다. 사방에 쌓여 있는 먼지 묵은 물건들 때문에 불 켜는 스위치를 도저히 찾을 수가 없었던 탓이다.

"정말 이곳이 맞는 거냐?"

"맞을 거야. 주인이 아직 안 죽었다면."

사이키는 별로 신뢰가 가지 않는 대답을 하며 가볍게 걸음을 내디며 더 안쪽으로 들어갔다. 티그람은 심히 의심스럽다는 눈으로 사이키의 뒷모습을 잠시 쳐다보고 있다가 따라 걷기 시작했다.

의외로 건물 안은 꽤 넓었다. 하도 많은 물건이 쌓여 있어 미로 통과하듯 지나가야 했기에 더 길게 느껴진 건지도 모르겠지만, 아무튼 한참 걸어야 했다.

안으로 들어갈수록 바깥에서 흘러 들어오던 빛은 점점 흐려지고 어둠 덩어리 같은 골동품의 수만이 가득 늘어났다. 이리 봐도, 저리 봐도 음침하고 기분 나쁜 곳이었다. 팔을 조금만 뻗어도 거미줄이 손끝에 걸릴 것 같아 찜찜했다. 결국 견디다 못한 티그람이 사이키를 불러 세웠다.

"이봐, 사이키!"

순간 눈앞에 가득한 어둠 한쪽에 작은 불빛 하나가 떠올랐다.

"손님인가?"

남자 목소리인지, 여자 목소리인지 제대로 분간을 할 수 없는 음이었다. 티그람은 흠칫하며 소리가 난 쪽을 쳐다보았다. 새까만 어둠 속에 콩알만한 발간 불빛이 떠올라 흔들리고 있었다. 갑자기 담배 냄새가 화악 끼쳐 오는 걸로 보아 저건 담뱃불인 모양이었다.

"손님 아냐. 방문자야."

"그게 그거 아니냐?"

"글자 수가 다르잖아."

순간 담배 연기에 목이 메었는지 저쪽에서 캑캑거리는 소리가 들렸다. 그사이에도 사이키는 때를 놓치지 않고 엉뚱한 소리를 했다.

"지나친 흡연은 폐암 등 여러 가지 질병을 유발할 수 있고, 특히 임산부와 청소년에게 안 좋아."

"네가 상관할 바가 아니다."

아직 버럭 소리를 지르지 않았다는 것만으로 티그람은 저 사람을 존경하고 싶어졌다. 하지만 그도 역시 사람인지, 목소리에 짜증이 묻어나는 것은 어쩔 수 없는 듯했다.

"아무튼 무슨 용무냐? 보아하니 도자기나 거래하러 온 건 아닌 것 같은데, 화룡과 전사 하나라. 별로 유쾌해 보이는 파티는 아니군 그래."

의외로 그는 이 칠흑 같은 어둠 속에서도 사이키가 드래곤이란 사실을 알아차렸다. 하지만 정답이라고 할 수 있는 말은 못 되었다.

"숫자 틀렸어."

"숫자가 틀려? 혹시나 해서 말해 두겠다만, 1 더하기 1은 2다."

"3인데?"

"2라니까."

"3이야."

"우길 걸 우겼으면 좋겠군."

"이하 동문이야."

"생각해 보니 내가 왜 너랑 말싸움을 해야 하는 거냐? 용무가 대체 뭐냐?"

"땅, 읽을 수 있지?"

사이키의 질문에 대한 대답은 바로 돌아오지 않았다. 잠시간의 시간이 침묵으로 흐른 뒤에야 그 목소리는 아까보다 조금 낮은 음색으로 돌아왔다.

"어디서 알고 온 게냐?"

"옛날에 술집에서 어떤 아저씨랑 술 내기했을 때, 곤드레만드레 취해서 다 불던데?"

왠지 사이키의 과거를 의심하게 만드는 문장이었다. 어둠 저편에서 한숨 소리가 들렸다.

"제길, 훼릭스 자식이군."

"아니, 알카로드라고 하던데."

"그건 나잖아!"

"어, 그럼 훼릭스인가?"

"헷갈리게 굴지 마! 대체 어느 쪽이냐?"

"몰라. 사실은 그때 나도 잔뜩 취해서."

"…오랜만의 손님인가 했더니 이상한 드래곤이로군. 이런 드래곤이 나이트 화병나게 하기 딱 좋은 스타일이지."

투덜거리는 듯한 그의 말에 렌스가 쿡 하고 웃음을 터뜨렸다. 티그람을 안 지 그리 오래되었다고 할 순 없었지만, 시시때때로 사이키의 장난감이 되는 그의 모습을 자주 보았기 때문에 웃지 않을 수 없었다.

"제길, 정말 셋이었군."

갑자기 들려온 의외의 말에 렌스는 웃음을 멈추었다. 하지만 그대로 이어진 사이키의 말에 진지해지려던 분위기는 다시 풀어져 버렸다.

"바보. 1 더하기 1은 2야."

"그거 말고!"

"아까는 2라고 우겨놓고 왜 말을 바꿔?"

"지금 1 더하기 1에 대한 말을 하는 게 아니란 말이다!"

"불리해지려니까 변명하는 건 보기 안 좋아."

"미치겠군. 누가 이 드래곤 좀 말려주지 않겠나?"

결국 사이키의 말을 당해내지 못한 그가 항복 선언을 했다. 확실히 사이키는 무언가 알고 이곳을 찾아오자고 한 것 같지만, 이래서는 대화가 한없는 말장난으로 이어지겠다고 생각한 렌스가 입을 열었다.

"이쪽 일행이 세 명이라는 겁니까?"

"아아, 그래. 이제 좀 제대로 된 대화가 될 것 같군."

렌스는 눈을 들어 소리가 들려오는 쪽을 유심히 쳐다보았다. 아무리 자세히 보아도 어둠 속에 떠 있는 것은 작은 담뱃불뿐이었다. 보통 사람보다 야간 시력이 월등히 좋은 편인 렌스의 눈에 상대방이 보이지 않는다면 저쪽에서도 우리가 보이진 않을 터였다. 그래서 일행의 수도 틀린 것일 테니까.

하지만 그는 일행 수보다 더 어려운, 티그람이 전사라는 사실과 사이키가 드래곤이라는 사실을 맞췄다.

"너무 어두운데, 불을 좀 켰으면 좋겠군요."

"엥? 불이 안 켜져 있었나?"

듣는 사람을 황당하게 만드는 반문이었다. 대화를 이어가던 렌스가 멍해진 탓에 주위에는 잠시 침묵이 흘렀다.

화아악—

사이키가 손바닥 위에 조그마한 불덩이를 만들어냈다. 어두컴컴하던 대기가 금세 발그레한 빛에 젖어들었다. 불꽃에 가장 가까운 사이키의 얼굴이 밝은 금빛으로 물들고, 그 주변 사람들에겐 붉은 빛깔의 음영이 드리워졌다. 마석의 빛과는 아주 다른 느낌의 빛이었다. 이 불꽃으로 주변은 상당히 환해졌지만, 그림자까지 깔린 주변 사물들은 아까보다도 더 깊은 암흑으로 보였다.

렌스는 사이키의 손바닥 위에서 떠다니는 불꽃을 잠시 쳐다보고 있다가 고개를 돌려 그 목소리의 주인이 있던 쪽을 쳐다보았다. 온갖 물건들이 멋대로 쌓여 있는 무더기 위에 한 청년이 담뱃대를 문 채 걸터앉아 있었다. 말투로 보아 어느 정도 나이가 든 외모일 거라고 생각했던 게 완전히 빗나간 셈이었다.

"불이 안 켜져 있을 줄은 몰랐군. 내가 앞이 안 보이니까 마석의 에너지가 다 떨어져도 교체하는 것을 잊어버리는 게 문제야."

그는 담배 연기를 깊숙이 빨아들이며 작게 중얼거렸다. 담배 맛을 잘 음미하려고 시각을 차단한 것처럼 보일 정도로 자연스런 모습이었다. 꽤 오랜 세월 동안 눈이 안 보이는 생활을 해온 모양이었다.

렌스는 한동안 말없이 그를 쳐다보았다. 쳐다볼 수밖에 없었다. 회록색의 머리카락에 길고 뾰족한 귀를 가진 사람은 흔히 볼 수 있는 게 아니었으니까. 뾰족한 귀야 중급 정령이라고 생각하면 되는 것이었지만, 회록색의 머리카락은 정령에게도 거의 없는 색이었다.

게다가 그의 전체적인 모습은 굉장히 이상해 보였다. 장례식장에 나타난 화려한 의복 같은 느낌이라고나 할까? 그의 모습 자체는 그리 이상하지 않았지만 이곳의 풍경과 함께 보고 있으려니 무척이나 이상했다. 아니, 더 정확히 말하면 그는 어디에 있어도 어울리지 않을 것만 같은 분위기를 가지고 있었다. 지나치게 화려한 옷에는 아무것도 어울리지 않는 것처럼 말이다.

"어쩐지 처음에 나와 마주하고도 별다른 반응이 안 나온다 했어."

그는 귀찮은 듯이 중얼거리고는 가볍게 발을 굴러 골동품 더미에서 뛰어내렸다. 그리고는 그대로 걸음을 내디뎌 렌스가 있는 쪽으로 다가왔다. 놀란 티그람이 헐레벌떡 렌스의 옆에 붙어 섰을 때쯤, 그는 렌스의 바로 앞에서 걸음을 멈추었다.

"역시, 반마족이로군. 기척을 통 내지 않으니까 가까이 다가서지 않으면 모르겠단 말이야."

렌스는 놀란 눈으로 그를 쳐다보았다. 지금까지 렌스의 눈동자 색을 보고 마족이란 판단을 내린 사람은 종종 있었지만 마족의 혼혈이란 사실까지 완전히 맞춘 사람은 없었기 때문이다.

"놀랄 필은 없어. 눈이 안 보이면 다른 감각에 예민해지는 법이니까. 아무튼 용무가 뭐지?"

"땅 좀 봐줘."

렌스가 그 용무에 대해서는 전혀 모른다는 사실을 잘 아는 사이키가 재빨리 끼어들었다. 사이키의 말을 듣는 게 별로 탐탁치 않은지 그는 잠시 얼굴을 찌푸렸으나 이내 아까의 조용한 얼굴로 되돌아왔다.

"자세히."

"30년 전에 호수가 있던 정확한 자리를 찾고 싶어서."

"피셔 호수 말이냐?"

"피셔 호수인가? 잘은 모르지만 아무튼 그곳."

"나참, 왜 그렇게 그 호수가 인기있는지 모르겠군. 너흰 그곳에 무슨 용무지?"

그는 이해할 수 없다는 듯이 이마를 짚었다. 일행에게 약간의 의아함을 던져 주는 말이었다.

"우리 이전에도 그 호수를 찾는 사람이 있었다는 겁니까?"

"종종 있었지, 잊혀질 때쯤 하면 한두 명씩. 누가 거기 보물이라도 숨겨놨나 보지?"

"응, 보물, 보물, 보물."

사이키는 그 단어가 맘에 들었는지 박수를 치며 좋아했다.

"무슨 보물인데?"

"전설의 괴수 휴페른이 숨긴 보물."

사실과 맞닿아 있으면서도 희한한 어휘 사용 때문에 전혀 신빙성이 없게 들리는 말이었다. 그는 죽겠다는 듯이 입술 끝을 일그러뜨렸다.

"휴페른님이 왜 괴수냐?"

"뭐, 그 정도면 괴수잖아? 남부 지역을 혼자 초토화시킬 수 있는 괴수는 흔치 않은데."

순간 그는 얼굴에 남아 있던 농담기를 싹 지웠다. 사이키의 말이 가지는 의미를 뒤늦게 이해한 것이다. 너무 갑자기 얼굴을 굳히자 어색하단 느낌이 들 정도였다.

하지만 그러한 진지한 시간은 그리 오래 가지 않았다.

"날 도발해 봐야 뭐가 남겠냐, 바보 드래곤 같으니라고. 아무튼 그 호수 자리에 대한 용무를 진지한 어투로 듣고 싶군."

이내 그는 어깨를 으쓱하며 가벼운 어투로 되돌아왔다. 티그람

은 이쯤해서 '보물찾기라니까' 라는 식의 말이 튀어나올 거라 예
상했지만 사이키는 입을 다문 채 그를 쳐다보기만 했다.

"그 부근에 고대의 유물이 남아 있다는 말을 들었습니다."

이대로 한없이 대화가 늘어지는 것을 귀찮아한 렌스가 순순히
대답했다. 그는 생각에 잠긴 듯이 잠시간 담뱃대를 물고 있다가
연기가 다 흩어질 때쯤에야 담뱃대를 놓았다.

"왕년에 물건 모으러 가본 적이 있지. 원한다면 그 위치를 가르
쳐 줄 수도 있어. 지질을 읽어 찾을 필요도 없을 정도로 정확히
알지. 하지만 공짜로 말해 줄 수는 없어."

가르쳐 준다는 의미인 것 같긴 한데, 약간 길게 끌리는 문장이
었다. 렌스는 어렵지 않게 그의 의도를 알아채고 질문을 던졌다.

"우리가 어떻게 해드리길 원하십니까?"

"허참, 눈치 빠른 건 좋은데 너무 딱딱하군."

그는 혼잣말 같은 말을 중얼거리며 주변을 쭉 둘러보았다. 둘러
보는 것처럼 보였지만 실제로는 단순히 고개를 빙 돌린 동작이었
다. 저렇게 두 눈을 감은 상태로는 아무리 사방을 둘러보아도 실
제론 보이는 게 없을 테니까.

"가게 청소가 좋겠군. 완벽한 것까진 원하지 않아. 골동품 가게
는 너무 번쩍번쩍 깨끗해도 손님이 안 오니까, 그냥 깔끔한 가게
라는 느낌이 날 정도로만 해줘."

단순하면서도 공포스러운 조건이었다. 사람들은 황당한 표정으
로 사방을 둘러보기 시작했다. 그냥 깔끔한 가게라는 느낌이 날
정도라고 하는 게 얼마나 도달하기 어려운 목표인지 쉽게 알 수
있는 풍경이 그들의 시야 안에 가득 들어와 있었다.

"이, 이걸 청소하란 말입니까?"

"뭐, 어렵진 않을 거야. 청소의 기본인 쓸기, 닦기, 털기, 윤내기를 조금씩 응용하기만 하면 되니까. 참, 노파심에서 말해 두겠는지 돈으로 사람을 고용한다든가 하는 일은 삼가해 주길 바래. 난 누구든 노동의 소중함을 알길 원하니까."

말이 노동의 소중함이지, 이건 정말 장난이 아니었다. 단단히 고생시킬 작정이 아니고서는 이런 제안을 하지 못할 거라는 생각이 들 정도였다. 렌스는 어이가 없는 표정으로 혼잣말 같은 말을 내뱉었다.

"이걸 전부 다?"

3

"이곳인가?"

그녀는 눈을 어지럽게 하는 고층 건물들을 올려다보며 혼잣말을 중얼거렸다. 흰색과 회색이 섞인 도시는 대체로 고즈넉했다. 길게 선 건물들은 그 길이만큼이나 길다란 그림자를 서로의 어깨에 드리워놓고 있었다.

그녀는 그렇게 건물들을 잠시 쳐다보고 있다가 목이 아파 올때쯤 고개를 내려 거리를 쳐다보았다. 길게 선 건물들만큼이나 거리도 길게 누워 있었다. 이따금 지나가는 마차가 말발굽 소리와 종소리, 채찍 소리를 던져 주고 사라져 갔지만, 그 소리가 지나가고 나면 거리는 다시 본래의 고즈넉함에 빠져들었다.

'대체 어디로 가야 하는 거지?'

그녀는 한숨을 내쉬며 거리를 둘러보기 시작했다. 그녀의 눈앞에 길게 이어진 길은 수많은 사거리의 일부분이었다. 몇 걸음만 내디뎌도 양편에 뚫린 길이 보이고, 그 길들 너머에 선 건물들과 건물들 사이로 꼬불꼬불 뚫린 샛길들의 무질서한 흐름이 있을 터였다. 그저 북부라는 정보만을 들었을 뿐, 북부 어디인지 들을 수는 없었으니 도무지 감을 잡을 수가 없었다.

가만히 있는 것보단 조금 더 가까이 오는 게 새로운 정보를 듣기에도 좋을 것 같다는 판단에 이렇게 오긴 했지만, 막상 오고 나니 막막했다. 정령들이 비밀스레 하는 일이란 대부분 정령의 결계 내에서 이루어지니 결계의 위치를 찾아내야 하겠지만, 정령의 결계가 한두 군데만 있는 것도 아닐 터였다.

그때였다.

"호외요! 호외!"

문득 뒤쪽에서 소년의 앳된 목소리와 함께 종이 흩날리는 소리가 화려하게 들려왔다. 모자를 푹 눌러쓴 작은 소년 하나가 길 한 가운데를 가로지르며 종이를 뿌리고 있었다.

아무렇게나 구겨진 누리끼리한 종이들이 팔랑거리며 길 위에 떨어져 내렸다. 소년은 이 길을 전부 종이로 덮기라도 하려는 듯이 한 손으로 종이를 한 움큼씩 쥐어 뿌리고 있었다.

그녀는 바닥에 떨어진 종이를 하나 집어 들며 저편으로 날아갈 듯 달려가는 소년의 뒷모습을 쳐다보았다. 모자뿐만 아니라 모든 옷이 소년에겐 너무나 컸다. 발을 내디딜 때마다 커다란 구두가 달각거리고 너무 넓은 바지 통이 바람을 먹어 부풀어 올랐다. 이미 걷을 대로 걷은 소매는 소년의 손을 반쯤 뒤덮은 위치에서 펄럭거렸다. 모자도 어찌나 큰지 과연 앞이 보일까 하는 생각이 들 정도였다. 햇살은 따뜻하게 쏟아지고 있었지만, 햇살 아래 드러난 소년의 옷은 더욱더 낡아 보였다.

그래도 소년은 더없이 힘차게 소리치며 가볍게 달렸다. 길게 늘어진 옷자락이 심하게 펄럭거려도 별반 방해를 받는 것 같지 않았다. 조금만 잘못해도 벗겨질 것 같은 신을 신고도 그 발걸음은 자연스러웠다. 한번도 멈칫하거나 주춤거리는 일 없이, 오히려 앞에 있는 장애물을 훌쩍 뛰어넘기까지 하며 긴 길을 단숨에 가로지르고 있었다.

모자 아래로 약간 드러난 갈색 머리카락이 반짝거린다. 그녀는 소년의 모습이 상당히 멀어질 때까지 멍하니 그쪽을 보고 있다가 집어 든 종이를 읽어 내려갔다.

조용하던 주변이 어느새 어수선해져 있었다. 가만히 앉아 있거나 길을 걷던 사람들이 길 가운데로 몰려와 소년이 뿌리고 지나간 종이를 집어 들고 있었다. 이미 그 내용을 파악한 사람들은 손가락으로 종이의 한곳을 가리키며 웅성웅성 대화를 나누고 있었다.

고즈넉하던 도시에 활기 아닌 어수선함이 감돌았다. 기쁜 것도 두려운 것도 아닌, 약간의 불안감 섞인 대화들이었다. 모두들 이 소식에 대한 뚜렷한 의견을 떠올리지 못하는 듯했고, 그 탓에 분위기는 계속 이런 어수선함으로 연결되어 갔다. 흥분에 찬 외침도, 격렬한 토론도 없이 사실 자체만을 받아들이는 대화들이 대기를 떠돌고 있었다.

그녀가 종이 안의 내용을 파악하는 데는 그리 오래 걸리지 않았다. 종이 안에 써진 글자들은 간결했고, 이미 어느 정도는 예상한 일이었으니까.

몇 분의 시간이 지나자 사람들은 하나둘씩 자신이 있던 자리로 되돌아가기 시작했다. 호외라 할 만한 소식이긴 하지만, 그리 큰 관심을 끌지 못했다는 의미일까. 주워 들었던 종이마저 던져 버리고 자신의 생활로 돌아가는 사람들을 그녀는 말없이 지켜보았다. 사람들이 흩어지면서 대화도 사라지고 거리는 다시 고즈넉한 그 상태로 돌아가고 있었다.

그녀는 이 장면에, 눈앞에서 서서히 이루어진 이 장면에 묘한 괴리감을 느꼈다. 이 종이 위의 문구를 읽는 순간 거리가 소란스러워지는 게 당연하다고 생각한 그녀였다. 하지만 소란스러움도 잠시뿐이었고, 아련한 불안감만이 고즈넉한 대기 속을 떠돌고 있었다.

발 밑에 흩어진 종이가 바스락 소리를 낸다. 햇살을 받은 고층 건물들, 그리고 땅 위에 수없이 뿌려지고 구겨진 종이 조각들. 뿌연 햇살 아래 간간이 먼지 가루가 흐르고 종이 위에 햇살이 노랗게 흐르는 이 풍경은 폐허와도 같은 느낌이었다. 길가에 선 사람들은 박제 같았다. 그들의 머리 위에 햇살이 부서지고 먼지가 흘러가 더욱더 아련하게 보이는 장면이었다.

바사삭—

한줄기 바람이 불어와 작은 종이 조각들을 하늘로 날려보냈다. 날기엔 너무 무거운 조각들은 뒹굴뒹굴 굴러갔다. 바람이 파도를 만들듯이 거리에는 종이의 물결들이 생겨났다. 가끔씩 바람의 방향이 바뀌며 날아오르고, 흩어지고, 모이고 하면서 거리는 황량한 종이의 흐름 속에 파묻혔다. 종이의 흐름 속에 서 있는 사람은 그녀 하나뿐이었다. 이 넓고 깔끔한 거리를 날아다니는 것은, 흘러다니는 것은 사람이 아니라 종이와 바람이었다. 살아 있는 것이 없었다.

그녀는 고개를 들어 저 앞을 쳐다보았다. 종이가 날리는 황량한 거리가 길게 그녀의 시야 안을 채우고 있었다. 종이를 뿌렸던 소년은 이미 저 멀리 사라지고 없었다.

순간 그녀의 머리 속에 소년의 모습이 다시 떠올랐다. 너무 큰 옷을 입고도 가볍게 달려가던 모습. 그렇게 큰 모자라면 벗어버리고 뛰는 게 훨씬 나았을 텐데도 눈을 가릴 만큼 큰 모자를 쓰고 소년은 달리고 있었다. 그 옷이 제복 같은 거였다면 맞춰 입었다 생각할 수도 있겠지만 그것도 아니었다. 그 아이의 옷은 모두 제각각이었고, 모자를 쓰기에 어울리는 옷차림도 아니었다.

게다가 이런 호외를 뿌려서 이득을 볼 수 있는 세력은 단 하나였다.

그녀는 뛰기 시작했다. 물결치는 종이들을 밟으며 한달음에 저 끝까지 달려가기 시작했다. 소년을 따라잡는 건 어렵지 않았다. 수없이 쌓인 종이들이 소년의 발자국처럼 뚜렷한 흔적을 남기고 있었던 덕이다.

전속력으로 몇 분 달려가니 금방 종이 행렬의 끝이 보였다. 이제는 많이 얇아진 종이 뭉치를 한 손에 안은 채, 소년이 가볍게 달려가는 모습이 보였다. 그녀는 그대로 소년을 따라가며 그 뒷모습을 유심히 쳐다보았다. 부담스런 옷차림을 하고도 여전히 잘 뛰는 소년이었다. 인간의 꼬마라면 저런 동작이 가능할 리가 없었다.

그녀는 이대로 속도를 조금 높여 소년을 붙잡아볼까 하고 생각하다가 조금 미루었다. 이런 곳에서 붙잡아봐야 소용이 없었다. 조금 기다렸다 조금 으슥한 곳에서 다그치는 게 좋겠다는 지극히 유괴범적인 계획을 머리 속에 떠올리며 그녀는 소년이 눈치 채지 못할 정도로 자연스럽게 소년의 뒤를 밟기 시작했다.

한동안 달려가자 시야가 확 트이며 길의 끝이 보이기 시작했다.

41

도시 끝에 위치한 바다가 건물 사이를 넘어 그 광활하고 푸르른 공간을 드러낸 것이다. 으슥한 장소와는 반대되는 풍경이었지만 그녀는 차라리 잘되었다고 생각했다. 시야가 넓게 트여서 심리적으로는 불안하지만, 실제로는 행인이 적은 이쪽이 더 안전할 테니까.

하지만 그녀의 그런 계산은 빗나갔다.

소년은 바다를 힐끔 쳐다보더니 갑자기 바다가 있는 쪽으로 방향을 바꾸었다. 바다와 도시의 경계를 이룬 둔덕을 가볍게 뛰어넘더니 모래사장을 가로지르는 것이었다.

설마 바다 속으로 뛰어들려고 하는 건 아닌가 하는 생각을 한 순간, 소년의 모습이 깨끗이 사라졌다. 지우개로 지운 듯한 변화였다. 그녀는 급히 바닷가에 멈춰 섰지만 아무리 보아도 소년의 모습을 다시 볼 수는 없었다.

철썩철썩—

하얗고 파란 파도만이 무심히 그녀의 발끝을 건드리고 있었다.

거리에 무질서하게 날아다니던 종이는 어느새 많이 치워져 있었다. 청소부로 보이는 중년의 남성이 한쪽에서 커다란 비를 들고 종이들을 쓸어담고 있었다.

슥… 쓱… 싹…….

지면의 아스팔트와 빗자루가 마찰하는 소리가 규칙적으로 들린다.

종이들이 조금 사라지자 황량하단 느낌도 많이 사라져 이 거리는 다시 처음의 고즈넉한 분위기로 돌아와 있었다. 하지만 역시 죽어 있다는 느낌이다. 커다란 건물들 사이에 녹색의 나무들이 손을 흔들고 있긴 했지만 잘 다듬어진 나뭇가지들이 너무나 단정해서 오히려 숨이 막혔다.

잠시간 큰길을 걷던 그녀는 한쪽에 있는 여관 팻말을 발견하곤 그쪽 골목으로 들어갔다. 유일한 단서로 보였던 소년을 놓쳤으니 오늘은 이만 쉬고 내일 다시 조사를 하는 게 좋을 것 같았다.

그러나 그 골목 안에 몇 발짝 들여놓은 순간 할 일이 생겼다.

바삭— 탁!

작은 소리였지만 분명히 들렸다. 그녀는 걸음을 멈추지 않은 채 슬쩍 사방을 살폈다. 역시 여기저기서 사람의 기척이 느껴졌다.

'차라리 좋아. 일을 편하게 해주는군.'

그녀는 심호흡을 한번 하고는 그 자리에 멈춰 섰다. 그리고 사람이 숨어 있는 장소들을 정확히, 차례로 쳐다보았다.

오른쪽 구석, 다닥다닥 붙은 건물의 판자 뒤, 하늘거리는 빨래 아래, 회색 빛 담벽과 갈색 나무 문 사이, 움푹 들어간 건물 사이의 막다른 길, 고양이가 뒤지고 있는 쓰레기통 뒤, 그리고… 고양이가 끄집어내는 쓰레기에 당황하고 있는 사람을 특히 빤히 쳐다보았다.

캬아옹—!

위협을 느낀 고양이가 온몸의 털을 세운 순간, 들켰다는 것을 확신한 사람들이 스멀스멀 걸어나왔다.

그야말로 뱀 같은 동작이라고 그녀는 생각했다. 그들은 일단 숨어 있던 곳에서 나오자 단번에 치는 게 좋다고 판단했는지 일제히 이쪽으로 달려왔다. 그녀는 잠시 그들을 가만히 쳐다보고 있다가 한 손을 뒤로 넘겨 묶었던 머리를 풀어내렸다. 윤기있는 긴 흑발이 찰랑이며 그녀의 어깨 위로 흘러내렸다.

"컥!"

갑자기 한 사람이 바닥에 나동그라졌다. 어떻게 마법을 썼는지 제대로 깨닫기도 전에 일어난 일이었다. 쓰러진 자가 부르르 떨며 고통에 몸서리치는 동안, 그녀는 간단히 고개를 돌려 다른 쪽에 있는 사람을 쳐다보았다. 그 순간, 그 사람도 기묘한 모양으로 공중을 한 바퀴 돌더니 바닥에 메다꽂혔다. 무언가 거대한 것에 의해 집어던져진 것만 같은 모습이었다.

하지만 그녀는 아직 한 발도 움직이지 않고 그곳에 가만히 서 있었다. 아름다운 흑발이 부드러운 바람에 실려 한들한들 흔들렸다.

이쯤 되자 남은 사람들은 긴장하지 않을 수 없었다. 작은 계집애 하나쯤이야 하고 생각하고 있었던 그들이었기에 그 공포는 더 컸다.

"히익!"

이윽고 남은 이들도 예외없이 한쪽으로 휘둘렸다가 자기들끼리 세차게 부딪쳐 한데 나동그라졌다. 커다란 바람에 휘말린 듯한 모습이었다. 그렇게 넘어진 그들은 곧 일어나려고 바닥에 손을 짚었으나 그녀가 그 손을 한번 쳐다본 순간 그들은 팔이 뒤틀리는 느낌과 함께 비명을 질러야 했다. 그러나 무엇보다도 그들을 두렵게 만들었던 것은, 몸의 고통이 아니라 아직 그녀가 서 있던 자리에서 한 발도 움직이지 않았다는 사실이었다.

카야옹—!

잔뜩 털을 곤두세우고 꼬리를 말아넣은 고양이가 쓰레기통을 넘어뜨리고 저쪽 지붕으로 뛰어 올라갔을 때쯤, 여섯 명의 건장한 사내들은 전부 정신을 잃은 채 바닥에 널브러져 있었다.

　그녀는 잠시 쓰러진 그들을 내려다보고 있다가 몸을 굽혀 그 무더기에서 한 명을 끌어냈다. 그리고는 입 속으로 짧은 주문을 웅얼거렸다.

　콰앙!

　갑자기 쓰러진 사람들 위로 커다란 불길이 솟아올랐다. 얼마나 센 불길인지, 쓰러진 사람들이 보이지 않을 정도였다. 금세 그 불길은 바닥의 아스팔트까지 까맣게 그을리며 키 높이만큼이나 솟아올랐다.

　"뭐야!"

　"무슨 일이야!"

　그 골목 주변의 건물에 살던 사람들이 하나둘 창문을 열기 시작했다. 일층에 사는 사람들이 급히 물을 담은 양동이를 하나씩 들고 나왔을 때쯤, 태울 것을 전부 태워버린 불길은 사그라들고 있었다. 덕분에 사람들은 애써 받아온 물을 붓지도 못한 채 어린아이의 키 정도로 줄어든 불꽃을 망연히 쳐다볼 수밖에 없었다.

　고르륵, 고르륵~

　여관이 들어서 있는 5층 건물 지붕 위에서 도둑고양이 한 마리가 기분 좋은 듯이 목을 울렸다. 지붕 위에 가볍게 걸터앉은 흑발의 여성이 어디선가 집어 온 생선을 고양이의 앞에 놓아주며 털을 쓰다듬었다.

　쩝쩝 소리를 내며 고양이의 이빨이 생선살을 물어뜯기 시작하자 그녀는 고양이에게서 시선을 떼어 하늘을 올려다보았다. 이제 하루가 다 지나간 듯, 서편 하늘이 불그레한 빛으로 물들어 있었다. 파르스름한 기운과 만나는 부분에서 엷은 보랏빛으로 부서지는 석양이 보기 좋았다. 길게 비친 붉은빛에 물들어 황금빛으로

45

빛나는 구름의 행렬은 저 멀리 낙원이 존재할 것만 같은 느낌을 주고 있었다.

그녀는 잠시 멍하니 하늘만 쳐다보고 있다가 바람에 날리는 머리카락을 두 손으로 부드럽게 모았다. 지붕 위로 흐르는 바람 탓인지 머리가 꽤 헝클어져 있었다. 그녀는 그렇게 황금빛 구름들을 쳐다보며 멋대로 풀어진 머리카락을 묶었다.

"낙원이라… 정말 있는 걸까?"

즐비하게 늘어선 건물 창문 위로 달빛이 부서지고 있었다. 여기저기 반사된 달빛이 사방에서 흔들려 찬란하게 보이는 밤이었다. 까만 융단이 깔린 듯한 공간에 달빛이 부서지고, 수많은 불빛들이 사방에서 빛나는 게 낮보다도 훨씬 아름다웠다.

야경의 화려함을 내려다보던 다리므는 가만히 눈을 감았다. 이런 장면을 보고 있으면 당연히 감탄이 나와야 하는 것인데도 기분은 별로 좋지 않았다. 저 아름다운 장면보다는 볼 위에 대어진 서늘한 난간의 느낌이 더 친숙했다.

"웬 청승이냐?"

어느새 베란다로 나온 렌스가 다리므의 옆에 앉으며 짧은 질문을 던졌다. 눈을 감은 채 난간에 기대어 있던 다리므는 눈을 뜨며 천천히 고개를 들어올렸다. 그런 그의 시선이 완전히 렌스가 있는 쪽으로 향했을 때쯤, 그의 앞에 검은색 봉지 하나가 디밀어졌다.

"뭐냐?"

"열어봐."

궁금함을 일으키게 하는 렌스의 말에 다리므는 조심스레 그 봉지를 받아 들었다. 꽤 따뜻한 물건이었다. 부스럭거리며 봉지 입구를 열자, 부드럽고 구수한 향이 물씬 풍겼다.

"저녁 안 먹었다며?"

다리므는 렌스의 말을 들으며 봉지 안의 물건을 끄집어내었다. 여러 조각이 마구 뒤섞여 있어 손에 소스가 좀 묻었지만 어렵지 않게 파이 한 조각을 끄집어낼 수 있었다.

"초콜릿 소스를 얹은 닭고기 파이야. 저 아래 식당에서 사 온 건데, 꽤 맛있어."

"초콜릿 소스?"

다리므는 미간을 좁히며 손에 든 파이를 내려다보았다. 김이 모락모락 나는 황갈색 파이 표면엔 역시나 진갈색 소스가 둥그런 모양으로 흘러 있었다. 코를 조금 가까이 가져다 대자 달콤한 향이 물씬 풍겼다. 확실히 맛있어 보이는 파이이긴 했지만, 그리 달갑진 않았다.

파이와 눈싸움이라도 하는 듯한 다리므의 모습을 보고 렌스는 쿡쿡거렸다.

"보기엔 그래도 별로 안 달아. 경계하지 말고 먹어."

렌스의 말이 덧붙여졌음에도 불구하고 다리므는 잠시 동안 파이 위에 끼얹어진 갈색 소스를 쳐다보았다. 거의 모든 음식을 가리지 않고 잘 먹는 다리므였지만, 단 한 가지 싫어하는 게 있다면 그것은 지나치게 단 음식이었다.

"못 믿겠다는 거냐?"

렌스의 농담 같은 말이 던져지자 다리므는 할 수 없다는 듯이 파이를 입에 가져다 댔다. 바삭하게 구워진 파이의 표면은 과자 같은 질감이었는데, 깊숙이 베어물자 따뜻하고 진한 육수가 입 안으로 몰려들었다. 파이도, 닭고기도 잘 구워져 꽤나 맛있는 파이였다. 하지만⋯⋯.

"역시 달아."

다리므는 파이를 입 안 가득 넣고 우물거리면서도 투덜거렸다.

"그렇게 많이 단 것도 아닌데."

"넌 단 거 좋아하잖아. 네 기준으로 생각하니까 그렇지."

"미안하다고 전해 달래."

"뭐가?"

"그 뺨 말이야."

다리므는 파이 먹는 것을 멈추고 한 손으로 자신의 뺨을 쓸어보았다. 아직도 꽤나 많이 부어서 뜨끈뜨끈한 느낌이었다. 몇 시간 전까지 계속 얼음찜질을 했는데도 부기는 가라앉을 줄을 몰랐다.

"나도 잘못했는데⋯⋯."

다리므가 시무룩한 어투로 중얼거리자 렌스는 고개를 끄덕였다.

"그래, 나라면 더 세게 쳤을걸. 당연히 먼저 사과하는 건 절대 안 하고."

"라드훤 아직도 화난 걸까?"

"다 풀리지 않고서야 사과하는 말을 전해오진 못하지."

"하지만 얼굴을 마주하려 하지는 않는걸."

"설마, 너 그것 때문에 들어가지도 않고 베란다에서 청승떨고 있는 거였냐?"

한심스럽다는 어투의 말이 나오자 다리므는 곤란하단 표정을 지었다.

"꼭 그렇다기보다는⋯⋯."

"어이구, 정말 멍청해졌어. 옛날엔 안 그랬는데, 이렇게 멍청해서 어디다 써먹냐?"

렌스는 다리므의 머리를 쥐어박듯이 꾹 눌렀다. 다리므는 나름 대로 반항한다고 팔을 퍼덕거렸지만 언제나 그랬듯 렌스의 힘을 이길 수는 없었다. 한참의 시간이 지난 후에 렌스가 손을 놓아주 자 열심히 고개를 들어올리려 애썼던 다리므는 자신의 힘을 제어 하지 못하고 그대로 뒤로 넘어가 버렸다.

쿵!

"아야야……"

난데없이 혼자 뒤로 넘어가 바닥에 머리를 부딪쳐 버린 다리므 는 뒤통수를 부여잡고 끙끙거렸다. 사실 다리므가 넘어가는 순간 렌스도 굉장히 놀랐지만, 괜찮은 것 같자 이내 킥킥 웃기 시작했 다.

"그렇다고 행동으로 보여줄 필요는 없어. 별로 좋은 것도 아닌 데 왜 그렇게 애를 쓰냐?"

"농담하지 마. 정말 아프다구."

다리므는 불만스러운 얼굴로 렌스를 쳐다보더니 바닥에 손을 짚어 일어났다.

"자식이 힘만 세 가지고……"

"십 년이 넘도록 비슷한 수법에 당하는 네가 멍청한 게 아니 고?"

"그거야 네가 힘으로 밀어붙이니까 그런 거잖아."

다리므는 퉁명스레 대답하며 다시 파이를 씹기 시작했다. 내내 베란다에 있었다고 하더니 배는 고팠던 모양이다. 붕어도 제 밥은 찾아먹는데, 저런 걸 보면 정말 멍청해진 것 같다니까. 렌스는 한 숨을 내쉬며 손을 뻗어 다리므의 머리카락을 멋대로 흐트러뜨렸 다.

"마법사란 놈이 방어도 못 하냐?"

"무식하게 밀어붙이는 것에 누가 당해."

"밥이나 제때 챙겨먹고 그런 소리를 해라. 안 챙겨주면 못 먹냐?"

"그냥 귀찮았어."

"닭도 배고프면 모이는 먹어. 네가 닭대가리를 능가하는 돌대가리란 사실을 온몸으로 표현하는 건 그리 달갑지 않은걸."

"파이 안의 닭에게 삼가 조의를 표하지."

"그 말이 지금 상황에 어울린다고 생각하냐?"

"나는 닭의 희생에 대해 숙연해지면 안 되냐?"

"숙연해지는 타이밍이 이상하잖아? 어느 순간 달걀로 태어났던 닭이 파이 속에 들어가기까지의 운명에 대한 심오하고도 장엄하고 비장스러운 고찰을 하던 것도 아닌데 갑자기."

"인생에 있어서 감동은 갑작스레 밀려오는 법이지."

"늙은이같이."

"미안하다. 널 닮아서."

장난 섞인 대화가 가볍게 지나갔다. 렌스는 새로운 파이를 끄집어내는 다리므를 잠시 쳐다보고 있다가 몸을 일으켜 난간에 바짝 다가갔다. 바깥에는 아름다운 불빛의 행렬이 늘어서 있었다. 수많은 불빛들 때문에 하늘의 별이 잘 보이지 않을 정도였다. 하늘도 까맣다기보다는 진한 회색, 혹은 진남색에 가까워 보였다. 도시의 밤이란 원래 이런 것이고, 별보다는 지상의 불빛이 더 아름다운 법이지만 렌스는 괜한 아쉬움을 느꼈다.

한줄기 바람이 그의 금발을 가볍게 날렸다.

"바람이 부는데."

휘이잉!

순간 무시무시한 바람이 렌스의 얼굴을 때렸다. 얼마나 센 바람이었는지 머리가 완전히 헝클어지고 뺨이 다 얼얼했다. 건물이 많은데도 바람이 이렇게 세다니. 역시 파르나는 페리어드와 다르다는 생각이 들었다.

"높은 건물이 워낙 많아서 바람은 대체로 약한 편이지만, 가끔씩 건물 사이로 일어난 기류가 강한 바람이 될 때가 있어. 처음엔 나도 놀랐어."

세 번째의 파이를 끄집어내며, 다리므가 재미있다는 듯한 말투로 중얼거렸다. 렌스는 멋대로 엉켜버린 머리를 한 손으로 아무렇게나 쓸어올리며 다시 바깥을 내다보았다. 저 아래 길게 누운 거리에 아직 치워지지 않은 종이 조각 몇 개가 뒹굴어 다니는 것이 보였다.

"상황이 별로 좋지 않아."

저 종이에 쓰였던 글자들을 회상하며, 렌스는 무심히 중얼거렸다. 무심한 어투와는 달리 약간의, 아주 약간의 걱정이 섞인 말이었다.

"그리 갑작스러운 일도 아니니까 괜찮을 거야. 아저씨도 어느 정도 예상한 일이었겠지."

"하지만 타이밍이 안 좋아. 하필이면 사람들이 다 흩어진 시기에… 어라? 너, 그걸 어떻게 알았어?"

렌스가 말을 하다 말고 뒤를 돌아보자 다리므는 어깨를 으쓱하며 주머니에서 구깃구깃한 종이를 끄집어내었다. 많이 만지작거렸는지 꽤나 구겨지긴 했지만 확실히 저 아래에 뒹굴어 다니는 종이와 같은 종이였다.

"종이를 막 뿌리고 가길래 뭔지 궁금해서 하나 주워 왔거든."

"주워 와?"

렌스는 상상이 안 간다는 얼굴로 아래를 내려다보았다. 여기는 5층, 미르의 말에 의하면 다리므는 이 안으로 들어온 이후로 나가지 않았다고 했다. 그런데도 저걸 주워 왔다는 건…….

"이상한 표정 짓지 마. 내가 내려갔다 온 게 아니라 종이가 올라온 거야."

"종이가 올라와?"

렌스가 이해할 수 없다는 듯이 반문하자 다리므는 몸을 일으켰다. 그대로 한 발짝 내디뎌 렌스와 나란히 난간에 기대섰다. 렌스가 그런 다리므를 빤히 쳐다보는 동안, 다리므는 한 손을 아래로 뻗더니 갑자기 위로 들어올렸다. 순간 저 아래 굴러다니던 종이 한 장이 휭 날아왔다.

다리므는 바로 눈앞에까지 올라온 종이를 익숙한 동작으로 잡아챘다.

바스락!

종이가 손 안에서 구겨지는 소리를 내었다.

"그런 방법이 있었군."

한순간 다리므가 마법사란 사실을 잊고 있던 렌스는 머쓱한 표정으로 다시 아래를 내려다보았다.

다리므는 손에 쥐어진 종이를 다시 허공에 날려보냈다. 바람을 탄 종이는 몇 번이고 공중제비를 넘으며 하늘을 헤엄쳤다. 그래봤자 금방 떨어질 거라고 렌스는 생각했지만, 의외로 종이는 금방 떨어지지 않고 너울너울 데굴데굴 흘러갔다.

"사실은 나도 별로 기분이 안 좋아."

조용한 말을 중얼거리며, 다리므는 손을 옆으로 조금 움직였다. 순간 막 떨어지려던 종이가 위로 솟아올랐다. 그제야 렌스는 다리므가 바람을 일으켜 종이를 날리고 있다는 사실을 깨달았다.

까만 하늘을 날아가는 노란 종이 조각. 저 불빛의 바다에 떨어질 듯 말 듯 아슬아슬한 비행을 이어가는 종이 조각의 모습은 로맨틱하진 않아도 꽤 인상적이었다.

"밀리는 상황이 오면 당연히 실험체를 대량으로 만들어 공격해 올 거라고 예상은 했었지만……."

팔랑—

막 바닥에 닿으려던 종이가 다리므의 손놀림에 따라 순식간에 5층 높이까지 솟아올랐다.

"이런 방식의 전쟁은 싫어."

"방식이란 걸 따지기 전에 전쟁은 좋지 않아."

원론적인 렌스의 말에 다리므는 쓸쓸히 웃었다.

"그럴까?"

한없이 솟아오르던 종이가 포물선을 그리며 왼쪽으로 굴러갔다. 렌스는 허리를 굽혀 난간에 상체를 완전히 기대었다.

"뭐, 상황이 이런데도 아무 생각 없이 사는 내가 할 말은 아니지만."

"미안."

"뭐가 미안해?"

"내가 오자고 했잖아."

"상관없어. 네가 오자고 안 했어도 내가 무언가 의미있는 일을 하진 않았을걸. 그냥 단순히 약초 정리 같은 거나 했겠지. 아니면 쓸데없이 돌아다니는 것 정도. 그런 것보단 지금이 더 나아."

이제 종이는 빙글빙글 한 자리를 맴돌기 시작했다. 렌스는 종이의 움직임에 시선을 고정시킨 채, 언제나처럼 무심한 말을 늘어놓았다.

"특별히 되고 싶은 것도, 하고 싶은 일도 없으니까. 그냥 지금 이대로 살다가 시간이 되면 사라지겠지. 지금 당장 누군가가 내 인생을 완전히 뒤바꿔놓는다 해도 별로 상관 없어. 지금도 그리 소중한 건 없으니까."

"멍청이."

"어쩌면 그럴지도."

"그렇게 대답하지 마. 정말 바보 같아!"

다리므가 갑자기 언성을 높였다. 언제나 웃음으로 모든 것을 얼버무리던 그가 이런 반응을 보이는 건 흔치 않은 일이었기에 렌스는 의아한 눈으로 그를 쳐다보았다.

팔랑… 팔랑……

받쳐 주는 힘을 잃은 종이가 아래로 떨어져 내리기 시작했다.

"왜 그래?"

"그런 식으로 가볍게 생각할 수 있는 게 아니잖아! 어떻게 되도 좋다는 생각으로 살면, 끝에는 뭐가 남아! 뭐든 하고 싶은 일을 찾아보자, 멍하니 시간을 보내지 말고 뭔가 의미있는 일을 해보자, 라는 생각은 왜 안 해!"

"왜 화를 내고 그래?"

완전히 바닥까지 떨어져 내린 종이 조각이 다른 종이들과 뒤섞여 바닥을 뒹굴기 시작하는 것을 느끼며 렌스는 다리므를 빤히 쳐다보았다. 아무래도 이건 농담이나 장난이 아닌 것 같았다. 다리므는 진짜로 화를 내고 있었다. 아무리 몰아세워도 화내다 웃어버리던 놈이 진짜로 화를 내고 있었다.

"화 안 내게 생겼어?! 그런 생각으로 사니까 아무것도 못 하지! 괜히 아저씨를 피하기만 하고! 뭔가 나아질 수 있는 행동을 왜 안 해! 단지 귀찮기 때문이야? 그런 식으로 낭비하는 거야? 바보 같은 자식, 엄청나게 한심해! 한심하다고!"

한심해. 한심하다고. 언제나 스스로에게 수십 번씩 되풀이했던 말을 들으며 렌스는 다리므를 멍하니 쳐다보기만 했다. 너무나 의외의 상황이었기 때문에 뭐라 대답할지 떠오르지 않았다. 렌스가 그렇게 할 말을 찾지 못하고 머뭇거리는 동안, 다리므는 씩씩거리다 점점 자신의 감정을 가라앉혀갔다.

"…한심해."

몇 분의 침묵이 지나자, 이제 완전히 감정이 가라앉은 듯한 차분한 어조로 다리므가 또 한 마디를 내뱉었다. 그리고는 렌스를 보던 시선을 피해 난간에 기대어 아래를 내려다보았다. 다리므가 바람으로 장난치던 종이는 어느새 바닥의 종이 조각들과 뒤섞여 찾아낼 수 없게 되었다.

"새삼스레 말해 줄 것 없어. 내 스스로 생각해도 한심하니까."

렌스도 다리므를 향한 시선을 돌려 아래를 내려다보았다. 역시 그 종이 조각은 찾을 수가 없었다.

"아니, 네가 아니라 내가."

다리므는 얕은 한숨을 내쉬었다. 또 화낸 것에 대한 반성을 하고 있는 모양이었다. 정말이지 같이 싸울 수가 없는 놈이라니까. 렌스는 쓸데없는 혼잣말을 속으로 중얼거리며 다리므의 말을 받았다.

"왜 또 궁상이야?"

렌스의 질문에 대한 답은 바로 돌아오지 않았다. 다리므는 그렇게 말없이 아래를 내려다보고 있다가 손을 약간 움직여 다시 종이 한 장을 띄워올렸다.

"가끔씩 이런 생각을 해."

"어떤?"

"무언가 거대한 힘이 모든 것을 움직이는 게 아닐까 하는 생각."

"대우주의 숭고한 의지인가. 그 엄청나고 위대한 것이 널 화나게 만들었다는 거냐?"

조금은 장난스럽게 반응해 올 거라 생각하고 던진 말이었는데, 의외로 다리므는 고개를 저었다.

"농담 아냐. 그냥, 자꾸만 그런 생각이 든단 말이야. 우리 모두를 잡고 흔드는 거대한 무언가가 있는 것 같다는 느낌."

"네가 운명론자인 줄은 몰랐는데."

렌스는 나직한 음으로 혼잣말 같은 말을 중얼거렸다. 다리므는 가볍게 웃었다. 하지만 별로 웃는 것 같지 않은 웃음이었다.

"글쎄, 운명이란 게 없었으면 좋겠다고 생각해. 하지만 그렇게 생각하면서도 가끔 어쩔 수 없는 게 존재한다는 사실을 느껴. 저 종이도 그렇지. 내가 이렇게 바람을 날려 종이를 띄우는 것처럼, 우리의 의지와는 다른 무언가가 우리를 흔들 수도 있는 거 아냐? 꼭 운명이라 부를 필요는 없어. 어떨 때는 그것이 시대 상황이고, 어떨 때는 그것이 부모님일 수도 있겠지. 아무튼 살면서 완전히 내 의지대로 모든 것을 움직일 수는 없어. 심지어는 내 자신의 의지까지도. 그런 것을 느낄 때면 자꾸만 초월적 존재에 관한 생각을 하게 돼. 이 세상 어딘가엔 이렇게 우리를 움직이는 무언가가 있는 게 아닐까? 저 종이처럼 원하지 않는데도 띄워지고, 원하지 않는데도 바닥에 떨어져 내리는 것처럼."

"정말 바보 같은 생각이군."

"떨어져 내리고 싶지 않아. 바보스러운 생각이라도 떨어져 내리고 싶지 않아. 내가 아닌 다른 무언가가 날 떨어뜨리는 것은 싫어. 그 무언가의 존재를 느끼지 않을 수 없다 하더라도."

다리므는 몸을 돌려 난간에서 멀어졌다. 어쩌면 더 이상 바깥을 쳐다보고 있을 자신이 없어진 건지도 몰랐다.

"난 아무래도 모르겠어. 그런 운명 따위."

렌스는 다리므의 의도가 어디에 있는지 잘 알 수 없는 심정이 되었다. 알 수 없는 말을 가끔 하던 다리므였지만 이건 그중에서도 강도가 높은 것 같았다. 우울한 음을 띠고 있기에 뭔가 반론을 꺼내야 한다고 생각하게 만들면서도, 뭐라고 반박해야 할지 알기 힘든 쓸데없이 추상적인 말이라니.

"그런 거, 있어도 무시해 버리면 아무 상관 없어."

결국 렌스의 입에서 흘러나온 말은 치졸한 문장이었다. 네 번째 파이를 끄집어내며 다리므는 고개를 저었다.

"됐어. 고민하지 마. 그냥 해본 말이니까."

"네가 그렇게 말하면 설득력이 없어."

"쳇, 못 믿겠다는 거냐?"

가장된 퉁명스러움을 띤 질문을 던지며 다리므는 파이를 베어 물었다.

"못 믿겠다기보다는 어린애를 물가에 내놓은 거 같다고나 할까."

농담처럼 흘러나온 말이었지만 렌스의 말에는 농담기가 하나도 없었다. 그런 렌스의 의도를 눈치 챈 다리므는 고개를 휘휘 저었다.

"애 취급하지 마."

"애 취급하지 않도록 해준다면 나야 언제든 기꺼이 그렇게 하지."

"어떻게 하란 소리야?"

"누가 그러더군. 어른이란, 자신이 할 수 있는 일과 할 수 없는 일을 제때 구별해서 남에게 적절한 도움을 요청할 수 있는 존재라고. 뭐든지 혼자서 다 할 수 있다고 믿는 어린애와는 다르지. 그런 점에서 보면 넌 완전 실격이야."

"그런 건 너도 마찬가지야. 내 말은 듣지도 않는 주제에."

약간의 퉁명스러움이 섞인 다리므의 중얼거림을 멍하니 듣고 있던 렌스는 몇 초의 시간이 지나고 나서야 그게 무슨 의미를 담고 있는 말인지 알아차렸다.

"쓸데없이 관여하지 말라고 했지. 그 문제만은 그냥 내버려둬. 아무리 너라도 그런 데까지 간섭하는 건 맘에 안 들어."

렌스의 어조가 약간 싸늘해지기 시작하자 다리므는 몸을 움츠렸다.

"정말 어린애야."

"그래, 그러니까 더 이상 말하지 마. 나도 너랑 싸우긴 싫으니까."

다리므는 손에 든 파이가 화풀이 대상이라도 되는 양 단숨에 파이를 삼켰다. 꽤나 큰 조각을 한번에 삼킨 탓에 몇 분 동안 침묵이 이어졌다. 다리므는 파이를 씹느라 말을 하지 못했고, 렌스는 그런 다리므를 쳐다보고만 있었다.

그렇게 재미없는 몇 분의 시간이 홀라당 지나간 후에, 간신히 파이를 완전히 삼킨 다리므가 대뜸 말을 내뱉었다.

"화해해."

"싫어."

"그런 식으로 나온다고 해서 해결될 문제가 아니잖아. 대체 왜 그렇게 똥고집이야?"

"상관하지 마. 네가 참견하는 거, 기분 안 좋아."

지금까지 내내 조심스러웠던 다리므가 오랜만에 적극적으로 나오는 거라 할 수 있었지만 주제가 맘에 들지 않았다. 렌스는 바닥에 털썩 주저앉으며 눈을 감아버렸다. 왠지 이대로 계속 다리므를 보고 있으면 벌컥 화를 내버릴 것만 같다는 생각이 들었던 탓이었다.

다리므는 이런 렌스의 태도가 싫었는지 다시 언성을 높였다.

"정말 한심해! 나아지겠다는 생각도 안 하고! 언제나 그렇지! 이런 식으로 만날 제자리! 제자리! 제자리! 한심하단 말야! 정말 모르겠어?"

렌스는 아무 말도 하지 않았다. 다리므가 무슨 말을 하든, 화를 내면 안 된다고 자신을 다그쳐 왔던 성과일까. 그는 아직 다리므에게 아무 말도 내뱉지 않고 견딜 수 있었다. 입을 열기만 하면 다리므를 몰아붙일 것만 같아 억지로 입을 다물고 있는 상태였지만, 그런 렌스의 생각을 전혀 이해해 주지도 않는 다리므는 그대로 계속 말을 퍼부었다.

"하고 싶은 것, 되고 싶은 것이 왜 없어?! 단지 게으를 뿐이잖아! 언제나 지난 일에만 묶여서. 그래, 좋은 시절이었지! 부러울 정도로 좋았었지! 항상 그 생각에만 얽매여서 아무것도 안 하는 걸 당연하다 생각하는 바보 자식! 난 네가⋯⋯."

다리므는 말을 계속 쏟아붓다가 갑자기 한 시점에서 멈추었다. 렌스는 말이 계속 이어질 거라 생각했으나 다리므는 그대로 몸을 휙 돌렸다.

"다르."

분위기가 이상해지자 렌스는 벌떡 일어나 막 베란다에서 나가려는 다리므의 팔을 붙잡았다. 다리므는 렌스의 손을 뿌리치려 애썼으나 그의 힘으로 렌스를 밀어낼 수 있을 리가 없었다.

"놔줘."

"무슨 말을 하고 싶은 건지 확실히 해. 말을 하다 멈추는 건 질색이야. 알아?"

"됐어. 더 할 말 없어."

다리므의 목소리는 어느새 평상시의 어조로 돌아와 있었다. 그냥 단순히 안으로 들어가려 하는 것을 렌스가 붙잡았다는 식의 말이었다. 하지만 그렇기에 렌스는 더 더욱 놓아줄 생각이 없어졌다.

"할 말이 없는 얼굴이 아니잖아."

렌스가 간단한 말로 자신의 이유를 대자 다리므는 웃으며 고개를 저었다.

"놔줘. 이젠 추워진단 말야."

"딴청 피우지 마."

"딴청 피우는 거 아냐. 정말⋯⋯."

자꾸만 농담 같은 말로 대응하는 다리므였다. 렌스는 별로 좋지 않다는 생각을 하며 다리므의 팔을 확 잡아당겼다. 갑작스런 동작이었기에 다리므는 그대로 크게 휘청 하며 렌스의 앞으로 끌려왔다.

"네가 깡패냐? 불만 있으면 말로 해."

붙잡힌 팔이 아프다는 듯이 인상을 쓰며 다리므는 퉁명스레 항의했다. 렌스는 잠시 동안 그런 다리므를 빤히 쳐다보고 있다가 한숨을 내쉬며 팔을 놓아주었다.

생각해 보면 언제나 이런 식이었다. 언제나 이런 식으로 싸웠고, 언제나 이런 식으로 서로에게 불만을 가졌었다. 나아진 건 하나도 없었다.

다리므가 아주 조금만 더 솔직해지는 건 그리 무리한 바램도 아닌 것 같은데 왜 이리도 어려울까. 렌스는 고개를 저으며 바닥에 굴러다니던 봉지를 집어 들었다.

"새벽에는 많이 춥대. 옷 좀 두껍게 입어. 감기 걸리지 말고."

4

정말 끝도 없는 일이었다.

우선은 지나치게 먼지가 끼어 회색 빛이 된 창문을 닦기 시작했다. 어찌나 먼지 층이 두꺼운지 거친 종이로 빡빡 밀어야 먼지가 밀려났다. 이제 먼지를 거의 떨어냈겠지 하는 생각이 들 정도로 문대고 나서야 물 묻힌 걸레로 닦을 수 있었다. 하지만 걸레를 대는 순간 걸레가 새까맣게 되는 바람에 모두들 멍하니 창문을 쳐다볼 수밖에 없었다.

그렇게 고룡이 둘이나 동원된 인원으로 한 시간쯤 빡빡 문지르고 나자 창문이 투명한 유리로 되어 있었다는 사실을 확인할 수 있었다. 불투명 창인 줄 알았던 창이 건너편 길이 보일 정도로 투명한 것이었다는 사실을 받아들이기까지는 시간이 좀 걸렸다.

창을 통해 햇볕이 들어오기 시작하자 어둡기만 하던 가게 안이 상당히 밝아졌다. 물론 그렇게 되기까지의 고초는 말로 못 하지만 정말 노동의 소중함을 깨달을 수 있을 정도였다. 창문을 통해 비쳐든 햇볕이 노곤한 골동품 무더기 위로 찾아들기 시작했을 때의 감동은 상당한 것이었다.

창문 다음은 바깥쪽에 쌓인 물건들이었다. 입구부터 즐비하게 쌓인 물건들은 어찌나 무질서하게 쌓여 있는지 걸어다닐 통로만 간신히 남겨놓고 있었다. 창문을 닦아낸 위업에 기뻐하고 있던 사람들은 쌓여 있던 물건들에 시선을 준 순간, 약속이나 한 듯 일제히 한숨을 내쉬었다.

사이키가 홀랑홀랑 뛰어가 걸레를 자기 키 높이만큼이나 구해 왔다. 못 쓰는 천이나 수건이면 뭐든지 되었기에 약간의 돈으로도 걸레를 구하는 건 어렵지 않았지만, 워낙 양이 많았던 탓에 들고 오기 힘들었다고 투덜거렸다.

그녀의 작은 키로 그만큼의 걸레를 들고 오기 위해 머리에 이고, 어깨에 지고, 팔에 들고 다리에 묶어 묘기 하는 것처럼 와야 했으니까. 하지만 티그람은 단순히 들고 오기 힘든 것에만 투덜거리는 것을 다행으로 생각했는데, 그 이유는 그 꼴로 오는 동안 구경꾼이 꽤나 몰려든 것에 대해서는 사이키가 아무런 말도 하지 않았기 때문이다.

각자 옆에 수십 센티 높이의 걸레를 쌓은 채 군데군데 흩어져 물건 닦기에 착수했다. 다행히 물건에 입혀진 먼지 층은 창문만큼 두껍지 않았고, 덕분에 물 묻힌 걸레로 문대는 것으로 충분했다. 물건이 겹겹이 쌓인 부분에는 먼지가 끼지 않아 창문보다는 확실히 편한 작업이었다. 하지만 양이 무시무시하다는 엄청난 문제가 있어 결과적으로는 사람을 지치게 했다.

결국 점심때쯤엔 전원이 완전한 파김치가 되어 뻗어버렸다. 조용히 한구석에서 담배를 빨며 수많은 소리에 심취해 있던 알카로드가 점심은 안 먹을 거냐고 말했지만, 모두들 우선 쉬고 싶은 생각에 드러누워 버렸기 때문에 점심 시간이 아닌 낮잠 시간의 공기가 흘러갔다.

모두들 드러누워 청소 소리가 멈춘 조용함이 몇십 초 흐르자 알카로드는 앉아 있던 자리에서 일어났다.

"체력이 이래서 어디다 써먹을꼬."

물건 무더기에 기대어 눈을 감고 있던 렌스는 바로 앞에서 들려온 목소리에 눈을 떴다. 그냥 전체를 향해 한 말이라 생각했는데 의외로 알카로드는 정확히 이쪽으로 얼굴을 향하고 있었다.

드래곤들도 지쳤는데 뭐라고 하는 건지. 렌스는 귀찮다는 생각에 다시 눈을 감았다. 순간 알카로드의 담뱃대가 그의 어깨를 툭툭 건드렸다.

"귀찮다는 표정 짓지 말고 제대로 들으란 소리다. 기척도 전혀 안 내기에 대단한 놈인 줄 알았는데, 이게 뭐냐? 벌써 지쳐서 골골거리기는."

왠지 이 청소를 시킨 것이 렌스의 체력을 알아보기 위해서였다는 의미로 들리는 말이었다. 드래곤이 섞인 파티에서 렌스의 체력만을 탓하는 건 이해가 가지 않는 행동이었기에 렌스는 그냥 귀찮은 영감으로 치부하기로 했다.

"드래곤이랑 비교하는 게 의미없다고 생각하는 게냐? 비교할 가치조차 없다는 게 더 맘에 안 들었다는 거다. 넌 잘하는 게 뭐냐? 보아하니 마법도 못 하는 것 같고, 움직임을 보아서도 전사로 보이진 않고, 말하는 걸로 봐서는 학자도 아니고, 손놀림이 예술가인 것도 아니고, 성악가라도 되는 게냐? 아니, 목소리도 성악가 하기엔 안 좋아."

나직하면서도 은근히 성질을 긁는 말이었다. 덕분에 렌스는 '이 사람이 나한테 뭐 원수진 거라도 있나?' 하는 의문을 새삼스레 던져야 했다. 하지만 어제 처음 만난 사람이 렌스에게 악감정을 가지고 있을 리가 없었다.

"말씀이 지나치십니다."

렌스 대신 티그람이 불쑥 대답을 꺼냈다. 알카로드가 자꾸 렌스를 건드리는 게 맘에 안 든 모양이다.

"네게 한 말이 아니다."

"어찌 됐든 간에 지나칩니다."

렌스를 건드리려면 먼저 자기를 상대하라는 식의 티그람이었다. 알카로드는 티그람 때문에 렌스의 대답을 들을 수 없는 게 불만스러운지 인상을 찌푸렸다.

"넌 어찌 된 게 드래곤 나이트나 되는 놈이 이렇게 사는 게냐? 아리따운 레이디를 수행한다면 좀 이해가 가겠다만 원."

"아냐, 여장시키면 꽤 예쁠지도 몰라."

"하긴 그렇게 하면…… 뭐냐, 너는!"

알카로드는 반사적으로 긍정하려다가 그 말의 내용을 뒤늦게 깨닫고 눈썹을 찌푸렸다. 하지만 사이키는 태연히 그에게 질문을 던졌다.

"내가 뭐냐고 물으면 뭐라고 대답하지?"

"그걸 왜 나한테 묻는 거냐?"

"방금 물어봤잖아. '뭐냐, 너는'이라고."

결국 알카로드는 결국 고개를 푹 숙이고 말았다. 어김없이 끼어들어 대화를 엉망진창으로 만드는 사이키였다. 이미 오랜 세월 동

안 이런 일을 당해온 티그람은 한숨을 내쉬었고, 다리므는 킥킥거
렸다.

"나가자. 뭐라도 좀 사 와야지."

사이키와 알카로드와 티그람의 이상한 말씨름은 계속되고, 그러
는 중에 잊혀진 존재가 된 렌스가 슬쩍 그 자리에서 빠져 나오며
다리므를 잡아끌었다. 다리므는 피곤해 죽겠다는 표정이었지만 렌
스가 팔을 잡아 일으켜주자 반쯤 질질 끌려오는 동작으로 따라나
왔다.

처음 알카로드가 걸고넘어진 장본인인 렌스가 빠져 나가는 데
도 아무도 눈치 채지 못했다는 건 상당히 이상한 일이었지만 대
화가 워낙 이상한 방향으로 이어진 탓에 모두들 대화가 처음 시
작된 기원을 잊어버린 상태였다. 빠져 나가는 렌스를 보며 미르가
가벼운 미소를 지었지만 그 외의 다른 사람은 렌스에게 신경 쓰
지 않았다.

가게 밖으로 한 발 내딛자마자 부드러운 햇살과 상쾌한 공기가
몰려 들어왔다. 창문의 먼지를 닦아내어 이제 가게 안에도 어느
정도의 햇볕에 들어오긴 했지만 역시 바깥과는 상대가 안 되었다.
청소하면서 내내 먼지 때문에 캑캑거리던 다리므는 깨끗한 바람
이 얼굴을 스치고 흐르자 이제야 살겠다는 표정을 지었다.

"와, 이렇게 공기가 다를 줄이야."

"정말, 그 먼지 쌓인 데서 사는 사람은 신체 구조가 어떻게 돼
있는지 모르겠다니까."

렌스가 투덜거리는 말을 꺼내자 다리므는 재미있다는 듯이 웃
었다.

"대체 왜 그러는 거야? 너랑 원수진 일이라도 있대?"

"몰라. 갑자기 그러던걸."

"하지만 꼭 틀린 말은 아니었어."

"너까지 시비 거는 거냐?"

렌스가 불만스럽다는 표정을 짓자 다리므는 어깨를 으쓱했다.

"사실이잖아."

생각해 보니 어제 다리므가 물고 늘어졌던 사항과 알카로드가 따지는 사항은 같은 내용이었다. 둘이 약속하고 이러는 것일 리는 없지만 기분이 묘해지는 것은 사실이었다.

"갑자기 왜 그러냐? 너나 그 아저씨나 느닷없이."

"그냥, 뭐든지 잘했으면 싶어서. 배우면 금방 할 수 있는 것들을 그냥 두는 게 이해가 안 돼. 지금도 사실상 백수잖아. 전쟁 끝나면 또 뭔가 벌이가 생기겠지만, 이대로 되는대로 살아서는 사병들이랑 다를 게 뭐야. 뭔가 해야지."

"꼭 마누라 같은 소리를……"

약간 진지해지려던 다리므는 렌스의 중얼거림에 쿡 웃어버렸다. 렌스는 고개를 저으며 다리므의 어깨에 손을 얹었다.

"걱정해 주는 건 좋은데, 지금은… 어? 열 있잖아."

무심코 말을 이어가던 렌스는 다리므의 체온이 약간 높다는 것을 깨닫고 어깨를 짚었던 손을 약간 옮겨 뺨을 짚었다. 역시 체온이 높아져 있었다. 심한 열은 아니어서 약간 따뜻한 정도였지만 좋게 생각할 수는 없었다.

다리므 본인도 그 사실을 그제야 알았는지 한 손으로 이마를 짚었다.

"좀 덥다 싶더니…… 피곤했나?"

"자기 몸 아픈지도 모르냐? 안 되겠다. 여관 가서 쉬어. 우리들만으로도 청소 오늘 안에 마칠 수 있으니까."

"아, 아니, 괜찮아."

"괜찮다고 했다가 다음날 앓아 누운 게 지금까지 몇 번이었더라?"

렌스의 말에 다리므는 힘 빠진다는 표정을 지었다.

"다른 곳에서도 쉴 수는 있잖아."

"어디서? 먼지 날리는 가게, 그 공기 나쁜 곳에서?"

"거기서 사는 사람도 있는데 괜찮지 않… 겠지?"

어떻게든 말을 해보려던 다리므는 렌스의 표정이 점점 더 날카로워지자 말을 약간 바꾸었다.

"여관이 왜 싫은데?"

"혼자 있으면 심심해서."

"네가 애냐?"

너무나 엉뚱한 이유에 렌스는 다리므를 이상한 눈으로 쳐다보았다. 하지만 그 말은 농담이 아닌 듯했다. 다리므는 달리 뭐라고 해야 할지 적합한 단어를 찾지 못해 헤매고 있었다.

"그러니까 말을 좀 바꾸면 심심하다기보다는… 그러니까 뭐라고 해야 할까? 그러니까……."

"'그러니까' 라는 말밖에 안 들린다."

"아무튼, 그래서 싫어."

"그러니까, 아무튼, 그래서, 싫다는 거냐?"

다리므는 결국 고개를 푹 숙이고 말았다.

"아무튼 그래. 알아서 알아들을 수는 없냐?"

"그러니까, 아무튼, 그래서, 싫으니까 아무튼 그래… 라는 말을 어떻게 해석해야 하는데?"

"합치지 마! 나도 헷갈리잖아."

"네가 말을 헷갈리게 하는 걸 나보고 어떻게 하라고?"

렌스도 머리 아프다는 듯이 고개를 저으며 다리므를 쳐다보았다. 그는 그렇게 잠시 동안 관찰이라도 하는 양 다리므의 모습을 주욱 훑어보더니 한숨을 내쉬었다.

"다리는 아직 안 나았고, 한쪽 뺨은 부었고, 열은 오르고. 정말 엉망진창이네. 정말 이렇게 살 거냐? 보고 있으면 속상해. 알아?"

"마누라같이."

다리므는 아까 렌스가 썼던 말로 렌스의 말을 받았다. 렌스는 농담할 기분 아니라는 얼굴로 다리므의 팔을 잡아끌었다.

"그렇게 여관 가기 싫으면 가게로 가자. 먼지 덜 날리는 데서 얌전히 앉아 있으면 그래도 좀 낫겠지."

"어, 점심은?"

"누군가 사 오겠지."

"점심 식사라는 심오하고 중요한 문제를 그렇게 간단히 외면해?"

"외면하는 게 아니라 점심의 해결자라는 중책(重責)을 다른 사람에게 넘기는 거야. 양보의 미덕이라는 거지."

"무책임하게."

"따지지 말고 따라오기나 해."

역시 렌스는 기분이 안 좋아진 모양이다. 다리므는 왔던 길을 다시 돌아가며 한숨을 내쉬었다. 여러 가지로 좋지 않았다.

라드휀이 들었다는 호수의 위치는 잘못된 것이었다. 아무리 깊게 파도 건조한 흙만이 나올 뿐이었다. 그래서 그들은 알카로드를 찾아갔다. 사람마다 호수의 위치를 다 다르게 말하는 이 상황에서 그나마 제일 신빙성 있는 게 알카로드였으니까.

희한하게도 알카로드는 티그람이 제시한 꽤 높은 금액에도 넘어가지 않았다. 청소 외의 다른 조건을 몇 가지 제시해 보았지만 그는 무슨 조건이든 다 필요없고 무조건 청소만 하면 된다고 고집을 피웠다. 덕분에 모두들 별수 없이 아침부터 난데없는 청소를 시작한 것이다.

'오늘… 그래, 정말 오늘 안에 끝나야 할 텐데.'

다리므는 한 손으로 이마를 짚은 채 시선을 떨어뜨렸다. 정말 느낌이 안 좋았다. 어제도, 오늘도 그저 가벼운 증세일 뿐이지만 지독한 불안감이 그의 마음을 편치 않게 했다. 그 장소를 빨리 찾지 않으면 안 된다는 생각이 점점 절박해지고 있었다. 그 안에 있는 게 대체 무엇인지는 아직 알 수 없지만, 그곳에만 가면 모든 것이 해결될 것만 같았다. 이 무서운 불안감도, 수많은 생각들도 그곳에만 가면…….

'조금만 여유를 갖자. 하루이틀 차이 난다고 큰일이 날 것도 아니잖아.'

다리므는 자꾸만 조급해지는 자신을 억누르려 애썼다. 하지만 늘 그렇듯 감정은 자신의 의지와는 다른 방향으로 자꾸만 달려갈 뿐이었다.

*   *   *

하늘을 올려다보고 나서야 점심 시간이 되었다는 것을 깨달았다.

'빌어먹을, 시간 정말 빨리 가는군.'

유스파드는 아무렇게나 머리를 쓸어올리며 한숨을 쉬었다. 책상 위에는 아직도 수많은 종이들이 흩어져 있었다. 아직 해결 못 한 일들, 그리고 오늘 안에 해결되어야 할 일들이 종이의 무게만큼이나 쌓여 있었다. 오전 내내 많이 치웠다고 생각할 수도 있지만 역시 기분이 좋진 않았다. 이런 일 처리를 그 스스로도 별로 좋아하지 않았으니까.

언제나 최전선에 나가 싸우는 것을 원했지, 이렇게 후방에서 형식적인 명령만 내리는 자들을 부러워한 적이 없는 그였다. 아니, 오히려 바보스럽다고 생각했었다. 사건의 본질을 접해보지 못한 채 언제나 문서로만 모든 일을 보고, 언제나 문서로만, 그리고 말로만 사건을 해결하는 사람들. 정말 한심하다고 생각했었다.

하지만 스스로 이 위치에 서고 나니 이것도 그리 한심스러운 일만은 아니라는 것을 깨달았다. 사람이란 참 이상한 존재여서, 그리 필요하지도 않은 형식을 항상 요구하는 것이다. 혼자 살아간다면 몰라도 상대가 형식을 원한다면 그리 해줄 수밖에 없었다.

다만 이런 자리에 있을 수밖에 없는 자신이 한심스러울 뿐이었다.

하고 싶은 대로 할 수는 없다는 사실은 그래도 견딜 수 있었지만 옳다고 생각하는 대로 할 수는 없다는 사실을 견디는 건 정말 힘이 들었다. 하지만 힘이 들어도 역시 살다 보면 어떻게든 살아지는 법이라, 유스파드는 수없이 밀려드는 괴로운 감정을 잘도 견디 지금까지 이곳에서 버티고 있을 수 있었다.

함께 있었던 사람들, 함께 추구했던 것, 항상 생각했던 것, 그 모든 것을 버리고도 그는 살아 있을 수 있었다. 이상이라든가 신념이라든가 동료라든가 하는, 삶에서 가장 소중하다 여겨지는 것들이 없이도 사람은 살 수 있었다. 살아 있기만 하면, 그냥 어떻게든 살아지는 것이다.

다만 자신이 한심스러울 뿐이다. 다만 그것뿐이다.

"유스파드님."

문득 문 쪽에서 작은 목소리가 들렸다. 유스파드는 그쪽을 돌아보지도 않은 채 짧게 답했다.

"들여보내."

아침 이른 시간부터 손님이 왔다는 말을 계속 들었던 그였다. 급히 해치워야 할 일이 잔뜩 쌓여 있는 유스파드였기에 바쁘다고 돌려보내라 했지만, 그 '손님'은 만날 수 있을 때까지 계속 기다린다고 했다. 오전 내내 기다리게 하면 갈 줄 알았는데 아무래도 그런 생각은 오산이었던 모양이다.

열렸던 문이 다시 닫히는 소리가 나며 그 사람이 방 안으로 들어왔다. 청각이 예민하지 않은 사람이라면 듣지도 못할 정도로 작은 발소리가 천천히 다가왔다. 유스파드는 특별한 감흥 없이 고개를 들었다.

순간 그 사람과 눈이 마주쳤다. 너무나 의외의 사람이었기에 유스파드는 그대로 멍하니 그 사람을 쳐다보았다. 이제는 기억조차 가물가물한 사람이 지금 실체가 되어 그의 앞에서 미소 짓고 있었다.

"안녕."

오랜만이라는 인사가 아니었다. 마치 며칠 전에 헤어진 사람을 대하듯 익숙한 말이었다. 유스파드는 어이가 없어지는 것을 느끼며 간신히 입을 열었다.

"네, 네이아?"

"바쁜 건 알지만 기다리는 동안 지루했어."

그녀는 너무나도 가벼운 말을 하며 자연스레 한쪽에 있는 의자에 앉았다.

"미쳤군!"

유스파드는 자신도 모르는 사이에 한 손으로 책상을 내려치고 있었다. 쾅! 하는 소리와 함께 무질서하게 흩어져 있던 종이가 와스스 떨어져 내렸다. 바깥에 있던 사람들이 놀라 문을 열었을 정도로 큰 소리였다.

"무, 무슨 일입니까?"

아무래도 바깥에는 만약의 사태를 대비한 사람들이 잔뜩 몰려와 있는 모양이다. 약간 열린 문틈으로 무장을 갖춘 수많은 사람의 모습이 얼핏 보였다. 유스파드는 한숨을 내쉬며 고개를 저었다.

"됐어. 아무 일도 아냐."

그들은 심히 의심스럽다는 듯이 유스파드와 네이아를 번갈아 쳐다보다가 유스파드가 인상을 쓰자 급히 문을 닫고 물러섰다.

역시 위험해. 위험하단 말이야. 유스파드는 머리가 아파 오는 것을 느끼며 고개를 돌려 네이아를 쳐다보았다.

"이런 시기에 이곳에 찾아와? 안 그래도 위태위태한데 네게 무슨 일이라도 생기면 모두 끝장이야! 뻔히 알면서 오전 내내 여기 있었다니, 제정신이야?!"

그는 바깥에 있는 이들을 자극하지 않을 정도의 낮은 음으로, 그러나 최대한 빠른 속도로 말을 퍼부었다. 안 그래도 일이 많은 데다 곧 폭발할 것만 같은 내부 분위기 때문에 죽을 지경인데, 이런 일까지 눈앞에 두고 있으려니 화가 나지 않을 수가 없었다.

하지만 그런 그의 속을 뻔히 읽고 있을 네이아는 너무도 태연한 모습이었다.

"아무 일 없었어."

"그렇다고 모든 게 해결되는 게 아니잖아! 제길! 이럴 줄 알았다면 오전에 만나는 건데!"

"좀 지루했지만 나쁘진 않았어. 그렇게 내가 바깥에 앉아 있는 동안, 바깥에 있던 사람들도 조금은 정령이란 존재에 익숙해지지 않았을까?"

네이아의 입가에는 여전히 부드러운 미소가 걸려 있었다. 마치 매일 만나던 사람을 대하는 것 같은 태도였다. 유스파드로서는 따라 할 수조차 없는 편안함으로 그녀는 유스파드의 앞에 앉아 있었다.

바보스러운 일이었지만 그런 네이아를 보고 있던 유스파드는 자신의 흥분이 서서히 가라앉는 것을 느꼈다. 그는 네이아의 시선을 외면하듯 고개를 돌리며 몇 걸음 걸어나가 그녀의 옆에 섰다.

"아무튼 미친 짓이야. 이미 뮤트에게 익숙해질 대로 익숙해진 놈들이야. 네가 가만히 있었다고 해서 딱히 정령에게 익숙해질 것도 없는 놈들이라고. 게다가 지금은 정령들과 협력해야 한다는 사실을 억지로 이해시켜 놓은 상태라 언제 터질지 모르는 상황이라고! 언제라도 널 공격할 수 있었다는 말이야! 뻔히 알잖아?"

"역시 뮤트는 딘이었구나."

갑자기 끼어들어 온 네이아의 한마디가 유스파드의 말을 끊었다. 유스파드는 골치 아프다는 표정을 지으며 반대편의 소파에 털썩 앉았다.

"그런 말이나 하러 온 건 아닐 텐데?"

"그래, 그런 건 아무래도 상관없어. 하논이 어련히 잘했을 테니까."

하논. 오랜만에 듣는 그 이름에 유스파드는 묘한 감정을 느꼈다. 생각해 보니 네이아도 하르드퀴논을 하논이라 불렀던 사람 중에 하나였다. 수많은 사건에 얼룩지고 흐려졌지만, 확실히 고대의 하르드퀴논과 네이아는 꽤 친밀했었다.

"하고 싶은 말은 많지만, 바쁜 것 같으니 시간 많이 빼앗진 않을게. 다음에라도 얼마든지 이야기할 수 있겠지."

'다음에라도'라니. 그 일상적인 단어에 유스파드는 한숨을 내쉬었다. 지금은 어쩔 수 없이 물러나 있지만 얼마 전까지만 해도 정령을 마땅히 몰살시켜야 한다고 외치던 유스파드 앞에서 저런 말을 할 수 있는 건 네이아밖에 없을 터였다.

"묻고 싶은 게 있어. 활기 계열 마족은 대체 어디에 있는 거지?"

"뭐?"

아련한 생각에 잠겨들던 유스파드는 전혀 예상하지 못했던 질문에 날카롭게 반문했다. 네이아는 서두르지 않는 어조로 좀더 자세한 말을 꺼내주었다.

"활기 계열 마족들은 지금 우리와 적대 관계에 있는 걸로 되어 있지. 그래서라고 생각했어. 활기 계열 마족을 전혀 볼 수 없는 건."

"전혀 볼 수 없다고?"

유스파드는 눈을 가늘게 떴다. 생각해 보니 진짜 그랬다. 유스파드도 최근 몇 년 동안 활기 계열 마족을 본 적이 거의 없었다. 한때 뮤트를 놓고 말이 많았다고는 하지만 그 일에 전혀 관여하지 않았던 그로서는 활기 계열 마족과 접촉할 기회가 없었던 것이다.

그리고 그 다음에 흘러나온 네이아의 말은 지금까지 생각지도 못했던 의혹을 확실히 굳혀주었다.

"활기 계열 마족은 대체 어디에 있는 거지?"

"어… 라……?"

전혀 예상하지도 못한 장면을 눈앞에 대한 렌스는 이 장면을 전혀 받아들이지 못하겠다는 표정을 지으며 물음표를 길게 늘였다.

"미치겠지? 나도 미치고 싶다."

가게 유리창 너머에서 라드휜이 단순 명료한 질문으로 자신의 심정을 확실히 나타내 주었다. 다리므가 어떻게 된 거냐는 의문을 담은 눈으로 그를 내려다보자, 그는 손끝으로 알카로드를 가리키며 고개를 휘휘 저었다.

"마법의 영역이 청소에까지 퍼져 있는 줄은 몰랐어요."

가게 안에 들어가자 미르가 짧은 문장을 던져 주었다. 다리므는 그게 무슨 뜻이냐고 물으려다가 미끄러질 뻔했다. 바닥이 얼마나 잘 닦여 있는지, 매끈매끈해서 미끄러지기 딱 좋을 정도였다.

"청소하는 마법이라고?"

다리므의 질문을 머리 위로 들으며 렌스는 허리를 숙여 손으로 바닥을 만져 보았다. 정말 티끌 하나도 없었다. 본래 무슨 색이었는지 의심스럽던 바닥이 이제는 반짝반짝 빛이 나고 있었다. 반짝반짝 광이 날 때까지 닦는다는 표현을 과장법으로만 생각했던 렌스는 이 장면 앞에 자신의 생각을 철저히 수정해야만 했다.

"에이구, 허리야. 한번 써먹으려 했더니 도움은 안 되고 에고~"

한쪽 구석에 앉아 있던 알카로드가 고개를 휘휘 저으며 혼잣말을 중얼거렸다. 순간 라드휜이 고개를 홱 돌리며 날카로운 말을 던졌다.

"이렇게 할 수 있었다면 시켜먹을 필요가 없었잖아! 빌어먹을 영감!"

이게 어떻게 된 조화인지 대충 짐작하게 해주는 말이었다. 알카로드는 무섭게 으르렁거리는 라드휜을 거의 무시하는 듯한 표정으로 담배 연기를 하얗게 뿜었다.

"시킬 게 없었는데 어쩌란 말이냐. 뭔가 시켜는 봐야겠는데 마땅한 것도 없고. 청소를 시켜봤더니 먼지만 날리게 하는 게 영영 안 끝날 거 같아 내가 직접 했는데, 그게 불만이냐?"

"불만이지, 그럼! 헛고생시킨 거잖아!"

"뭔가 의미있는 일을 하고 싶었던 게냐? 백룡의 비늘이라도 가져오라고 했어야 됐던 게냐?"

순간 주변의 공기가 흔들렸다. 난데없이 튀어나온 엉뚱한 말이었기에 으르렁거리던 라드흰마저 큭큭거리며 고개를 숙였다.

"어라? 뭐냐? 내가 무슨 말을 잘못한 게냐?"

이 극적인 분위기의 변화를 전혀 이해하지 못한 알카로드는 고개를 갸웃하며 질문을 던졌다. 하지만 아무도 그 질문에 대한 대답을 해주지 않았다. 다리므만이 장난스러운 표정으로 알카로드에게 질문을 던졌을 뿐이었다.

"백룡의 비늘… 필요하십니까? 찾으러 가볼까요?"

말 자체는 농담이었지만 그 말 안에 담긴 내용이 의미심장한 것이었다. 미르가 곤란한 표정을 짓는 것과 동시에 알카로드가 앉아 있던 자리에서 일어나 이쪽으로 조금 다가왔다.

"설마, 화이트 드래곤이 있는 장소를 안단 말이냐?"

순간 미르가 무슨 생각을 했는지 성큼 걸어나와 알카로드와 마주 섰다. 발소리로 미르의 움직임을 감지했는지, 알카로드는 고개를 좀더 숙여 미르를 내려다보는 듯한 자세를 취했다.

"있는 장소라면 가르쳐 드릴 수 있어요. 그 호수가 있는 곳만 알려주신다면."

그 말에 남은 사람들은 기가 막히다는 표정으로 서로를 쳐다보왔다. 미르는 그새 이 상황을 제대로 써먹을 생각까지 한 것이다. 역시 미르답다고 하지 않을 수가 없었다.

알카로드는 잠시 생각에 잠긴 표정을 지었다. 미르의 말을 진지하게 고려해 보는 모습이었다. 한참의 시간을 침묵으로 채운 후에야 그는 신중하게 입을 열었다.

"그 말을 어떻게 믿지?"

"확실한 걸 원하신다면……."

그때였다. 막 진지해지려는 대화 속에 갑자기 명랑한 목소리가 끼어들었다.

"참! 잊어버린 거 있어!"

사이키였다. 그녀의 목소리를 확인한 순간, 미르와 알카로드는 동시에 '무시하자' 라는 표정을 지었다. 하지만 그들의 다음 말보다 그녀의 말이 더 빨랐다.

"알카로드 씨, 그라다가 안부 전해달랬어!"

"그, 그러니까 네가 이곳에 찾아온 건……."

티그람이 핑핑 돌아가느라 어지러워진 머리를 안정시키려 애쓰며 말을 꺼내자 사이키가 간단히 그 뒤를 이었다.

"백작하고 그라다가 한번 가보라고 소개해 줘서. 됐지?"

"'됐지'가 아니잖아! 왜 그 말을 이제야 하는 거냐! 어제는 술내기하다 안 거라고 했잖아!"

"바보 나이트. 그 말을 믿었던 거야? 농담하고 진담을 구별 못 하면 인생이 팍팍해져."

"그런 말, 딴 사람이 하면 농담으로 들려도 네가 하면 농담으로 안 들린단 말이다!"

티그람의 외침에 주변 사람들도 진지하게 고개를 끄덕였다. 사이키 본인은 인정할 수 없다는 표정으로 고개를 도리도리 저었지만 호응해 주는 사람은 없었다.

"그래서 뭐라고 하더냐?"

티그람과 사이키의 대화가 일단락된 듯하자 알카로드가 질문을 꺼내었다. 그도 사이키와의 대화에 어지간히 질려 있는 듯했지만 말을 해줄 수 있는 사람이 사이키밖에 없기에 별수 없이 그녀에게 질문을 던진 것이다.

하지만 의외로 사이키는 정상적인 내용의 대답을 해왔다.

"그냥, 안부 전해달라고."

"그 외의 말은?"

"없었어. 백작도, 그라다도 그냥 찾아가 보라고만 해서. 하지만 뉘앙스란 게 있잖아?"

"그래, 제길. 귀찮게시리."

그는 손목을 가볍게 돌려 담뱃대를 저편으로 던졌다.

탁!

신통하게도 담뱃대는 탁자 한가운데에 정확히 떨어졌다. 아무렇게나 집어던진 것 같았는데도 저렇게 정확한 걸 보면 역시 시각 외의 다른 감각이 꽤나 발달한 모양이다.

"그 지역을 조사하고 나면 바로 페리어드로 돌아갈 거냐?"

"아마도."

"그래, 드래곤이 필요할 것 같은 상황이니."

갑자기 대화는 이상한 방향으로 흘러가고 있었다. 사이키를 제외한 다른 사람들은 이게 어떻게 되어가고 있는 건지 잘 이해하지 못할 정도였다. 하지만 아무도 사이키에게 질문을 던지는 시도

는 하지 않았는데, 그 대답이 정상적일 리가 없다는 믿음 때문이
었다.

"아무 말 안 하면 가만히 있으려 했는데, 이렇게 부른다면 가야
겠지. 대신 백작에게 전해. 대가는 확실히 요구할 거라고."

왠지 점점 심각해져 가는 분위기에 모두의 표정이 약간씩 굳어
졌다. 한동안 조용히 대화를 듣고 있던 미르는 까만 눈을 들어 그
를 빤히 쳐다보았다.

"무슨 이야기인지 잘 이해가 가질 않는군요."

"설명하기 귀찮아. 돌아가면 알게 될 테니 신경 쓰지 마."

"돌아가면 알게 된다니요? 저희가 돌아갈 때 함께 페리어드로
가시겠다는 의미인가요?"

"뭐, 그렇게 되겠군. 아무튼 따라와. 그 호수가 있는 곳을 가르쳐
주지."

알카로드는 대충 대답하고는 느릿한 걸음으로 가게 바깥으로
걸어나가기 시작했다. 미르는 그런 그의 뒷모습을 유심히 쳐다보
았다. 알카로드가 가게 문지방을 막 넘을 때쯤, 미르의 질문이 다
시 그에게 꽂아졌다.

"그냥 가르쳐 줄 수는 없다고 하지 않았나요? 왜 갑자기 마음을
바꾼 거죠?"

말투 자체는 더없이 차분했지만 괜히 심상치 않게 여겨지는 질
문이었다. 알카로드는 귀찮다는 듯이 손을 저었다.

"뭐야, 가르쳐 준다 해도 불만인가?"

"믿을 수 있는 정보를 원하니까요."

"거참, 까다롭군. 어쨌든 내가 줄 수 있는 정보는 단 하나뿐이야.
상황이 바뀐다고 해서 거짓 정보를 팔아먹는 비열한 짓은 하지

않아."

"상황이 바뀌는 것과는 상관없지만 정보의 대가에 따라 다를 수는 있다는 말이군요."

"드래곤에 관련된 흥조가 끼었나. 이래저래 드래곤들이 귀찮게 하는구만."

"당신의 행동 여부에 따라 단순히 귀찮은 수준을 뛰어넘을 수도 있겠지요."

미르는 입가에 옅은 미소를 띠며 알카로드를 올려다보았다. 순간 알카로드의 얼굴에서 표정이 사라졌다.

"협박하는 거냐?"

"당신의 선택에 따라서 협박일 수도 아닐 수도 있겠지요."

무거운 공기가 한동안 흘러갔다.

그리고 그 침묵의 끝에 먼저 입을 연 것은 알카로드가 아닌 미르였다.

"하지만 이런 사소한 것에서 그렇게까지 진지해질 생각은 없어요. 다만 내 말이 언제든 협박으로 변할 수 있다는 사실만 기억하라고 말해 두고 싶었을 뿐이에요."

가벼운 말투였다. 아무래도 그는 굳이 알카로드를 끝까지 밀어붙일 생각은 없었던 모양이다. 다만 그가 다른 생각을 품지 않도록 못을 박아둔 것뿐이었다. 지오르 백작과 관련된 사람이고, 페리어드에 가면 다 알게 될 거라고 했지만 지오르 백작에 대한 신뢰가 그리 깊지 않은 미르였으므로.

"백작이 그리 말하라고 시켰나?"

알카로드는 기분이 별로 좋지 않다는 듯이 눈살을 찌푸렸다. 미르는 말없이 고개를 젓는 것으로 대답하려다가 그의 눈이 보이지 않는다는 것을 깨닫고 다시 입을 열었다.

"그의 말 따윈 듣지 않아요."

미르의 말에 티그람이 좀 거북한 표정을 지었으나 미르에게 뭐라고 할 수 없는 처지였기에 금방 그 표정을 지워버렸다. 하지만 그 짧은 순간에도 미르는 티그람의 감정을 읽었는지 그에게 옅은 미소를 보냈다. 덕분에 티그람은 딸꾹질을 하기 시작했다.

"뭐야, 백작의 드래곤이 아니었나? 대체 뭐가 어떻게 된 거야?"

"그냥 함께 온 것뿐이에요. 우리는 백작과 상관없어요. 아무튼 호수의 위치를 가르쳐 준다고 하지 않았나요?"

그리고 미르는 앞서 걷기 시작했다. 한참 동안 그런 미르를 쳐다보고 있던 라드휜이 옆에 있던 다리므를 돌아보며 한마디했다.

"저 녀석이 저렇게 나오면 나이트보다 무섭다니까. 그렇지 않나?"

다리므는 픽 웃었다.

"별로 그렇진 않은데요. 아무래도 겉모습이 저러니까."

"너도 한번 옆에서 겪어보면 그런 소리 못 할걸? 딴 사람은 농담이나 허세로 하는 말을 저 녀석은 진담으로 한단 말이야."

"그래서 불만인가요?"

"당연하지. 옆에 있으면 살 떨려서…… 미르가드?"

난데없이 끼어든 미르의 질문에 라드휜은 무심코 대답하다가 뒤늦게 놀랐다. 고개를 들어보니 어느새 가게 안으로 다시 들어온 미르가 고개를 저으며 이쪽을 쳐다보고 있었다.

그때였다.

탁탁탁탁!

삐이익—

"으허헉!"

쿠당탕탕!

"으, 으윽……."

갑자기 여러 가지의 소리가 맹렬히 이쪽으로 달려왔다. 놀란 사람들이 급히 그쪽을 돌아보았을 때는 어느새 달려 들어와, 어느새 미끄러져, 어느새 넘어진 알카로드가 바닥에서 끙끙거리고 있었다. 이 모든 것이 한순간에 이루어졌기에 모두들 멍한 표정으로 그를 쳐다볼 수밖에 없었다.

"나, 바닥에 미끄러질 때 삐이익— 하는 소리가 나는 거 처음 들어."

다리므의 놀랍다는 말이 지나간 후에야 황당한 분위기의 침묵이 깨어졌다. 하지만 그 뒤에 다시 입을 연 사람은 아무도 없었기에 또다시 몇 초의 시간이 침묵으로 흘러갔다.

알카로드는 넘어지면서 부딪친 허리가 심하게 아픈지 한 손으로 허리를 부여잡은 자세로 끙끙거리며 상체를 일으켰다. 하지만 무엇 때문인지 그는 조금이라도 더 빨리 일어나려고 필사적으로 움직이고 있었다. 덕분에 모두들 웃지도 못한 채 그를 쳐다보고 있어야만 했다.

한참 만에야 간신히 상체를 일으킨 알카로드는 힘겹게 입을 열었다.

"뭐, 뭐라고 했지?"

누구에게 향한 건지, 뭘 묻는 건지 전혀 알 수 없는 질문이었다. 모두들 서로를 쳐다보며 멀뚱거리고만 있자 알카로드는 더 힘을 내어 한 손을 들어올렸다.

"너 말이야. 아까 했던 말."

알카로드의 손은 정확히 라드휜을 가리키고 있었다. 라드휜은 이해할 수 없다는 눈으로 알카로드를 쳐다보았다.

"나 말이냐?"

"그래, 너."

"내가 뭘 어쨌는데? 영감에게 넘어지라고 한 적 없어."

"그거 말고, 내가 들어오기 직전에 한 말!"

아무래도 알카로드는 라드휜의 말을 듣고 급히 뛰어 들어오다가 미끄러진 것 같았다. 하지만 그 전에 뭔가 특별한 말을 한 기억이 없었기에 라드휜은 잠시 동안 고개를 갸웃거리며 지난 시간의 기억을 더듬거려야만 했다.

"아무리 생각해도 미르가드에 대해 험담한 것밖에 생각이 안 나는데?"

순간 알카로드의 표정이 변했다. 복잡한 감정이 뒤섞여 정확히 무슨 표정이라고 판단하기 어려운 표정이었다.

"제길, 그랬군! 빌어먹을!"

이제야 허리의 통증이 좀 가셨는지 가까스로 몸을 일으킨 알카로드는 나직한 어조로 욕설을 내뱉었다. 누군가를 향한 말이라기보다는 스스로에게 던지는 말인 것 같았다.

그제야 이게 어떻게 된 상황인지 깨달은 미르가 곤란한 표정으로 웃었다.

"좋은 조건으로 팔아먹을 수도 있었는데. 조금 부주의했어요, 라드휜."

"뭐가? 대체 뭐가 부주의했다는…… 아!"

라드휜은 도무지 알 수 없다는 표정으로 질문을 던지다가 그 질문의 대답이 돌아오기도 전에 스스로 답을 깨닫고 고개를 젖혔다.

"…제 주제도 모르고 날뛰는 놈으로 보였겠군."

미르와 라드휜의 대화가 지나가는 동안 어느 정도 안정을 되찾은 알카로드가 나직한 말을 던졌다.

"뭐, 별로 그렇진 않았어요. 아니, 당신은 좀 나은 편이군요. 말해도 믿지 않고 헛소리 말라고 하는 사람이 대부분이니까."

"수룡 중에 그 이름을 쓰는 미친놈은 없어."

"그런가요."

미르는 별로 탐탁치 않다는 듯이 대답하다가 고개를 돌려 그를 쳐다보았다.

"이왕 이렇게 된 거 지금 묻죠. 아까 꽤나 진지한 반응을 보였었는데, 그건 무엇 때문이었죠? 설마 진짜 비늘을 얻으려 하는 건 아닐 테고, 무슨 할 말이라도 있는 건가요?"

"어째서 화이트 드래곤인 거지?"

의외로 알카로드는 대뜸 확실한 질문을 던져 왔다. 그 내용이 예상을 뛰어넘는 엉뚱한 것이었기에 미르는 그 의미를 이해하지 못하고 눈을 깜박였다.

"무슨 뜻이죠?"

"수룡은 마땅히 푸른색, 블루 드래곤이어야 하는데 어째서 화이트 드래곤인 거지?"

좀더 자세해졌다 해도 역시 이상한 질문이었다.

"단순히 그걸 알고 싶었던 건가요?"

"그래."

"어째서죠?"

"뭐가 어째서라는 거지?"

"왜 이런 질문을 하느냔 말이에요."

"궁금한 걸 묻는 데도 이유가 있나?"

"당신 질문은 돌연변이로 태어난 백호에게 다가가 왜 하얗냐고 묻는 것과 똑같아요. 백호는 찾기도 힘들 뿐더러, 그 대답을 듣기 전에 당신을 공격할 수도 있겠죠. 이런, 예시가 좀 부적절하군요. 백호는 애초에 말이 통하는 상대가 아닌데… 뭐, 그래도 나에 대한 당신의 관점은 백호와 별로 다르지 않을 거라 생각해요."

"돌연변이… 란 말이냐?"

하지만 알카로드는 미르의 말에 대답하는 대신 미르의 말에 들어 있던 한 구절을 물고 늘어졌다. 미르는 한숨을 내쉬었다.

"그건 그냥 예시예요."

"그렇다면……."

"페리어드에 함께 돌아가겠다고 했죠? 그럼 내가 한 가지 묻죠."

"뭐지?"

예상치 못한 방향으로 흘러간 미르의 말에 알카로드는 약간 긴장한 표정을 지었다. 그를 쳐다보는 미르의 표정에는 상당한 진지함이 녹아 있었다. 덕분에 상관없는 주변 사람들도 긴장감 속에 파묻히기 시작했다.

긴장감 탓인지 짧은 시간이 긴 시간처럼 둔갑해 흘러갔다. 사람들이 하나둘 긴장감에 지치기 시작했을 쯤에야 미르는 입을 열었다.

"점심은 뭐 먹을까요?"

5

"이게 피해 상황입니다."

단숨에 긴 문장을 읽어낸 기사의 얼굴엔 표정이 하나도 없었다. 리안은 새삼스레 감상적인 상태로 흐르려는 자신을 제어하며 고개를 끄덕였다.

"수고하셨습니다."

"그럼……"

기사는 조용히 고개를 한번 끄덕이고는 물러났다. 리안은 그런 그의 뒷모습을 잠시 물끄러미 쳐다보고 있다가 그가 두고 간 종이를 다시 집어 들었다.

간략한 내용의 보고서였다. 그가 읽어 내려간 그대로의 피해 상황이 적혀 있었다. 리안은 탁자 위에 걸터앉으며 그 종이를 내려다보았다. 아니, 몇 줄을 읽어 내려가다가 종이를 든 채 탁자 위에 드러누워 버렸다.

　천장 대신 보이는 종이의 글자들. 하늘을 채운 듯이 흐르는 까만 글자들. 그 글자의 대부분은 숫자였다. 이것보다 더 간략하게 할 수는 없을 거란 생각이 들 만큼 필요한 내용만을 적은 보고서에는 아무런 감정도 나타나 있지 않았다. 무엇보다 효율성을 우선해서 만들어진 보고서이고, 리안 자신도 이런 보고서를 좋아했으니까. 하지만…….

　'비인간적이야. 역시.'

　리안은 종이 위의 글자 하나를 손가락으로 짚었다. 손가락 아래 숫자가 가려졌다. 손가락을 옆으로 눕혀 가리니 한 줄이 가려졌다. 죽어버린 사람들도 이렇게 손가락으로 가리듯이 간단히 외면할 수 있는 걸까.

　'좋지 않아.'

　생각의 흐름이 이상할 정도까지 어두워지기 시작하자 리안은 들고 있던 종이를 그대로 구겨버렸다.

　상황은 급작스러운 방향으로 흐르고 있었다. 지금까지는 아군 세력이 꽤 강했고, 마력 세력까지 들어오면서 아군의 병력은 적에 비해 압도적으로 많은 것처럼 보였다. 이대로 꾸준히 잘만 싸운다면 확실히 이길 수 있을 거라는 생각까지 했을 정도였으니까. 하지만 어제 저녁때쯤부터 상황이 갑자기 급변했다. 지금까지 소극적이었던 연금술사들이 적극적으로 나서기 시작한 것이다.

　쥐도 궁지에 몰리면 고양이를 문다고 하던가. 갑자기 밀려온 실험체들과 병사의 공격에 아군은 큰 피해를 입지 않을 수가 없었다. 게다가 그들은 영토를 차지하기 위한 싸움이 아니라 적을 없애기 위한 싸움을 하기 때문에 어느 방향에서 공격이 들어올지 제대로 예상조차 할 수가 없었다.

마족들의 힘은 예상외로 대단한 것이었기에 다수의 실험체를 상대로도 잘 싸워나갈 수 있었다. 하지만 소모전은 좋지 않았다. 게다가 적의 병력이 얼마만큼이나 되는지도 전혀 알 수 없다는 것도 문제였다. 특히 연금술사들은 한쪽 구석에 처박혀 작업을 하는 일이 많아서 전체적인 숫자를 알아내는 게 불가능했다.

정령과 마족.

리안은 아주 오래 전부터 있었던 그 단어를 중얼거리며 몸을 일으켰다. 흐트러진 은발이 다시 눈 위로 흘러 내려왔다. 언제부터인가 자신이 순수한 인간은 아니라는 사실을 느끼고 있던 그였다.

'아무튼 이겨야 해.'

리안은 머리를 아무렇게나 쓸어올리며 탁자 위에서 내려왔다. 손 안에서 구겨진 종이는 쓰레기통으로 던져 넣었다.

'어차피 적군도 영토에는 별로 신경 쓰지 않는데 이걸 역이용해서 지금 그리테이트의 영토를 치고 들어가면 어떨까? 적어도 그리테이트의 항복만 받아낸다면 조금 쉬워질 것도 같은데…… 너무 무모한가? 그보다는 지금까지 말로만 협력하고 있는 파르나의 협력을 좀더 강요해 볼까… 역시 어렵나? 그쪽은 정령 세력이 강해서 잘못하다간 적이 돼버릴지도 몰라. 그냥 지금 상태로 내버려두는 게 나아. 그렇다면……'

복잡한 생각을 하며 방 밖으로 걸어나왔다. 수많은 작전들이 머리 속에 그려졌지만 실제로 써먹을 수 있는 것은 몇 가지 되지 않았다. 그리고 그 몇 가지 되지 않는 것들도 어느 정도의 피해를 감수하지 않는 한은 이룰 수 없는 것들이었다.

복잡한 생각을 털어내려 애쓰며 긴 복도를 걷기 시작했다. 베기스의 방으로 향하는 걸음이었다. 베기스와 쓸데없는 말싸움을 하

는 것도 이젠 지겹지만 그래도 이런 상황에서 가장 쓸모있는 조
언을 주는 것은 베기스였다. 회의를 연다면 여러 사람의 의견을
들을 수 있겠지만 그전에 먼저 베기스와 상의를 해보는 게 좋을
것 같았다.

"베기스님."

회색 문 너머로 베기스를 불렀다. 하지만 대답은 돌아오지 않았
다. 소리가 너무 작아서 들리지 않았나 하고 좀더 큰 소리로 불러
보았지만 역시 대답은 돌아오지 않았다.

이상하게 여긴 리안은 문에 귀를 대보았다. 안에서 웅얼거리는
소리가 들려오고 있었다. 방 안에서 대화가 이루어지고 있는 것
같았다.

'대체 무슨 얘기를 하고 있길래 밖의 소릴 전혀 못 듣는 거지?'

리안은 베기스의 이름을 한번 더 크게 불러보고는 또 대답이
돌아오지 않자 슬쩍 문고리를 돌렸다. 대체 누구와 이야기를 하고
있길래 저렇게 집중하는지 궁금했던 탓이었다. 들키지 않게 대화
의 상대자만 살짝 보고 말 생각이었다.

하지만 문이 열림과 동시에 리안의 귓속에 들어온 한 문장이
그런 그의 생각을 깨끗이 지워버렸다.

"그건 아니라고 생각하네, 이드."

리안은 자신도 모르게 문을 확 열어젖히며 방 안에 발을 들여
놓았다. 평범한 방 안의 풍경이 단숨에 시야 안으로 밀려 들어왔
다. 베기스는 방 가운데 소파에 몸을 묻은 채 앉아 있었다. 느릿한
대화를 이어가는 듯이 지그시 눈을 감고 있었는데, 리안이 방 안
에 들어온 것도 눈치 채지 못한 듯했다.

"베기스님?"

리안은 방 안에 가득한 달콤한 냄새에 눈살을 찌푸리며 베기스를 쳐다보았다. 이상했다. 이상할 수밖에 없었다. 지금까지 분명히 진지한 대화가 흐른 것같이 바깥 소리도 전혀 못 듣던 베기스였는데, 방 안에는 아무도 없었다. 그저 베기스 혼자 조용히 앉아 있을 뿐이었다.

"아, 카레이프 군인가?"

바로 앞에서 이름이 불리고 나서야 리안이 들어온 것을 알아챈 베기스가 눈을 뜨고 이쪽을 쳐다보았다. 덕분에 리안은 더 이상한 눈으로 베기스를 쳐다보아야 했다.

"방 안에서 혼자 뭐 하시는 겁니까?"

"자네야말로 무슨 일로 노크도 없이 불쑥 들어온 건가?"

"이미 몇 번을 불렀는지 알고 하시는 말씀이라면 용서의 여지가 없습니다."

리안은 그의 반대편에 아무렇게나 앉았다. 탁자에는 빈 찻잔이 놓여 있었다. 방 안에 가득한 냄새는 이 찻잔에서 흘러나온 것인 듯했다.

베기스는 허허 웃었다.

"그랬나? 나이가 들면 귀가 나빠져서……."

"믿을 수 있는 말을 해주셨으면 좋겠군요."

"흐응, 자네는 유머 감각의 가치를 인정하지 않는다는 게 가장 큰 문제야."

"아까 대체 무슨 말을 혼자 중얼거리고 있었던 겁니까?"

베기스는 잠시 동안 리안을 쳐다보았다. 별 감흥이 없어 보이면서도 왠지 관찰하는 듯한 눈빛이었다.

"녹색이라면, 역시 대지 원소이려나."

홍얼거리는 듯한 그의 말은 리안에게 하는 말이라기보다는 혼 잣말에 가까운 억양이었다. 리안은 미간을 좁히며 그를 쳐다보았 다.

"확실히 대답 안 해주실 겁니까? 이드라는 건 이스다롯을 말하 는 거겠지요?"

'이드'라는 이름은 리안의 양아버지였던 이스다롯 카레이프의 애칭이었다. 리안이 자신도 모르게 이 방 안에 들어와 버린 것도 이 때문이었다. 베기스가 방 안에서 혼잣말을 하는 것에 대해서는 알 바 아니지만, 그 이름이 들어간 화제를 그냥 무심히 넘길 수는 없었다.

베기스는 다시 한 번 관찰하는 눈으로 리안을 빤히 쳐다보더니 고개를 저었다.

"쯧, 뭔가 했더니만 그 이름 때문이었구만. 이드라는 이름은 흔 하지 않나. 안됐지만 자네가 생각한 대로는 아니네."

리안은 말없이 베기스를 쳐다보았다. 베기스도 그런 리안을 잠 시간 말없이 쳐다보았다.

"…라고 말하고 싶지만."

얼마간의 침묵이 지난 후, 갑자기 베기스가 꺼낸 한마디에 점점 가라앉던 분위기가 급상승했다.

"특별히 숨길 건 없겠지. 자네가 생각한 대로네. 이스다롯이었 어."

"갑자기 그 이름은 왜 꺼낸 겁니까?"

"재미있는 사실이 떠올라서 말일세. 아주 오래 전의 일이라 깜 빡하고 있었지만, 이드는 언젠가 지오르 백작과 몇 마디 대화를 나눈 적이 있었네. 지금 같았으면 페리어드를 거의 장악한 백작과 상급 기사의 대화니 꽤 중요하게 여겨졌을 테지만, 그땐 모두들 대수롭지 않게 넘겨버렸지. 그때는 이드의 지위가 높아지기 전이었고, 지오르 백작도 집안 문제 때문에 지위를 버리다시피 했던 시기였거든. 하급 기사와 마을 청년 하나가 대수롭지 않은 얘기를 한다고 생각하고 잊어버린 거지."

베기스는 잠시 말을 끊었다.

"지금 생각하면 어떻게 그런 대화를 까맣게 잊어버리고 있었나 하는 생각도 들지만, 어쩌면 당연한 건지도 모르겠어. 나이 들어서 남는 건 살아온 세월밖에 없다고들 하지만 사실 기억이란 것도 완전한 건 아니거든. 중요하게 생각한 몇 가지 외에 대부분은 잊어버린단 말일세. 이번 경우처럼 그 잊어버린 부분에 중요한 것이 있을 수도 있는데 말이야."

"그러니까 그게 무슨 상관이란 말씀입니까?"

약간의 짜증이 묻어 있는 리안의 질문에 베기스는 히죽 웃으며 빈 찻잔을 들어올렸다. 전에 아바스 백작의 성에서 가져온 그 타오 로이튼이라는 차가 들어 있던 잔인지, 달콤한 냄새가 진하게 풍겼다.

그리고 베기스는 그 찻잔을 뒤집어 바닥에 고여 있던 마지막 한 방울을 테이블 위에 떨어뜨리며 의미심장한 미소를 지었다.

뚝—

옅은 갈색의 찻물이 테이블 위에서 산산이 부서졌다.

"자네는 과거를 보고 싶다는 생각을 해본 적 있나?"

"딴소리하는 것도 그 정도까지 심각해지면 정신 상태를 의심하게 됩니다."

"자네는 다 좋은데 가끔씩 꽉 막혀서 말이 안 통할 때가 있단 말이야. 도무지 '도입부'라는 것의 의미를 모르는구만."

"베기스님은 다 좋… 지도 않지만 도입부란 핑계로 딴청 피우는 건 더 좋지 않습니다."

"들을 텐가, 말 텐가? 아무리 딴청같이 들려도 내가 입 다물면 이것조차 못 들을 텐데."

"그렇게 된다면 베기스님의 인간성을 의심하게 되겠지요."

"그거라면 문제없지. 아무리 미친 짓을 해도 내가 인간이란 사실은 변하지 않을 테니. 새삼스레 인간이란 점을 의심할 필요는 없다니. 살인마도, 정치가도 다 인간이야."

"누가 그걸 의심한답니까? 단어의 의미가 다르잖습니까."

"종족이란 벗어나려 애써도 못 벗어나는 거지. 나는 무슨 짓을 해도 인간이거든. 자네와는 다르니 말일세."

리안은 무심코 그 말에 답하려다가 어느새 대화가 묘하게 흘렀다는 사실을 깨닫고 입을 다물었다. 베기스는 리안을 힐끔 쳐다보더니 생각에 잠긴 듯 소파에 몸을 묻었다.

"녹색… 이라면 역시 대지이겠지?"

이 질문이 다시 방 안에 퍼지고 나서야 리안은 베기스가 자신의 눈동자 색을 언급하고 있다는 사실을 깨달았다. 녹색 눈은 대지의 정령에게 많은 색이다. 물론 다른 계열에 전혀 나타나지 않는 색은 아니었지만 리안이 페리어드 태생이라는 사실까지 감안하면 꽤나 가능성 높은 추측이었다.

하지만 쓸모없는 질문이야. 리안은 별 희한한 방향으로까지 빗나가는 베기스의 말에 혀를 내두르며 대화의 방향을 원점으로 되돌려놓았다.

"대지일 수도, 아닐 수도 있겠지요. 맘대로 생각하십시오. 아무래도 상관없는 얘기 아닙니까? 이것도 그 대단한 도입부입니까?
본론은 언제 나오는 겁니까?"

"본론? 벌써 나왔네. 자네가 깨닫지 못한 사이에. 모든 일은 깨
닫지 못한 사이에 이루어지지. 신기하지 않나? 낮과 밤에도 실제
로는 아무런 경계가 없어. 서서히 어두워지고, 서서히 밝아질 뿐이
지. 무언가가 이루어지거나 변하는 시점, 그런 건 없다네. 모든 것
은 언제나 이루어지고 변하지. 한순간 변하는 법이란 없어. 한순간
변하는 것같이 보여도 사실은 그동안 우리가 느끼지 못한 사이에
축적된 작은 변화의 합산일 뿐이란 말일세."

"이게 본론입니까? 제가 원하는 본론과는 상당히 동떨어진 내
용이라는 건 알고 계시겠지요?"

이쯤 되자 리안은 베기스에게 제대로 된 대답 듣는 걸 포기해
야겠다는 심정이 되었다. 말로는 도저히 베기스를 이길 수가 없었
다. 정말 대답해 줄 생각이 없어서 이러는 거라면 끝내 들을 수
있을 것 같지 않았다. 차라리 이곳에 왔던 본래 목적, 전술에 대한
상담을 하다가 슬쩍 떠보는 게 나을 성싶었다.

"이런, 깊은 뜻을 이해 못 하는구만. 그 당시 지오르 백작과 이
드가 한 이야기가 뭐였는 줄 아나? 인간과 타 종족간의 혼혈에 관
한 이야기였다네."

막 전술에 관한 이야기를 꺼내려던 리안은 의외의 전개에 입을
다물었다.

"그 당시엔 아무 생각 없이 지나쳤기에 지금까지 기억해 내지
못했지만, 이제야 그 의미를 알 것 같다네. 자네도, 렌스 지오르도
혼혈이지 않나."

리안은 아무 말도 하지 않은 채 베기스를 쳐다보기만 했다. 그

의 머리 속은 이미 베기스의 말을 앞서나가 기분 나쁜 가능성들을 한없이 만들어내고 있었다.

"생각해 보면 그리 어렵지도 않은 건데 왜 아직까지 몰랐는지 모르겠어. 페리어드의 거리에서 은발에 녹색 눈을 가진 아이는 눈에 확 들어왔겠지."

리안은 자신도 모르게 벌떡 일어났다. 베기스는 웃음기 때문에 가늘어진 눈으로 리안을 올려다보았다.

"모든 것은 계획되어 있었던 걸세."

          *   *   *

바람이 불어와 머리카락이 어지럽게 흩날렸다. 류카는 한참 동안 그렇게 모래사장 위에 서서 하늘을 올려다보았다. 똑같은 하늘이라도 바닷가의 하늘은 달랐다. 바람이 조금만 세게 불어도 광활하게 퍼진 저 하늘 위로 날아갈 수 있을 것만 같은 느낌이었다.

저 하늘 위로 한없이 솟구치는 기분은 어떨까? 류카는 저 위의 하늘을 만져 보려는 듯이 손을 들어올렸다. 맘만 먹으면 가능한 일이었다. 태어나서 한번도 써보지 않은 날개가 제대로 움직여줄지는 알 수 없지만 불가능한 건 아니었다.

고개를 돌려 주변의 풍경을 둘러보았다. 바닷가라고는 하지만 도시와 연결되어 있는 곳이라 여기저기 건물이 늘어서 있었다. 잠시간의 휴식을 취하려는 듯 백사장에 앉아 있는 노인 두어 명과 둔덕에서 놀고 있는 아이들이 보였다.

나중에 여유가 생긴 뒤 인적없는 곳에서라면. 류카는 가정형의 문장으로 스스로를 달래며 신발을 벗어들었다. 따끈따끈한 감촉을

전해주는 모래밭을 지나 파도가 하얀 거품을 일으키는 물 언저리
로 걷기 시작했다.

이따금씩 들려오는 먼 데 갈매기 울음과 계속해서 퍼져 오는
짠 바다 냄새가 이국적인 느낌으로 다가왔다. 싸아아— 소리를 내
며 바닷물이 발목에 와닿았다. 한차례의 파도가 밀려 들어오고, 밀
려가 사라지고, 밀려와 부서지고. 해질 무렵의 긴 태양빛을 받은
바닷물은 따스한 빛깔을 머금은 채 반짝이고 있었다.

언제라도 정령들은 하늘을 날 수 있었다. 하지만 상급 이상 정
령 중에도 날개를 써본 경험이 있는 사람은 드물었다. 그냥 상급
이상 정령의 상징으로만 생각했을 뿐, 아무도 하늘을 나는 느낌을
알고 싶다는 생각을 하지 않았었다.

우리는 어째서 자신에게 주어진 것조차 누리지 않고 멀리 있는
것만을 보아왔던 걸까? 어째서 우리는 할 수 있는 일은 생각하지
않고 할 수 없는 게 너무 많다는 생각만 했던 걸까? 그런 식으로
완전한 존재를 만들어보겠다는 생각이 과연 옳았던 것일까?

"이곳은 아닌 것 같네요."

문득 바로 옆에서 조용한 목소리가 들려왔다. 어느새 다가온 딘
이 까만 눈으로 이쪽을 쳐다보고 있었다.

"바다 속을 다 들여다보았지만 특별한 건 보이지 않아요. 어쩌
면 바다 속이 아닐지도."

"있다면 꽤나 깊은 곳일 텐데, 이렇게 바깥에서 꿰뚫어보는 것
만으로 충분할까?"

"깊은 해저라도 이 근방에 연구실을 만들 만한 장소는 그리 많
지 않아요. 이 근처에는 거대한 소용돌이가 있어서."

"소용돌이라고?"

류카는 고개를 다시 돌려 지평선을 쳐다보았다. 한없이 잔잔한 바다 위에는 작은 물결만이 흐르고 있었다. 불그레한 햇볕이 부드럽게 출렁이는 이 바다의 끝에 그런 흐름을 상상하기란 쉽지 않은 일이었다.

"전에 미르에게 들은 적이 있어요. 그 소용돌이 때문에 아무도 이 바다를 건너지 못한다고."

"그들이 소용돌이 하나 때문에 이 밑에 연구실을 짓지 못할 리는 없어."

부드럽게 말하기로 결심했는데 류카는 자신도 모르는 사이에 날카로운 말을 던지고 말았다. 하지만 그 사실을 깨달았을 때엔 이미 말이 입 밖으로 완전히 나가버린 뒤라 어떻게 손쓸 수조차 없었다.

딘은 그러한 류카의 모습을 부드러운 시선으로 바라보았다. 웃음을 머금지 않아도 가볍게 미소 짓고 있는 것처럼 보이는 모습이었다. 하지만 류카는 이러한 딘에게 자꾸만 위화감을 느끼곤 했다. 너무나 자연스러운 장면은 환상같이 보인다고 하던가. 지금의 딘이 꼭 그랬다.

류카의 생각들이 거의 흐려지기 시작했을 때쯤에야 딘은 가벼운 대답을 던져 주었다.

"못 지어요."

"어째서?"

"저도 자세한 건 잘 모르지만, 그 부근에 마력을 삼키는 무언가가 있는 모양이에요. 그 때문에 바닷물마저 빨려 들어가 거대한 소용돌이가 만들어지는 거라더군요. 미르에게 들은 말이니 거짓은 아닐 거예요."

아무래도 비상식적인 말이었기에 류카는 미간을 좁혔다. 바다에 영구적인 소용돌이를 만들어낼 정도의 엄청난 무엇이 있다면 이미 정령들이 조사대를 파견했을 터였다. 하지만 지금까지 그런 것에 대한 이야기는 전혀 없었는데…….

아, 아니, 있었다. 단 한 가지, 아주 오래 전부터 너무 잘 알려져 오히려 관심 밖으로 밀려나 있는 것이 있었다.

"가반도프의 소용돌이?"

갑작스레 오래된 전설을 떠올린 류카는 의심스런 어투로 그 이름을 내뱉었다. 어린 시절에 옛날이야기처럼 전해 들은 전설이었다. 누구나 한번쯤은 들었을 테지만 너무 흔하고 허무맹랑해 아이들 외에는 아무도 믿지 않는 이야기이기도 했다.

"그런 이름이었군요."

딘은 보일 듯 말 듯한 미소를 떠올렸다. 마치 그 자신조차 오래된 전설의 일부처럼 보이는 미소를.

"여긴?"

미르는 망연한 표정으로 알카로드가 가리킨 장소를 쳐다보았다. 알카로드는 이런 그의 반응을 이미 예상한 듯이 어깨를 으쓱했다.

"그래, 정확히 여기야. 그 호수가 있는 장소는."

과거형이 아닌 현재형으로 흘러나온 그의 말은 묘한 예감을 전해주기에 충분한 것이었다.

"자신의 말에 신뢰감을 담는 법을 좀 배우는 게 어때?"

라드흰은 탐탁치 않는 눈으로 주변을 둘러보았다. 그도 그럴 것이, 그 장소는 그들이 어제 그렇게도 많은 질문을 던졌던 그 장소였기 때문이었다. 그것도 큰길 한가운데여서 그 호수가 이런 확실한 장소에 있었다면 사람들의 말이 많이 어긋날 수가 없었을 터였다.

"믿기 싫음 말라구."

"이봐, 영감. 자신의 처지를 알고 그런 소릴 하는 거야?"

"자기 머린 생각도 안 하고 남의 머리 나쁘다고 우기는 건 나쁜 버릇이야."

어쩐지 사이키와 비슷해지려는 알카로드였다. 하지만 라드휜은 화도 내지 못했는데, 막 언성을 높이려는 순간 뒤에 있던 미르가 풋, 웃었기 때문이었다.

"미르가드! 네가 웃으면 어떡해!"

"웃을 빌미를 주는 사람이 나빠요."

미르는 라드휜의 원망에는 신경조차 쓰지 않는 모습으로 가볍게 답했다. 덕분에 혼자 바보가 된 기분이 되어버린 라드휜이 미르에게 뭐라고 한마디 더 하려는 순간, 미르가 가볍게 고개를 저으며 앞으로 나왔다.

"무슨 말을 하는지 알겠어요. 사람들 말이 왜 그렇게 어긋났는지도, 왜 그 경우를 생각지 못했을까 하는 생각도 드네요."

알카로드에게 하는 말이었다. 알카로드는 대수롭지 않은 표정으로 어깨를 으쓱했다.

"눈치는 굉장히 빠르군. 나이 값을 하는 건가?"

미르와 몇 살 차이나지 않는데도 이 상황이 어떻게 돌아가는지 전혀 알지 못하는 라드휜은 불만스런 표정을 지었다. 하지만 눈썹을 찡그리고 볼을 약간 부풀린 표정이 오히려 어린애같이 보인 탓에 티그람마저 쿡쿡거리기 시작했다.

"나이라는 건 별로 의미 없어요. 전에도 이런 경우가 있어서 빨리 알아챘을 뿐이니까. 아무튼 끝까지 안내해 주셔야죠. 여기서 멈추면 의미가 없어요. 아무리 고룡이라도 정령이 아닌 이상 정령의 결계를 열 수는 없으니까."

그제야 이 대화가 어떤 내용을 담은 것인지 깨달은 라드휜은 볼의 바람을 빼고 '진짜 바보된 사람'의 표정을 얼굴 위에 그리기 시작했다.

"있는 장소를 가르쳐 준다고 했지. 데려다준다는 말은 하지 않았어."

"우릴 안내한 것에 대한 다른 정령들의 보복 때문인가요? 어차피 페리어드로 갈 거라면 이 결계 하나쯤 열어도 특별한 불이익이 닥칠 리는 없어요."

"아니, 그런 의미가 아냐. 안 여는 게 아니라 못 열거든."

알카로드는 가게에 놓고 온 담배가 아쉬운지 입맛을 다시며 미르가 있는 방향으로 고개를 돌렸다. 신기하게도 그의 시선은 미르의 키에 정확히 맞춰져 있었다. 소리만으로도 키까지 짐작해 낼 수 있는 모양이다. 눈이 안 보인다는 사실을 거의 실감하지 못할 정도로 자연스레 움직이는 그였다.

"못 연다니요? 특수한 장치라도 되어 있는 건가요?"

"아니, 그런 건 아니고. 난 원래 정령의 결계에 손 못 대."

미르는 알카로드의 뾰족한 귀를 의심스럽게 쳐다보았다. 정령의 결계란, 정령만이 다룰 수 있다고 해서 붙여진 이름이 아닌가. 그 누구보다도 정령임이 확실한 외모를 가진 그가 못 한다며 내빼는 건 말이 안 되었다.

"믿을 수 있는 말을 해주겠어요?"

"못 믿겠나? 그렇다 해도 별수 없어. 모습은 이래도 완전한 정령이 아니라서."

미르는 무심코 대꾸하려다 그를 빤히 쳐다보았다. 그의 귀는 분명 정령의 귀이지만, 확실히 무언가가 이상하긴 했다. 확실히 알카로드의 외모는 정령 중에도 흔치 않은 것이었다.

알카로드는 어떻게 미르가 자신을 쳐다보고 있음을 알았는지 고개를 주억거리며 해답을 던져 주었다.

"알아챈 모양이군. 대충 맞아. 내 아버진 마족이었지."

"그렇다면 그라다 씨는……."

지금까지 가만히 있던 렌스가 갑자기 대화 속에 끼어들었다. 알카로드는 천천히 고개를 돌려 렌스가 있을 만한 방향으로 회전했다. 하지만 키까지 정확히 맞추었던 미르 때와는 달리, 방향이 약간 비껴나 있었다. 기척을 느끼기 어렵다던 말이 사실인 모양이다.

"그라다에게 무슨 얘기라도 들었나 보지? 그 추측, 맞아. 좀 귀찮은 놈이긴 하지만 동생은 동생이지."

렌스는 여러 가지 생각들이 얽혀드는 것을 느끼며 그의 모습을 다시 한 번 훑어보았다. 그의 이마를 살짝 덮은 회록색의 머리카락은 올이 무척 가늘어 실 같은 느낌이었다. 워낙 가늘어서 꼿꼿이 일어날 수도 없는지, 머리카락들은 한 올 벗어남도 없이 단정히 모여 있었다. 그 단정함 밑에 머리카락과 비슷한 빛깔의 눈썹이 양편에 아치를 그리고, 그 밑에 살짝 감긴 두 눈이 있었다. 자연스러우면서도 이질적인 모습이었다. 눈이 보이지 않는다는 장애조차 완전한 그의 일부로 보임과 동시에 그러한 그의 모습 전체가 이곳에 있어서는 안 될 그 무엇처럼 보이는 것이었다.

정령과 마족의 혼혈은 렌스보다도 더 특이한 경우이겠지만 얼마든지 있을 수 있었다. 300년이라는 세월 동안, 우연, 혹은 운명으로 얽힌 정령과 마족이 분명히 있었을 테니까. 하지만 렌스는 괜히 기분이 좋지 않았다. 눈앞에 있는 알카로드의 모습은 이 세상에 있어서는 안 될 사람처럼 이질적이었으므로.

"이상한 눈으로 쳐다보진 마. 우리 능력은 룰렛 같은 거라 어떤게 걸릴지 알 수 없단 말이야."

무슨 의미인지 잘 알 수 없는 알카로드의 말만이 어지러운 의식 바깥을 떠돌고 있었다.

6

'정말로 날 두고 가다니……'

가게 앞의 벤치에 걸터앉은 채, 다리므는 멍하니 거리를 내려다 보고 있었다. 다른 사람들은 알카로드를 따라 그 장소를 보러 나 갔다. 하지만 렌스가 좀 쉬라는 말로 다리므를 따라오지 못하게 한 탓에 이렇게 된 것이다.

사이키와 일레이는 길 위에 작은 돌로 하얀 금을 그어놓고 그 사이를 콩콩 건너다니는 놀이를 하고 있었다. 모난 돌멩이가 거리 에 그어진 네모난 금 사이로 도르르륵 굴러간다. 단발을 나풀거리 며 뛰는 사이키의 모습은 진짜 어린아이라 해도 믿을 수 있을 만 큼 순수하게 그 놀이를 즐기고 있었다.

다리므는 저 사이에 끼어볼까 하는 생각을 하다가 금세 그만두 었다. 그냥 단순한 놀이라 생각했었는데, 자세히 보니 그 수준이 꽤나 높았다. 아이의 모습을 하고 있어도 명색이 드래곤들이라 단한 번도 잘못 뛰거나 금을 밟는 일이 없었다. 도무지 틀리질 않는 탓에 편을 갈라 승부를 가르는 게 아니라 그냥 번갈아서 뛰고 있는 것이었다.

일레이는 아직도 별로 나아진 것 없이 멍한 눈을 하고 있었다. 이노베이션에서의 경험이 보통 사람에게 치명적이라는 사실은 지식으로 아는 다리므였지만, 일레이가 저렇게 변해버렸을 정도로 대단한 것이라는 실감은 아직도 하지 못했다. 다만 저렇게 변한 일레이의 모습에 안타까움을 느끼며 그래도 언젠간 나아지겠지 하는 근거없는 희망을 가져 볼 뿐이었다.

사실, 아주 조금은 나아진 것 같기도 했다. 처음엔 정말 인형처럼 가만히만 있던 일레이가 반사적으로나마 저 사이에 끼어 뛸수 있게 되었다는 것만으로도 나아진 건 나아진 거니까. 작은 목소리로 흥얼거리는 사이키의 어린애다운 노래에 흥을 맞춰주진 못했지만, 그래도 사이키가 지정한 대로 콩콩 뛰는 건 잘했다.

시키는 대로만 한다고 재미없다고 불평하는 사이키의 목소리가 재미있게 들린다. 안 되는 걸 뻔히 알면서 괜히 한번 말해 보는 사이키의 모습. 즐거운지 아닌지 알 수 없는 모습으로 깽발을 짚고 서는 일레이. 여러 가지 복잡한 생각만 없다면 대체로 평화로운 시간이었다.

"자아, 그럼 이번엔 조~ 기서 두 칸씩 뛰어서 빙 돌아오는 거야. 돌은 네 개 던지구. 돌 있는 데는 뛰어넘어서……"

어린애같이 이쪽저쪽을 가리키며 설명하는 사이키였지만, 그렇게 지정된 움직임이 얼마나 어려운 것인지 깨달은 다리므는 쿡쿡거리며 하늘을 올려다보았다. 한 칸씩만 뛰어도 수없이 넘어지곤 했던 어렸을 적 자신의 모습이 새삼스레 머리 속에 떠오른 탓이었다.

"일레이, 거긴 뛰어넘고! 거긴… 어?"

약간의 문제가 발생했는지 약간 음이 높아진 사이키의 목소리를 들으며 다리므는 잠시 젖혔던 머리를 지상으로 내렸다.

어느새 다가온 한 사람이 일레이의 앞에 서 있었다. 소녀라고 하기엔 좀 자랐고, 아가씨라고 하기엔 좀 어려 보이는 사람이 엷은 미소를 지은 얼굴로 일레이를 내려다보고 있었다.

다리므는 자기도 모르게 자리에서 벌떡 일어났다. 지금까지 외부의 일에는 별다른 반응을 보이지 않던 일레이가 멍하니 그 사람을 올려다보고 있어서가 아니었다. 사이키가 '언니, 금 밟았어요'라고 말을 건네서도 아니었다. 다리므의 가슴을 갑자기 크게 울렸던 건, 놀란 눈을 한 채 그쪽으로 다가가게 만들었던 건 그 사람의 모습이 많이 달라지지 않은 그대로라는 사실이었다.

"금 밟았다고? 미안. 다시 그려줄게."

그 사람은 소리없는 발걸음으로 그 자리에서 물러서더니, 바닥에 굴러다니는 돌멩이를 집어 지워진 선을 긋기 시작했다. 이런 돌로 금을 그어본 적이 한번도 없는지 서투르고 어색한 움직임이었다. 반듯이 그어져야 할 선이 몇 번이고 옆으로 삐뚤어졌다.

"되게 못 그린다, 언니."

"해본 적이 없어서. 보기보다 어렵네."

그러는 동안 다리므의 심장은 이미 다 졸아버릴 것처럼 오그라들고 있었다. 아니, 오그라듦과 동시에 뜨거운 피를 한없이 온몸에 뿜어내고 있었다. 아니, 심한 긴장감을 온몸에 전함과 동시에 무어라 표현할 수 없는 복잡한 감정을 그의 온몸에 퍼뜨리고 있었다.

그렇게 다리므가 자신을 주체하지 못할 지경에 이르렀을 때쯤에야 그 사람은 손에 들었던 돌을 놓고 이쪽을 돌아보았다.

그리고 무슨 말을 꺼내야 할지 몰라 엄청난 용기를 짜내고 있는 다리므를 보고는 살풋이 웃었다.

"오랜만이네, 다르."

"라드휜이 있어서 어디쯤 있는지는 항상 알고 있었어. 가까이 올 사정이 못 되어서 항상 보고만 있었지만, 오늘은 얼굴을 봐야 할 것 같아서. 전에 네이아 언니에게 저택으로 간다고 해놓고 못 갔잖아. 그래서."

부드러운 미소를 머금으며, 딘은 금 사이를 뛰어다니는 사이키를 쳐다보았다. 사이키는 이쪽을 힐끔힐끔 쳐다보다가 몇 번이고 금을 밟곤 곤란하단 표정을 짓고 있었다.

아무래도 딘은 사이키의 경계심까지 다 읽고 있는 모양이었다. 다리므는 그들의 모습을 잠시 보고 있다가 쿡 웃어버렸다. 이상했다. 갑자기 나타난 딘도, 너무나 차분해 보이는 딘의 모습도, 그리고 이 상황이 너무나 어색해서 무슨 말을 먼저 꺼내야 할지 감을 잡지 못하는 자신의 모습도 이상했다. 전부 이상했다.

"어색해?"

딘은 사이키뿐만 아니라 다리므의 마음도 읽어낸 것처럼 이쪽을 돌아보았다. 덕분에 다리므는 곤란한 웃음으로 그녀를 쳐다보아야만 했다.

"너무 오랜만이라서 그런지 좀 이상해."

"사실은 나도 그래."

딘은 웃었다. 어린아이 같던 예전과는 달리, 다소 조용한 웃음이었다. 어른스러워진 거라고 생각할 수도 있었지만 역시 다리므에겐 익숙하지 않은 모습이었다.

"지금까지 어디 있었던 거야?"

"여러 곳에. 한곳에 있을 수가 없었거든."

"구체적으로 말해 줘."

"너무 길어지는데?"

"아주 길더라도 들을 수 있으니까."

말을 꺼낸 다리므가 스스로 생각해도 이상한 뉘앙스의 대답이었다. 딘은 고개를 가볍게 저었다.

"잠깐 보러 온 거야. 오래 못 있어."

"지금은 어디 있길래?"

"지금은 여기에."

"장난치지 말고."

다리므는 전에 그랬던 것처럼 딘의 볼을 잡아늘이려다 그만두었다. 역시 예전 그대로 대할 수는 없었다. 1년도 되지 않는 시간이었다 해도 그동안 너무 많은 일이 있었으니까. 눈앞에서 웃고 있는 딘은 그가 생각해 왔던 어리광쟁이 소녀가 아니었다. 모든 일에 즉각적으로 반응하던 전과는 달리 지금의 딘에게는 묘한 여유가 있었다. 머리가 짧아진 것 외에 외모의 변화는 없었지만, 그녀의 안은 확실히 변해 있었다.

"단지 여기에 있는 것뿐이야. 그 이상은 없어. 특별히 돌아갈 곳이 없으니까."

딘의 대답이 지나가고 나서야 다리므는 그녀가 했던 말의 의미를 깨달았다. 사실 당연한 것이었다. 지금 그의 처지도 그러했으므로.

"그런가…… 나랑 똑같네."

다리므는 쓸쓸한 혼잣말을 중얼거렸다. 이미 딘은 다 알고 있을 터였다. 라드휜조차도 모르는 것들을 곧잘 읽어내곤 했던 딘이니까. 이렇게도 나약하고 바보스러운 자신을 드러내기는 싫었지만 별수 없었다.

"갈 곳이야 만들면 되겠지. 단지 의욕이 없을 뿐이야."

하지만 딘은 짧은 문장을 던지는 것만으로 우울해지려는 다리므의 생각을 가벼운 방향으로 돌려놓았다. 덕분에 다리므는 지금의 딘이 누구와 비슷한지 기억해 낼 수 있었다.

그건 사라였다. 이 여유롭고 부드러운 이미지는 사라와 매우 비슷했다. 겉모습이 닮았다는 건 인정하지만 성격이 많이 다르기에 그렇게 비슷하다고 생각지 않았던 다리므였다. 하지만 지금은 딘과 사라의 이미지가 겹쳐지고 있었다.

"혹시 왕녀님, 어디 있는지 알아?"

"사라? 사라도 이 근처에 있어. 할 일이 좀 있어서."

"할 일이라고?"

"아직은 비밀이야. 그리 기분 좋은 일은 아니니까."

확실히 딘과 사라는 연결되어 있는 모양이었다. 항상 따로따로 봐서 자매라는 사실을 잘 실감하지 못했지만 이제는 정말 자매구나 하는 생각이 드는 것이었다. 마치 눈앞에 사라가 있는 듯이 대답하는 딘의 모습은 너무나 자연스러웠다.

"기분 좋은 일이 아니라도 괜찮아. 말해 줘."

"이상하게 들려. 기분 좋은 일이 아니라도 괜찮다는 말은."

"어차피 좋은 일이라 말할 수 있는 일은 드물잖아. 어떤 일이라도 좋으니 말해 줘."

무심코 대화를 이어가던 다리므는 어느새 절실한 어투를 꺼내

고 있는 자신을 발견하고 흠칫했다. 이런 행동이 딘에게 부담이
될 줄 알면서도 자꾸만 매달리려 하다니. 정말 어리석은 모습이
아닐 수 없었다. 하지만 그는 이런 자신을 제어할 수도 없었다. 지
금이 아니면, 정말 지금이 아니면 이런 질문을 던지는 것조차 못
할 것 같으니까.

딘은 곤란한 표정을 지었다.

"미안해."

"미안하다는 말은 듣고 싶지 않아."

"그럼 내가 어떻게 말했으면 좋겠니?"

약간은 네이아를 닮은 문장이 딘의 입에서 흘러나왔다. 이대로
가없는 시간을 보낸 후의 딘은 네이아와 아주 비슷한 성격이 되
지 않을까 하는 생각이 들게 하는 말이었다.

"무엇이든, 뭐든 말해 줘. 지금까지 어떻게 살았는지, 무슨 일이
있었는지, 그리고 무슨 일을 하려 하는지… 어떤 것이든."

다리므는 자신도 모르게 딘의 팔을 붙잡았다가 깜짝 놀라 놓았
다. 딘은 그런 다리므를 잠시 올려다보고 있다가 손을 뻗어 다리
므의 팔을 붙잡았다. 붙잡은 채로 한 걸음 다가와 그 팔에 가만히
기대었다.

"무슨 말을 해야 할까……."

팔을 통해 전해져 오는 부드러운 감촉. 다리므는 괜히 얼굴이
달아오르는 것을 느꼈다.

"아, 아무거나 좋아. 긴 이야기라도."

"모르겠어. 어떤 이야기가 좋을지."

딘 고개를 저으며 다시 한 걸음 물러났다. 그와 동시에 맞닿은
팔로 전해오던 체온도 사라졌다. 짧은 순간 동안 심한 긴장감을

느꼈던 다리므이지만, 갑자기 팔이 서늘해지자 아쉽다는 생각도
들었다.

"이상해. 다리므가 이렇게 얌전히 있으니까."

"얌전하다고?"

"전엔 안 이랬잖아."

"미, 미안."

"나도 미안하다는 말은 듣고 싶지 않아."

딘은 약간의 장난기를 담은 눈으로 다리므를 올려다보았다. 암
흑처럼 새까만 눈이 다리므의 눈 속에 들어와 박혔다. 모든 감정
을 일시에 빨아들일 것만 같이 위험하면서도 한없이 따라가고 싶
어지는 눈이었다.

딘은 잠시간 다리므의 눈을 빤히 쳐다보다가 가볍게 몸을 돌렸
다.

"이만 가봐야겠어."

"간다고?"

다리므는 급히 한 걸음 앞으로 내디뎌 딘의 바로 앞에 섰다. 다
급한 그의 행동에 딘은 웃었다.

"류카가 기다리고 있어."

"류카라고? 류카를 만난 거야?"

"응."

"그래도 가지 마. 여기 있어도 되잖아. 류카를 이쪽으로 데려올
수도 있잖아."

순간 딘의 얼굴에 어두운 감정이 스쳤다. 아주 짧은 순간에 스
쳐 간 감정이었지만 다리므는 그것이 짙은 불안감이라는 사실을
쉽게 알 수 있었다. 지금껏 자신이 안고 살아온 감정이었으므로.

딘을 완전히 이해하는 것은 불가능하지만 이제야 조금씩 알 수 있다는 생각을 하는 다리므였다. 처음엔 모르고 만났지만, 딘과 다리므는 언제나 비슷한 선상에 서 있었으므로.

"안 돼, 지금은. 너희까지 위험해져."

"그 정도는 감수할 수 있어."

다리므는 자신이 딘의 손을 힘껏 잡고 있다는 사실도 깨닫지 못한 채 그녀의 얼굴을 주시했다. 하지만 딘은 여전히 고개를 저을 뿐이었다.

"너무 어렵다는 거, 너도 알잖아."

"상관없어."

"다르?"

"어떻게든 할게. 네가 말한 대로 힘들겠지만, 그래도 당분간은 네가 한곳에 머물러 있게 할 수 있어."

"그렇게 말하지 마. 그런 말 들으면 무서워."

"그렇게 약하진 않아. 네게 비교하면 아무것도 아니겠지만, 그래도 간신히 널 도울 수 있을 만큼은 돼. 드래곤들도 있잖아? 요즘엔 연금술사들이 밀리는 분위기야. 전처럼 추적이 심하지도 않다는 거 알잖아."

"지금은 안 돼. 이 전쟁이 끝난다면, 그리고 이긴다면 돌아갈게. 그때까지만."

딘은 부드러운 움직임으로 다리므의 손을 풀었다. 하지만 다리므는 급히 다른 손을 뻗어 딘의 어깨를 붙잡았다.

"그게 언젠데? 언제까지 기다릴 순 없어. 지금이 아니면 안 돼! 더 이상은 못 기다려. 가지 마. 당분간만이라도 우리와 함께 있자. 할 일이 있다면 같이 해. 그게 더 빠르잖아."

"다르, 나는······."

딘은 무슨 말인가를 하려다가 입을 다물었다. 다리므는 그녀의 대답을 초조하게 기다렸다. 아니, 딘의 긍정을 기다렸다. 이런 자신의 태도가 딘에게 부담이 된다는 걸 잘 알고 있지만, 그가 할 수 있는 건 이런 것밖에 없었다.

다리므의 초조함이 불안감으로 바뀌기 시작했을 즈음, 딘은 양팔을 뻗어 다리므의 어깨를 짚었다. 매끄러운 동작으로 그녀의 두 손이 다리므의 어깨 위로 내려앉았다. 그리고 딘이 발돋움을 한다고 생각된 순간, 두 사람의 입술은 맞닿아 있었다.

축축하면서도 따뜻한 감각이다. 다리므는 온몸이 확 달아오르는 것을 느끼며 뒤로 한 발 물러섰다. 손끝이 떨릴 정도로 심장 박동이 거세어져 있었다. 발갛다 못해 벌겋게 물든 다리므의 얼굴을 보고 딘이 풋, 웃었다.

"역시 어색해."

"저, 저기, 나, 난······."

다리므는 대답해야 한다는 뜻 모를 의무감에 입을 열었다. 하지만 심장이 너무 심하게 뛰는 바람에 한없이 더듬거릴 수밖에 없었다. 아니, 머리 속에 아무것도 떠오르지 않았다. 모든 것이 한없이 뒤섞여 짧은 한 문장조차 찾아낼 수가 없었다.

"그럼, 잘 있어."

"아, 딘? 딘!"

퍼뜩 날아오는 작별 인사에 다리므는 급히 딘을 붙잡았다. 하지만 허무하게도 그의 손 안에 잡힌 것은 파르나의 서늘한 대기뿐이었다. 순간 이동 마법이었다. 조금 전까지 바로 눈앞에 있던 딘의 모습은 온데간데없고, 여름철의 꿈처럼 감정의 여운만이 고요

113

한 거리에 앉아 있었다.

"아얏!"

갑자기 들려온 사이키의 날카로운 목소리가 멍해진 다리므를 놀라게 했다. 사이키는 길 위에 넘어져 있었다. 넘어지면서 바닥과 거세게 부딪쳤는지 무릎에서 피가 흐르고 있었다. 가까이 다가가서 보니 무릎뿐만 아니라 다리 전체가 심하게 긁혀 있었다.

다리므가 손을 뻗어 사이키를 일으켜 주었다. 사이키는 한숨을 내쉬더니 흐트러진 머리를 손으로 빗었다.

"추적하려고 했는데……"

그제야 다리므는 이게 어떻게 된 상황인지 깨달았다.

"밀어냈단 말입니까?"

"역시 강해. 사이키는 상대도 안 돼. 그래서 사이키는 우울해."

전혀 우울해 보이지 않는 표정으로 사이키는 다리므의 옆을 비껴 지나갔다. 드래곤에게도 상당한 타격을 줄 만큼의 충격이었는지 절뚝거리는 걸음이었다. 그녀가 멍하니 앉아 있던 일레이의 어깨를 툭 치자 일레이는 느릿느릿 회복 마법을 외우기 시작했다.

"끝나고 다시 그리자, 일레이."

회복 마법의 자주색 빛이 아른거리는 동안 사이키는 끊어진 네모들을 아쉬운 눈으로 내려다보았다. 방금 사이키가 바닥에 부딪친 탓에 돌멩이로 그렸던 하얀 금 대신 긴 핏자국이 그어져 있었다. 물론 전부 지워진 건 아니라서 대충의 형태는 남아 있었지만 뛰어다닐 수 있을 정도의 잔해는 되지 못했다. 형체만을 알아볼 수 있을 뿐, 군데군데 떨어진 핏자국에 작은 놀이터는 부서져 있었다.

'따라오지도 말라는 건가. 정말로……'

다리므는 어느새 바닥의 돌멩이 하나를 주워 들고 있었다. 끊어진 자리를 찾아 잇고, 문대어진 핏자국을 발로 비벼 지워 복구 작업을 하기 시작했다.

어렸을 때 해보았던 거지만 금을 삐뚤어지지 않게 긋는 것은 생각보다 쉽지 않았다. 바닥에 스며들기 시작한 핏자국은 발로 비벼도 잘 지워지지 않았다. 덕분에 다리므는 한참 동안 허리를 굽힌 채 이 작은 건축에 골몰해야 했다. 회복 마법을 마친 사이키와 일레이가 이쪽을 물끄러미 쳐다보고 있다는 사실도 깨닫지 못한 채, 그는 그렇게 지나간 시간들을 새로이 조립하고 있었다.

*　　　　*　　　　*

"유스파드님, 중요한 보고가……."
"지금 바빠! 알아서 처리해!"
어떻게든 말을 붙여보려 했던 마족 한 명이 찍소리도 못하고 물러났다. 유스파드는 그야말로 정신없이 이것저것 급히 뒤지고 있었다. 간단히 말하면 서두르는 것이지만 그 서두름의 표현 형태가 상당히 거칠었다. 옆에서 네이아가 찢어지려는 책장을 잘 덮어놓지 않았더라면 아마 오늘 유스파드의 손 안에서 꽤나 많은 장부들이 손실되었을 터였다.

네이아는 문득 고개를 들어 주변 상황을 살펴보았다. 유스파드가 이리저리 집어던진 장부들이 사방에 멋대로 쌓여 있고, 방문 쪽에서는 몇몇 마족들이 찔끔거리며 이쪽을 들여다보고 있었다. 날카로운 유스파드의 반응 때문에 들어오지도 못하고 있지만 역시 좋지 않은 분위기였다.

협력하는 중이라 해도 역시 아직 친해질 수는 없는 걸까. 무리한 소망을 가졌었던 거라고 스스로를 타이르며 네이아는 유스파드에게 말을 걸었다.

"기록을 찾는 정도로 찾아내는 건 무리야."

"그렇다면 뭘로 찾을 건데? 이 전쟁 중에 적군 진영을 찾아갈까?"

"불가능한 방책은 빼줘."

"몰라! 젠장, 할 일도 많은데!"

유스파드는 다음 책장으로 옮겨가려다 발목까지 쌓인 장부의 무더기에 걸려 휘청했다.

쿠당탕!

유스파드는 중심을 잘 잡아 섰지만 소리는 뒤에서 났다. 놀라서 뒤를 돌아보니 빼꼼이 열린 문 뒤에 넘어진 마족들의 모습이 보였다. 문을 슬쩍 열고 쳐다보다가 놀라서 무더기로 넘어져 버린 것이다.

"이게 무슨 짓이야! 엿보지 말라고 했을 텐데!"

유스파드의 날카로운 목소리가 공간을 쩌렁쩌렁하니 울리고, 마족들은 황급히 일어나 바깥으로 도망치기 시작했다. 하지만 워낙 서두른 탓에 서로의 손발이 얽혀 다시 넘어져 버렸다.

하지만 유스파드는 빨리 가려고 애쓰는 통에 굉장히 느려진 그들을 따라잡지 못했다. 달려나가다가 수북히 쌓인 장부에 걸려 두 바퀴쯤 공중 회전을 했기 때문이다.

넘어지려는 순간 재빨리 공중 회전을 하여 중심을 잡은 그의 모습은 꽤나 인상적이었다. 하지만 유스파드는 그렇게 멋지게 중심을 잡아놓고 착지하는 순간 장부 하나를 밟아 주르륵 뒤로 넘어졌다.

쿠쿵!

요란한 소리와 함께 먼지가 수북히 날렸다.

"으아악! 스트레스 쌓여!"

멋진 폼은 다 잡아놓고 결국 넘어지고 만 그는 발광하듯 벌떡 일어났다. 그런 그의 시선 안에 곧바로 들어온 것은 웃음을 참느라 얼굴이 빨개진 채로 쿡쿡거리고 있는 네이아의 모습이었다.

"지금이 웃을 때야, 네이아!"

"미, 미안, 푸훗!"

네이아는 대답하려다가 웃음을 못 참고 고꾸라졌다.

10초, 30초, 1분, 2분, 5분…… 유스파드가 꽤나 많이 소리치고 나서야 네이아는 본래의 진지한 얼굴로 돌아와 원래의 화제로 돌아갈 태세를 갖추었다.

"네가 마지막으로 그들을 본 건 언제였어?"

"한참 정신없이 웃다가 갑자기 안 그런 척하면 적응 안 돼."

소리치다 지친 유스파드는 화제가 제대로 돌아오고 나서도 질렸다는 어투로 답했다.

"알았어, 미안해. 아무튼 언젠지 대답해 줘."

"별로 미안한 표정이 아니잖아."

"유스파드."

네이아가 부드러운 미소를 얼굴에 띠고 그의 눈을 쳐다보기 시작하자 유스파드는 못 이기는 척 대답을 꺼냈다.

"3년 전."

"그렇게 오래 전이란 말이야?"

"회담 같은 덴 거의 나가지 않았으니까. 외교는 내 담당 밖이야."

"그렇다면 주로 그런 자리에 나갔던 사람들에게 물어볼까?"

"그게 가능하다면 내가 이렇게 장부나 뒤질 것 같냐?"

미미하게 날카로운 감정이 섞인 유스파드의 대답에서 네이아는 그 일을 주로 맡았던 사람이 하르드퀴논, 슈마리엔, 에이린 중에 있다는 사실을 깨달았다.

그러고 보면 거의 수뇌가 다 빠지고도 잘 버텨나가는 휴식 계열 마족이었다. 하르드퀴논이 없으면 바로 무너질 거라는 예상을 철저히 뒤엎은 것이다. 사람은 하늘이 무너진 것같이 막막한 상황에서도 어떻게든 살아가는 존재라는 걸까. 네이아는 얕은 한숨을 내쉬었다.

"그렇다면 그 3년 전엔 무슨 일이었어?"

"여기까지 찾아와서 헛소리를 떠벌리던 한 놈을 잡아 가두었던 거."

이 상황에는 도움이 안 돼보이는 대답이었다. 왜 장부나 뒤지고 있겠냐는 유스파드의 말을 확실히 실감하며, 네이아는 그래도 조금 더 매달려 보았다.

"그럼, 그전엔?"

"몰라. 기억 안 나."

"잘 생각해 봐."

"난 그런 쪽 일은 전혀 해본 적이 없어. 항상 얘기만 들었을 뿐, 직접 만나고 이야기하는 건 다른 사람들이었으니까."

더 질문을 던질 수조차 없게 만드는 대답이었다. 네이아는 그래도 한 가지 질문할 것이 남아 있다는 생각에 마지막 질문을 던졌다.

"3년 전에 그 사람, 뭐라고 했는데 잡아 가두기까지 한 거야?"

"자기들이 전멸해 가고 있다고 했거든. 조사한 결과 사실무근으로 판명되어서 헛소리로 치부했지… 만?"

유스파드는 무심코 대답을 꺼내다가 그 내용이 의미심장한 것임을 깨닫고 말끝을 올렸다.

"그때 상황, 좀더 자세히 말해 줘."

탁—

들어올렸던 장부를 덮은 유스파드는 네이아의 질문을 내버려둔 채 걷기 시작했다. 한참 동안 장부를 뒤졌더니 몸이 약간 뻐근했다. 요즘 운동 부족이 되어가는 그였다. 항상 전투에 앞장서던 사람이 하루 종일 의자에 앉아 있으려니 훨씬 피곤함을 느끼는 것이다.

"유스파드."

유스파드의 대답이 금방 돌아오지 않자 네이아가 그를 따라잡았다. 유스파드는 길게 기지개를 켜 피로해진 근육들을 달래며 약간은 불성실하게 들리는 대답을 내뱉었다.

"따라와."

"…그때는 군사 이동에 민감했던 시기라서 잠시 동안 감옥에 가두어두었습니다. 하지만 그렇게 강경하게 대했는데도 불구하고 계속 나타나는 겁니다. 매번 감옥에 처넣었고, 횟수가 반복될수록 그 감금 시간을 늘렸는데도 소용이 없었습니다. 처음엔 정말이 아닐까 하는 생각이 들었을 정도로 논리적이고 이성적인 말을 하더니, 점점 시간이 지날수록 미치광이처럼 나타나서 골머리를 썩혔던 적이 있었습니다."

경비병의 설명을 들은 유스파드와 네이아는 복잡한 표정을 지으며 서로를 빤히 쳐다보았다. 사건은 점점 예상치 못한 방향으로 빠져들고 있었다. 아직 정확한 증거는 하나도 없기에 아무것도 아니었다는 결론이 나올 수도 있는 일이었지만, 그래도 이 전개는 불안했다.

"가장 마지막에 나타난 게 언제지?"

유스파드의 질문에 경비병은 약간 머뭇거렸다. 그리 좋지 않은 대답이라는 느낌을 갖게 하는 반응이었다.

"…이제는 감옥에서 나가려고도 하지 않아, 그냥 감옥 안에 내버려두었습니다."

무슨 일을 그따위로 처리하냐고 불호령을 내렸을 만한 말이었다. 하지만 유스파드는 경비병을 혼내는 것을 까맣게 잊어버렸다. 그 말이 끝맺어지기도 전에 그는 지하 감옥을 향해 전속력으로 뛰어 내려가고 있었으므로.

햇살마저 표백되어 보이는 성의 복도가 무섭게 밀려나고, 들이치는 빛이 점점 약해졌다. 이윽고 지옥으로 빨려 들어갈 것같이 무한한 계단이 그의 앞에 시커먼 색으로 그 모습을 드러냈다.

유스파드는 그대로 계단을 뛰어 내려가기 시작했다. 뒤에서 들려오는 네이아의 발소리까지 해서 주변은 점점 발소리의 울림으로만 뒤덮였다. 창문도 전혀 없는 긴 계단의 통로만이 그들 앞에 있었다. 마치 어둡고 음습한 과거를 향해 내려가고 있는 것같이 해묵은 곰팡이 냄새가 짙게 퍼지기 시작했다.

그리고 희미하게나마 내려오던 햇볕이 완전히 사라져 인공적인 불빛만이 불안스레 흔들리고 있는 공간에 다다랐을 때쯤, 그들은 길게 양편에 늘어선 쇠창살의 복도를 눈앞에 두고 있었다.

키이이잉—

쇠를 긁는 소리가 지하를 울렸다. 저편 흐릿한 어둠 속에 서성이고 있던 그림자가 빛 덩어리로 보이는 마석 하나를 집어 들고 이쪽으로 다가왔다. 지하 감옥의 간수로 보이는 마족이었다.

"이곳엔 어쩐 일로 오셨습니까?"

"그놈은 어디 있지?"

"예?"

"전에 휴식 계열 마족이 멸망하네 뭐네 하며 헛소리를 지껄였던 놈 있잖아. 지금 여기 있지?"

"예, 이쪽으로 오십시오."

간수는 한마디 질문도 던지지 않은 채 한쪽 벽에 달린 마석을 집어 들며 앞장서 걷기 시작했다. 다급해져 있는 유스파드에게 질문을 던져 봤자 아무 소용이 없다는 걸 알기 때문이거나 무슨 일인지 아예 관심조차 없기 때문이리라. 네이아는 그중에 뒤쪽이 아닐까 하는 생각을 하며 그의 뒷모습을 쳐다보았다. 얼마나 오랫동안 지하 감옥의 간수 역할을 해온 것인지, 마석의 빛에 비낀 그의 피부는 주변의 돌벽만큼이나 싸늘하고 창백해 보였다.

뚜우벅— 뚜우벅—

감옥 복도의 돌바닥과 맞대인 발들은 평소와는 다른 울림 소리를 내었다. 간수는 긴 감옥의 안쪽으로 걸어 들어가고 있었다. 안쪽으로 들어갈수록 알싸한 곰팡이 냄새가 짙어졌다. 으스스한 분위기에 딱 어울리도록 감옥의 창살은 짙은 회색 빛이었고, 칸칸이 나누어진 감옥 안에는 오래된 핏자국들이 색 바랜 형태로 기어가고 있었다.

"아무도 없네."

네이아의 부드러운 목소리마저 이 안에서는 유령처럼 깊게 울렸다. 유스파드는 양편 감옥 속에 그려진 오래된 핏자국들을 흘끗 쳐다보았다.

"지하 감옥에 가둬둘 만큼 중죄인을 오래 살려둘 리가 없으니까."

지하 감옥에서 사형을 집행했을 리는 없으니 저 핏자국은 간수나 다른 마족들이 스스로의 화를 참지 못해 집행한 폭력의 산물일 터였다. 네이아는 한 손을 뻗어 싸늘한 창살을 만져 보았다. 오래되어 먼지가 쌓였지만 아직 미끌미끌하고 싸늘한 금속의 감각은 남아 있었다.

"너도 가끔 이곳에 내려왔겠지?"

조금, 아니, 많이 잔인한 질문이었다. 유스파드는 한 치의 주저도 없이 반문했다.

"그래서! 이런 게 폭력이라고 말하고 싶은 거냐?"

"다들 미쳤어."

네이아는 금기에 가까운 말을 내뱉으면서도 유스파드의 눈을 똑바로 쳐다보았다. 애원하는 눈빛이었다. 하지만 그러한 눈빛이 유스파드의 감정을 더 더욱 끓어오르게 한다는 것도 그녀는 알고 있었다.

"미쳤다고? 대체 누가?"

역시 유스파드의 목소리는 무척이나 높아졌다. 네이아는 한숨 같은 대답을 꺼내놓았다.

"모두 다."

"그래, 너희들은 언제나 그런 식이지! 분노를 안겨주고는 왜 분노하느냐는 식이지!"

"그런 말이 아니야."

"그런 말이 아니긴 뭐가 아니야! 지금 상황이 이렇다고 자만하는 거냐? 지금은 이래도 아무도 용서하지 않았어!"

유스파드는 자신도 모르는 사이에 네이아의 멱살을 붙잡고 있었다. 하지만 네이아는 미동도 하지 않은 채 유스파드를 쳐다보기만 했다.

"그래, 아무도 용서하지 못했어."

사방이 막힌 감옥의 벽이, 싸늘한 냉기가 그녀의 목소리에 깊이를 더했다. 거부할 수 없는 명령처럼 선명히 박혀오는 한마디였다. 유스파드는 그 명령을 거부하려 발악하는 사람처럼 날카롭게 소리쳤다.

"살려달라고 애원하던 아이의 목을 긋던 너희들의 칼날을 우리가 어떻게 용서하란 말이지? 지금은 물러나 있을 뿐이야! 아무도 용서하지 않아!"

"그래, 아무도 용서하지 못해. 용서할 수가 없어."

아까와 비슷한 문장이었지만 사뭇 다른 음색이었다. 어느새 네이아의 눈가에는 투명한 물방울이 어둡게 빛나고 있었다.

"모르겠어. 나조차 그때의 일을 잊지 못해. 아무도 용서할 수가 없어. 아무리 지금 협력하고 있다 해도, 증오하지 않으려 애쓴다 해도, 아무도 용서하지 않아. 결국엔 또다시 서로를 죽이겠지. 대체 어떻게 해야 하는 거지? 과거는 이제 존재하지도 않는데 왜 망령처럼 남아서 사람을 죽이지? 이제 그만 잊고 싶은데 왜 아무도 잊지 못하지?"

"하! 잊겠다고? 그런 짓을 저질러놓고 잊겠다고? 참회하려 애쓰기커녕, 그 모든 일을 덮어버리겠다고? 가해자의 마음대로 사건을 해석하지 마! 용서하고 말고는 우리가 정해!"

유스파드는 금방이라도 네이아를 집어던질 것같이 으르렁거렸으나 네이아는 시선을 피하려고도 하지 않았다. 그녀는 그렇게 눈을 깜박여 눈물을 뺨 위로 흘려보내며 유스파드를 빤히 쳐다볼 뿐이었다.

"처음 시작한 건 우리였지. 하지만 이렇게 남겨진 핏자국만큼 나도 너희를 용서하지 못해. 네 손에 죽었던 사람들의 이름만큼 나는 너를 용서하지 못해. 너도 마찬가지이겠지. 대체 어떻게 해야 잊을 수 있는 걸까? 이 성을, 이 눅눅한 지하 감옥을 어떻게 없앨 수 있을까 항상 생각했어. 어떻게 하면 그때 흘렸던 피만큼 너희들에게서 짜낼 수 있을까 항상 생각했어. 난 항상 마족을 공격해서는 안 된다는 쪽에 서 있었지만 한번도 진심으로 너흴 용서할 수는 없었어. 내가 이토록 증오를 잊지 못하는 건, 내가 과거의 사람이기 때문일까?"

싸늘한 감옥의 공기가 수만 개의 바늘처럼 피부를 찔러왔다. 밝은 녹색 눈에서 하염없이 흘러내리는 눈물이 윗옷을 어둡게 적시고 있었다.

"나에게 묻지 마! 대답 못 해! 그런 질문엔 대답하지 못한다고!"

유스파드는 어느새 네이아의 말에 두려움을 느끼고 있는 자신을 발견하고 악을 쓰듯이 소리쳤다. 당연히 화를 내야 할 상황이었지만 네이아에 대한 두려움을 지우기 위해 더 화를 내는 것이었다.

그때였다.

"내게 용무가 있는 게 아니었습니까? 언제까지 기다릴까요?"

갑자기 들려온 나직한 분위기에 팽팽하게 고조되어 있던 긴장감이 부서져 내렸다. 각자의 감정에 휘둘려 정신없던 두 사람은 동시에 소리가 들려온 쪽을 돌아보았다.

긴 복도의 안쪽에 창백한 얼굴을 한 마족 한 명이 서 있었다. 두꺼운 옷을 입고 있긴 하지만 소매 위로 드러난 손목은 가늘디 가늘어서 꽤나 마른 체형이라는 사실을 쉽게 알 수 있는 모습이었다. 그는 이 어둔 지하 감옥 안의 유일한 광원인 마석을 한 손에 든 채 이쪽 사람들을 쳐다보고 있었다.

"당신은?"

네이아는 급히 몸을 일으켰다. 분명 들어올 때까지만 해도 무심한 간수였던 사람이, 모든 것을 다 안다는 듯한 눈으로 실실 웃으며 이쪽을 쳐다보고 있었다. 마석의 빛에도 반짝이지 않는 흐린 회색 눈동자였다.

"퀼트 라테우스. 마지막 남은 순혈의 활기 계열 마족입니다."

7

마법사들의 호흡이 거칠어지기 시작했다. 그리테이트의 국경과 맞닿은 하얀 대기에 사람들의 입김이 더 하얗게 번진다.

"와아아—"

발악처럼 들리는 함성과 함께 여남은 명의 병사들이 왼편 계곡으로 뛰어들었다. 계곡의 거친 대지를 힘차게 밟으며 떨어져 내리듯이 적에게 검을 내려쳤다.

캉! 카카캉!

무서운 금속음이 전장의 혼란함 속에서 흔한 음이 되어 사라진다. 뛰어 내려간 힘이 섞인 일격이었기에 아래쪽의 병사들은 가까스로 그 공격을 막아내고도 자세를 제대로 잡지 못해 그 다음 일격에 우수수 무너졌다. 하지만 뛰어 내려가면서 공격한 쪽도 결국엔 중심을 잃어 곧바로 계곡 아래로 밀려 들어온 적군 병력에 무참히 부서졌다.

쿠콰콰쾅—!

요란한 폭음과 함께 마법사들의 공격이 병사들 머리 위로 쏟아졌다. 연속적인 폭발음과 함께 계곡을 이룬 바위가 크게 진동했다. 돌 부스러기가 부슬부슬 떨어져 내리고, 부서진 돌 조각들이 바위 위를 톡톡 굴러 붉게 물든 사체 위를 덮었다. 폭발의 열기에 데워진 대기가 이글이글 흔들렸다.

전멸. 계곡에 서 있던 사람 중에 아직도 서 있는 사람은 아무도 없었다. 잠시간의 무거운 정적이 사방의 소란스러움 사이에 묻혀 흘렀다.

마법사들이 회복할 시간을 주어서는 안 된다는 사실을 깨달은 적군 몇 명이 재빨리 계곡의 바위를 올랐다. 순간 하늘에 생겨난 불덩이 몇 개가 운석처럼 계곡 위에 내리꽂혔다. 비명도 지르지 못한 채 병사 몇 명이 시체 위에 덮이고, 군데군데 패인 계곡의 바위 하나가 밑으로 떨어져 내리기 시작했다.

데그르르륵!

숨막히는 마찰음과 함께 계곡의 좁은 길을 굴러 내려간 바위는 불규칙하게 쌓인 시체 더미에 걸려 잠시 주춤하다가 뒤에서 불어온 강력한 바람 마법에 밀려 시체를 뛰어넘었다. 점점 강해지는 바람 마법에 뒤쪽의 바위들도 하나둘씩 제자리를 벗어났다. 시끄러운 전장 속에서도 쟁쟁하게 울리는 바위 소리가 계곡을 달렸다. 계곡 밑에 있던 병사 몇 명이 급히 옆으로 피했으나 바위는 그들보다도 빨랐다. 간신히 피한 몇 명도 어디선가 날아온 얼음창에 꿰뚫려 쓰러졌다.

"카레이프 군! 카레이프 군!"

베기스는 무더기로 뛰어다니는 병사들을 손으로 제치며 진영 안으로 뛰어 들어갔다. 앞으로, 뒤로, 옆으로, 사방으로 뛰어다니는 사람의 무리를 헤치다가 몇 번이고 뒤로 밀렸다. 덕분에 그는 완전히 지쳤을 때쯤에야 마법사들 사이에 서서 바쁘게 움직이고 있는 은발의 청년을 발견할 수 있었다.

"카레이프 군!"

피곤한 얼굴의 마법사들을 제치고 뛰어든 베기스는 리안의 팔을 확 잡아끌었다. 정신없이 말을 쏟아붓고 있던 리안은 휘청하며 이쪽을 쳐다보았다.

"이게 무슨 짓인가! 자네 미쳤나?!"

"지금은 바쁩니다. 다 끝나고 말씀하십시오."

잠시나마 멍하니 베기스를 쳐다보고 있던 리안은 베기스의 말이 끝맺어질 때쯤 다시 무표정한 얼굴로 돌아갔다. 베기스의 말에는 신경조차 쓰지 않는 듯한 반응이었다.

"나는 지금 이 상황을 말하고 있는 걸세! 이게 무슨 짓인가! 단숨에 그리테이트를 점령이라도 할 셈이야?! 이런 기세로는 우리가 먼저 지친단 말일세!"

"지치게 전에 점령할 겁니다."

"그럴 가능성도 없거니와 그럴 필요도 없어! 우린 적당히 싸우다 끝내야 해! 그리테이트를 점령해 봐야 우리 부담만 커질 뿐이란 걸 아는 사람이 왜 이러나!"

"저도 적당히 밀어붙이다 끝낼 생각입니다."

리안은 도무지 믿기 어려운 말을 꺼내놓고는 베기스의 손을 뿌리쳤다. 베기스가 어떻게 해보기도 전에 그는 저편으로 걸어가 공격 명령을 내리고 있었다.

쾅! 콰릉—!

W I S H

멍멍한 소리가 저편에서부터 울려왔다. 아군 마법사들이 공격 마법을 퍼붓는 소리였다. 마법사들은 이미 지칠 대로 지쳐 숨을 헉헉거리고 있는데도 리안은 가차없었다. 모두가 지쳐 쓰러질 때까지 부딪쳐 볼 심사인 것 같았다.

마법에 의해 비워진 자리에 아군 병사들이 밀려 들어가고, 적군 병사들의 반격에 밀려나고, 또 마법이 그 자리를 때리고… 진척이 없어 보이는 소모전이었다. 이대로 가다가는 양쪽 모두 지쳐 쓰러질 게 뻔했다.

'제정신이 아니야. 어떻게든 말려야 해.'

베기스는 잡기 어려울 정도로 멀어진 리안은 내버려두고 더 안쪽으로 들어가기 시작했다. 타인의 말을 전혀 듣지 않게 된 리안을 멈추어줄 사람을 찾기 위해서였다.

그때였다.

한참 사람들을 제치던 베기스는 등뒤에서 들려오는 함성이 아까와는 조금 달라졌다는 사실을 깨달았다. 그래봤자 큰 변화는 아니었지만, 혹시나 하는 생각에 그는 힐끔 뒤돌아보았다.

어느새 계곡 가득히 채워진 아군 병사들이 계속 안쪽으로 밀려 들어가고 있었다. 밀려갔다가도 금세 밀려나오던 아까와는 완전히 다른 상황이었다. 드디어 적군의 방어선이 무너진 것이다.

이리저리 움직이던 사람들이 일제히 앞으로 나아가기 시작했다. 베기스도 잠시간 멍하니 서 있다가 몸을 홱 돌려 앞으로 달리기 시작했다. 아군의 함성이 가까워질듯 멀어졌다, 멀어질듯 가까워지는 것을 반복했다. 그렇게 사람들 사이에 끼어서 전장을 따라가던 베기스는 어느새 계곡의 거친 땅을 발 밑에 두고 있었다. 단단한 방어선이었던 계곡까지 넘은 것이다.

굽이굽이 굽어진 계곡을 한참 달려가니 너른 공간이 눈앞에 펼쳐졌다. 앞서 달려갔던 병사들은 저 앞에 멈추어 있었다. 베기스도 헛숨을 삼키며 눈앞에 펼쳐진 장면을 쳐다보았다.

온통 새하얀 눈밭이었다. 하얗게 흐린 하늘 아래 무릎까지 쌓인 눈밭이 광활하게 펼쳐져 있었다. 저편에 선 적군의 모습과 한쪽에 선 나무들, 저 멀리 군데군데 모인 마을들이 보이긴 했지만 대체로 장애물없이 넓게 트인 공간이었다. 본래 따뜻한 페리어드의 눈은 눈발이 멎자 곧 녹았지만, 추운 그리테이트에서는 쌓인 그대로 남은 것이다.

꼬불꼬불 꼬인 주거 밀집 구역이나 좁은 정령의 구역에서, 혹은 좁은 알테이아에서 자라난 병사들은 갑자기 트인 시야에 적응하지 못하고 주춤거렸다. 사방이 트여 어디에서도 자신이 노출되어 있다는 사실은 익숙하지 못한 이에겐 견디기 힘든 부자유스러움이었다. 리안도 잠시간 이 장면에 넋을 잃었는지 한 손을 들어올린 채 멍하니 서 있었지만, 이내 다시 진격을 명령했다.

주춤거리다가 억지로 소리 지르며 달려나가는 아군의 모습은 스스로 생각해도 꼴불견이었다. 하지만 의외로 적군은 이 공격을 받지 않고 황급히 뒤로 물러났다. 아니, 물러났다기보다는 도망치는 것처럼 보였다. 아군은 열심히 달려 들어갔지만 적군의 모습은 지평선 너머로 사라지고, 결국 눈밭에는 아군 진영만이 남았다.

"퇴각해야 하는 것 아닌가? 저렇게 도망치는 건 수상해. 함정일지도 모르네."

달려나가다 보니 다시 가까워진 리안에게 베기스가 걱정의 말을 던졌다.

"이렇게 트인 공간에는 군사를 숨길 순 없습니다. 함정 파는 것 자체가 불가능한 지역입니다. 군사를 조금만 이동시켜도 멀리까지 보이니까요."

리안은 이성적인 대답으로 베기스의 말을 넘겼다. 덕분에 베기스는 리안의 정신 상태를 의심하는 일은 그만둘 수 있었다.

하지만 리안 스스로도 이대로 한없이 달려나갈 수는 없다고 판단했는지 병사들을 멈추게 했다. 마법사들이 눈 위에 털썩털썩 주저앉기 시작했다. 베기스가 그들을 '차갑지도 않나?'라는 눈으로 쳐다보았지만 헉헉거리는 그들은 찬 눈 위가 더 좋은 모양이다.

"그렇다면 어떻게 할 셈인가? 이대로 한없이 나아갈 수는 없는데."

"여기서 잠시 멈추고 정찰대를 보내죠."

리안은 짤막하게 대답하고는 뒤쪽에 선 기사에게 현재 위치를 묻기 시작했다. 뛰어다니느라 상당히 구겨진 지도가 펼쳐지고, 몇 사람이 더 모인 가운데 그들은 머리를 맞대고 지도의 각 지점을 가리키기 시작했다. 전략에 대해서는 잘 모르는 베기스지만, 그럭저럭 타당성 있게 보이는 몇 개의 논의가 진행되고 있다는 사실만은 알 수 있었다.

'참내, 마이너스가 된 건지 플러스가 된 건지 알 수가 없군.'

무모하고 공격적인 태도로 돌변했지만 여전히 전략에 있어서는 진지한 리안이었다. 베기스는 스스로도 그 의미를 알 수 없는 웃음을 흘리며 그 자리를 빠져 나왔다.

'그럼, 난 이드와 금기된 대화나 더 나누어볼까.'

*　　　　*　　　　*

과장이 섞인 듯하나 대체로 차분한 한 무더기의 말이 지나간 후, 시간은 무수한 침묵으로 뒤덮였다. 유스파드는 네이아가 먼저 말을 꺼내주길 기대했지만 그녀는 깊은 생각 속에 가라앉은 채 나올 줄을 몰랐다.

결국 가장 먼저 말을 꺼낸 것은 스스로를 마지막 활기 계열 마족이라 밝힌 간수 아닌 간수였다.

"그래서 어떻습니까? 이 이야기를 들은 소감은?"

나직하면서도 뼈가 박힌 말이었다. 유스파드는 복잡해지려는 자신을 제어하려 애쓰며 단호히 고개를 저었다.

"증거가 없지 않습니까?"

스스로도 굉장히 싫어하는 어투의 말이었지만 별수 없었다. 이런 역할은 네이아가 좀더 부드럽게 해낼 수 있을 테지만 네이아는 여전히 자신의 생각 속에만 빠져 있었다.

"하, 그렇군. 당신도 별로 다르지 않아."

퀼트의 반응은 의외로 덤덤했다. 이미 체념한 이의 반응인 걸까. 별로 감정이 섞이지 않은 문장인데도 왠지 모르게 소름 끼치는 느낌이었다. 단 한 마디로 듣는 사람을 흠칫하게 만드는 말투란 저런 게 아닐까 하는 생각마저 들었다.

"뭐가 다르지 않다는 거요?"

유스파드는 괜히 퉁명스런 어조로 되물었다. 상당히 처참한 이야기이긴 했지만 아무래도 퀼트의 이야기에는 신빙성이 없었다. 그 많던 활기 계열 마족들이 하나둘씩 죽어 멸망하기까지 아무도 몰랐다는 게 말이 안 되니까.

아무리 하나씩 죽이고 대역을 세웠다 해도 대역은 어디까지나 대역이었다. 어딘가 모르게 진짜와 차이가 나기 마련이었다. 아니,

애초에 그 많은 사람을 전부 대역으로 교체한다는 것 자체가 불가능한 소리로 들렸다.

"전부 다. 전부 다 똑같아. 당신도 내 말을 믿으려 하질 않는군."

"그러니까 믿을 수 있도록 증거를 대 달라는 거 아닙니까?"

"필요한 건 증거가 아니라 믿지 않을 핑계겠지. 우리가 하나둘씩 죽어갈 때, 당신네들은 우릴 쓸모없는 동족이라 욕했겠지? 우리가 멸망해 가고 있을 때, 당신들은 귀찮게 구는 우릴 어떻게 떼어낼지에 대한 생각뿐이었겠지? 그래, 그렇지. 당신들 일이 아니니까. 그래도 동족이라는 믿음 하나만으로 필사적으로 달려왔어. 구차하게라도 매달리려고 죽을힘을 다했어. 그때의 심정을 당신이 알기나 해? 하긴, 이제 다 끝났지, 끝났어. 이제 와서 이런 얘기 넋두리일 뿐이지."

퀼트는 회색 눈으로 유스파드를 똑바로 쳐다보며 나직이 말했다. 아니, 말했다기보다는 잇새로 새어나온 신음 같은 음성이었다. 유스파드는 골치가 아파 오는 것을 느꼈다.

"아무리 그래도 내가 당신의 말을 이해할 수 있어야 같이 흥분할 거 아닙니까? 혼자 그런 말을 해봐야 헛소리밖에 더 됩니까?"

"대체 뭐가 납득이 안 간다는 거지? 사실 그대로 말하는 데도 이해하지 못하고 믿지 않으면, 나보고 어쩌라는 거지?"

생각 같아서는 '그걸 나한테 물으면 어떡하라는 거냐?' 라고 대꾸하고 싶었지만 며칠 새 꽤나 자제력을 쌓은 유스파드는 용케 꾹 눌러참았다. 그리고 그렇게 그가 나름대로의 시험을 받는 동안, 드디어 네이아가 입을 열었다.

"아예 믿지 않겠다는 뜻은 아닙니다. 다만 몇 가지 사항을 이해하지 못하고 있을 뿐이지요. 내 질문에 차근차근 대답해 주시겠어요?"

유스파드가 자신도 모르게 '넌 저 말을 믿을 수가 있단 말이야?' 라는 뜻의 눈으로 네이아를 쳐다보았지만 네이아는 그대로 말을 계속 이었다.

"우선, 그런 일이 벌어지는 데도 아무도 몰랐다는 게 상식적으로 납득이 안 됩니다. 모두들 바보가 아니고서야 그런 큰일을 전혀 모를 수가 없지 않나요?"

논리적이면서도 부드러운 어투의 말이었다. 이런 말을 이렇게 듣기 좋게 말할 수 있는 사람은 네이아뿐일 거라고 생각하며 유스파드는 퀼트의 대답을 기다렸다.

"나도 이해할 수가 없는데 어쩌라는 거지? 나도 어째서 당신들이 그렇게 몰랐는지 모르겠어. 그렇게 큰일이 일어났는데! 그렇게 많은 사람이 죽어갔는데 왜 모르는 거지? 모든 게 끝날지도 모른다고 필사적으로 달려온 이 성은 평화로웠어. 아무 일도 없다는 듯이! 덕분에 내가 무서운 꿈을 꾼 게 아닐까 하는 생각도 해봤지만, 분명히 내 눈앞에서 벌어진 일이었어!"

네이아의 말에 마음이 약간 흔들렸는지 퀼트의 말에 감정이 녹아 들어가기 시작했다. 비아냥거리는 투였던 얼굴은 이해할 수 없는 분노로 일그러지고, 차가운 증오로 뒤틀어졌다. 미치광이의 얼굴이라 해도 좋을 만한 표정이었다.

네이아는 가련함을 숨기려 하지도 않은 채 그를 쳐다보았다.

"게다가 그 많은 사람이 대역으로 교체되었다는 것도 이해할 수 없어요. 다른 사람들이 눈치 채지 못하게 대역을 하려면 굉장히 닮아 있어야 할 텐데, 그 많은 사람의 대역을 대는 게 가능했을까요? 마족을 상대로 한 대역이었으니 환각도 쓸 수 없었을 거예요."

"도플갱어Doppelganger⋯⋯."

그는 그때의 기억이 하나둘 떠오르기 시작한 듯이 두 손을 눈앞으로 들어올렸다. 오랫동안 햇볕을 받지 못해 하얗게 탈색된 두 손은 심하게 떨리고 있었다.

"그래, 도플갱어였어. 똑같은 사람이 둘로 늘어나 서로가 진짜라고 싸웠어. 그런 경우가 너무 많아서 싸우다가 남은 한 사람을 진짜라고 생각할 수도, 가짜라고 생각할 수도 없었어. 하하⋯ 당신들은 알아? 거울 앞에 선 것도 아닌데 내 주변 사람들이, 그리고 내가 둘이 되어 거리를 걷는 기분을 알아? 내가 미쳤다고 생각하겠지? 난 차라리 미치고 싶었어!"

유스파드는 한숨을 내쉬었다. 경비병의 말대로 처음엔 그래도 들을 만했던 말이 점점 미치광이의 말처럼 꼬이고 있었다. 도플갱어라니. 요즘 세상에 그런 게 어디 있단 말인가?

"도플갱어는 옛날부터 전해온 전설일 뿐이에요."

"하지만 난 실제로 보았어! 그건 전설이나 환각 따위가 아니었어!"

"도플갱어를 만들어보겠다는 연금술사는 있었지만 불가능한 것으로 결론지어졌어요. 도플갱어는 없어요. 다만 온전한 당신만이 있을 뿐이에요."

어쩌면 네이아는 퀼트를 진정시키고 그가 보았다고 믿는 환상을 깨주기 위해 저렇게 차근차근 그의 말에 반박하는 건지도 몰랐다. 하지만 역시 그는 더욱 흥분할 뿐이었다.

"변신이 아냐! 똑같은 한 사람이 나타났다고! 괴물이 변한 모습이 아니라 내 자신이 똑같이 복제되어 내 앞에 서 있는 것 같았어! 아, 아니? 아냐! 나, 난 죽었어. 분명, 그때, 그 칼에 꿰뚫려서…… 아니, 아냐! 난, 그때, 난!"

"그만 좀 해! 그게 헛소리가 아니고 뭐야?"

결국 점점 기괴해지는 그의 말을 참지 못한 유스파드가 소리를 버럭 질러 말을 끊었다. 순간 퀼트가 시선을 돌려 유스파드를 쳐다보았다. 괜히 미친놈과 말싸움하고 있다고 생각하던 유스파드였지만 그의 시선이 와닿은 순간만은 흠칫하지 않을 수 없었다. 그의 눈에 서린 감정이 어느새 깊이를 알 수 없는 공포로 변해 있었던 것이다.

"헛소리? 모르겠어… 난 분명 죽었는데 어째서? 어째서 여기서 이런 소릴 하고 있는 거지? 어떻게 여기 살아 있는 거지? 대체 왜?"

두근…….

어디선가 불안감 같은 불쾌함이 밀려 들어왔다. 붉게 충혈되어 더 더욱 기괴해 보이는 회색 눈동자를 더 이상 견디기 힘들게 된 유스파드는 자리에서 일어났다.

"이건 시간 낭비야! 의사에게 보내는 게 낫겠어."

네이아도 비슷한 심정이었는지 유스파드를 말리지 않았다. 다만 깊은 한숨을 내쉬며 퀼트를 쳐다볼 뿐이었다.

"대체 어떻게 된 거지? 어떻게 된 거냐고!"

"그런 건 의사에게나 물어봐."

유스파드는 끝까지 매달리려는 퀼트의 질문을 딱 잘라버리고는 사람을 불렀다. 부르자마자 마족 하나가 헐레벌떡 달려 들어오는 게 또 엿보고 있었다는 사실을 스스로 증명하는 것 같았으나 이번엔 별로 따지고 싶지 않았다.

"대체 어떻게 된 걸까?"

"너까지 저 자식하고 똑같은 문장으로 말하지 마. 머리 아파."

"느낌이 좋지 않아."

"미친놈하고 얘기하는 데 기분 좋을 리가 없잖아?"

몇 사람에게 붙들려 끌려나가는 퀼트의 불안감 섞인 얼굴을 외면하며 유스파드는 네이아를 돌아보았다. 네이아는 차분하지만 무거운 감정이 실린 얼굴로 창가에 쏟아지는 햇살을 주시하고 있었다.

"그렇게 말하지 마."

"넌 저놈의 입장을 생각해 주고 싶어하겠지만 난 아냐."

"그래도 불쌍한 사람이야."

"어쩌면 불쌍하다고 여기는 네 생각이 불쾌하게 받아들여질지도 모르지."

유스파드는 고개를 저으며 조용히 중얼거렸다. 따져드는 식의 차가운 문장이 아닌 걱정 섞인 문장이었다. 이런 점에서 유스파드는 로다보다 대하기 편하다고 네이아는 생각했다.

"그래, 그럴 거야. 그런 생각하면 안 되겠지."

"아무튼 이것도 얼렁뚱땅 끝나버렸군. 이젠 더 이상 조사할 방법도 시간도 없어."

"하지만 이대로 이 일을 넘길 수는 없잖아."

"넘길 수 없는 건 나도 마찬가지지만 여유가 없어. 안 그래도 바빠 죽겠는데 불확실한 일에 많은 시간을 쏟을 순 없어. 저런 허무맹랑한 말의 의미를 잘 곱씹어보는 일 같은 건 더 더욱 하고 싶지 않고."

"어쩌면 완전히 허무맹랑한 말은 아닐지도 몰라."

"뭐가? 도플갱어가?"

"도플갱어 같은 건 불가능하지만 똑같은 한 사람을 만드는 건 가능해. 머리카락 하나에도 유전자는 들어 있으니까, 복제는 어렵지 않아."

"설마, 저 말을 믿는 거냐?"

유스파드의 의심 섞인 말에 네이아는 고개를 저었다.

"물론 전적으로 믿을 수는 없어. 하지만 완전히 무시할 수도 없어."

"인상적이긴 했지. 하지만 너무 허무맹랑해. 사람을 하나씩 죽이고 바꿔치기 했었다니. 물론 클론이라면 외모는 똑같겠지만 사람을 만드는 건 외모뿐이 아니잖아? 그 사람이 가지고 있는 지식, 감정, 성격 같은 게 모두 똑같아야 들키지 않을 수 있을 텐데, 그런 걸 어떻게 다 맞출 수 있겠어? 복제품에 그 사람의 기억을 삽입하면 되는 거겠지만 그건 사실상 불가능하고."

순간 네이아가 고개를 약간 돌려 유스파드를 쳐다보았다. 딱딱하게 굳은 시선이었다.

"가능해."

"뭐?"

"휴페른은 성공했어. 그 이후에도 꽤 여러 사람이 성공한 걸로 알고 있어."

유스파드는 갑자기 내뱉어진 사실 앞에 멍하니 네이아를 쳐다보았다. 한동안 잊고 있었던 기억이 갑자기 의식 속으로 물밀듯이 밀려온 탓이었다.

"서, 설마?"

"알아. 저 말이 그대로 사실일 거라고 믿을 수는 없어. 그렇게 대규모로 바꿔치기 하는 건 너무 어려워. 하지만 적어도 한두 명 정도는 완벽하게 바꿔치기 할 수 있지 않았을까? 요직에 있는 사람이라면 몇 명만으로도 최고의 효과를 낼 수 있어. 스스로도 자신임을 믿는 데다 외모도, 기억도 같으니 드러날 리가 없겠지."

그리고 네이아의 말은 유스파드의 불안을 비껴나 더 불안한 방향으로 끝맺어졌다.

"어쩌면, 이곳에도 뒤바뀐 사람이 섞여 있을지도 모르지."

8

고요한 아침이었다. 아침이라서 조용한 건지, 아니면 항상 이렇게 조용한 곳인지는 모르겠지만 길에는 지나가는 행인 하나 없었다. 이따금 울리는 새 울음소리가 하늘을 달려갈 뿐이었다.

다리므는 그 평화로운 거리를 내려다보며 난데없는 생각에 잠겨들었다. 이렇게 고요한 아침을 대하려니 갑자기 노이테라 성에서의 아침이 생각났던 것이다.

'잠에서 덜 깨어 멍한 채로 하얀 천장을 마주 보는 건 매일 겪어도 꽤나 묘한 느낌이었는데……'

바로 얼마 전까지만 해도 매일의 일상이었지만 이제 새삼스럽게 느껴졌다. 따지고 보면 그리 많이 오래되지도 않았는데, 벌써 이런 작은 기억까지 흐려지는 모양이었다. 적어도 당분간은 다시 가기 어려울 곳이라 생각하지 않는 편이 맘 편할 거라고 여겨왔던 그였지만, 새삼스레 이러다 다 잊어버리는 건 아닌지 모르겠다

는 불안감이 밀려 들어왔다. 이런 생각들, 다 멍청한 집착이란 건
알고는 있지만 역시 떨쳐 버리는 건 쉽지 않았다.

"좀 빨리 못 걷겠어?"

문득 앞서가던 라드훤이 퉁명스런 말을 내뱉었다. 괜히 트집을
잡는 것처럼 들리는 말이었지만, 그 의미를 잘 아는 다리므는 픽
웃으며 걸음을 재촉했다.

어제 저녁부터 괜히 다리므에게 퉁탕거리는 라드훤이었다. 딘이
왔다갔는데도 잡지 못했다는 이유 때문이었다. 그리고 그에 더불
어 딘이 다리므만 만나고 갔다는 사실에 토라진 것이기도 했다.

"애들 같아."

옆에 걷던 렌스가 작은 목소리로 속삭였다. 덕분에 다리므는 웃
음을 참지 못하다가 '뭐가 그렇게 웃겨!' 라는 라드훤의 짜증을 들
어야만 했다.

"그런데 미르, 그 결계 내가 풀어야 하는 거야?"

알카로드가 가르쳐 준 장소에 거의 다 왔을 때쯤, 다리므가 짧
은 질문을 던졌다. 미르는 의아한 표정을 지으며 뒤를 돌아보았다.

"왜요, 부담돼요?"

"아니, 꼭 그런 건 아닌데……."

"다리므님이 그렇게 대답하면 부정이 아니라 긍정으로 들려요."

"그게 아니라, 거기 몬스터 꽤 많다며? 결계 열자마자 쏟아져
나오면 어쩌나 싶어서."

그 숲에 몬스터가 너무 많아서 격리시키기 위해 결계를 친 거
라는 말을 알카로드에게 들었던 그들이었다. 그러니 확실히 다리
므의 걱정은 타당성 있는 걸로 들렸다.

하지만 미르는 주저없이 고개를 저었다.

"괜찮아요. 바깥으로 나오려는 몇 놈 없애버리면 나머지 놈들은 겁먹어서 안 나오겠지요."

"별로 기분 좋게 들리는 방법은 아니네."

"몬스터를 상대한다는 것 자체가 기분 좋은 일은 아니죠. 다리 므님까지 딘같이 굴지 말아요. 그런 거 다 따지고 살면 살기 팍팍해요."

"그런가······."

다리므는 별로 납득한 표정은 아니었으나 그냥 그대로 대화를 끊었다. 더 대화를 이어간다고 해도 영양가 없는 토론만이 이어질 거란 사실을 잘 아는 그였으니까. 대신 그는 저 앞을 쳐다보았다. 이제는 익숙하다는 느낌이 드는 거리가 바로 눈앞에까지 다가와 있었다.

"아!"

깨끗하게 이어진 그 거리를 밟은 순간, 다리므는 멍하니 허공을 쳐다보며 감탄사를 내뱉었다. 전에 왔을 때는 잘 몰랐었는데, 이번엔 확실히 결계의 존재를 느낄 수 있었다. 너무도 확실해서 전엔 어떻게 몰랐을까 하는 생각이 들 정도였다.

"어때요? 이곳이 맞나요?"

"으응, 왜 전엔 몰랐을까?"

"결계에 신경 쓰지 않고 지나가서 그랬을 거예요. 아무튼 풀 수 있겠어요?"

다리므는 잠깐 눈을 감았다 떴다. 무거운 공기가 유령처럼 웅웅 울리고 있었다. 마력으로 묶인 공간이 무거운 부자연스러움으로 어깨를 짓누르는 느낌이었다. 정령의 결계는 언제나 이런 느낌이 었지만 오늘따라 느낌이 더 좋지 않았다. 무덥고 습한 불쾌함 속에 들어가 있는 것 같아 괜히 속이 울렁거렸다.

"다리므님?"

잠시 동안의 생각에 빠려 들어간 탓에 미르의 질문을 잊어버린 다리므를 미르가 불렀다. 그제야 다리므는 자신이 대책없는 생각 속을 헤엄쳤다는 사실을 깨닫고 정신을 차렸다.

"아, 미안. 잠깐 결계의 형태를 보느라고."

"어때요? 쉽게 풀 수 있겠어요?"

"쉬울 거 같진 않아. 그리고……."

"그리고요?"

"약간 느낌이 이상해. 무겁고 우울하다고나 할까."

"우울해?"

가만히 있던 라드윈이 고개를 갸웃했다. 다리므 스스로 생각해도 이상한 표현이었으나 더 나은 표현을 찾지 못한 이상 별수 없었다.

"정령의 결계는 원래 다 무거운 느낌이지만 여긴 보통 결계보다 그런 느낌이 더 심해서요."

"너, 어휘 공부 좀 해야겠다. 표현력이 그게 뭐냐?"

역시나 다시 시비를 걸어오는 라드윈의 질문에 다리므는 곤란한 표정으로 웃어버렸다.

"원, 그만 해요. 다리므님에게 통탕거린다고 뭐가 된다고 그래요?"

지금까진 그러려니 하고 내버려두었지만 라드윈의 투정이 좀 길어지자 미르가 제동을 걸었다. 하지만 그런 충고가 들릴 정도의 상태라면 이렇게 통탕거리지도 않았을 터였다.

"누가 통탕거렸다고 그래?"

"목표물을 나로 바꾼다고 해서 상황이 바뀌는 건 아니라고 보는데요?"

"내가 어쩌든 무슨 상관이야?"

아무래도 단단히 토라진 모양이었다. 한두 마디 정도면 빈말으로라도 알겠다는 말이 나올 거라 예상했던 미르는 고개를 저으며 물러났다. 차라리 이대로 그냥 두는 게 더 빨리 풀릴 것 같다는 생각에서였다. 미르 자신도 그리 좋은 기분은 아니어서 라드휜을 달래는 게 귀찮았다는 점도 포기를 빠르게 했다.

그러는 동안 다리므는 한쪽에 선 채 입 안으로 작은 문장을 웅얼거리고 있었다. 결계를 푸는 작업이었다. 꽤나 긴 문장이 입을 통해 퍼져 나가고 난 후에야 단단히 묶여 있던 매듭이 꿈틀거리기 시작했다.

움찔움찔 움직이며 점점 그 너비를 넓혀가는 공간은 마치 살아 있는 생물 같은 느낌이었다. 다리므는 그 움직임을 좀더 잘 제어하기 위해 눈을 감았다. 꿈틀거리면서도 좀처럼 완전히 풀려나가려고 하지 않는 게 꽤나 단단히 묶여 있는 모양이었다. 아무래도 잠시 동안은 이런 줄다리기를 해야 할 것처럼 보였다. 꽤나 힘을 소모해야 할 테지만 섬세한 기술을 필요로 하는 건 아니라 그나마 다행이라 생각했다.

그때였다. 갑자기 엄청난 기운이 이쪽으로 밀어 닥쳐왔다. 피할 수도 없는 엄청난 것, 공간 전체가 무시무시한 세기로 쏟아져 오기 시작한 느낌이었다. 집채만한 파도가 온몸을 때리는 듯한 감각을 느끼며 다리므는 자신도 모르게 소리를 질렀다.

"으아악!"

발을 디딘 바닥이 파도치는 것처럼 출렁였다. 무서운 속도로 모든 것이 뒤로 밀려나며, 사람들은 중심을 잃고 앞으로 나뒹굴었다. 대지가 심한 굴곡을 이루며 출렁인다. 땅에 발을 디딘 채로 떨어져 내리는 느낌이다.

실제로는 아무 소리도 나지 않았지만 사방에서 소란스레 흔들리는 마력의 느낌에 다리므는 귀를 막았다. 하지만 아무리 귀를 막아도 그 위력은 몸 전체로 직접 몰아쳐 왔다.

웅웅웅웅! 우우우웅!

잡아당겼다 놓았다를 반복하며 울리는 힘의 위력에 기절할 것만 같았다. 있는 힘껏 귀를 막은 채 몸을 잔뜩 움츠렸지만 심한 현기증이 의식을 뒤덮었다.

"다리므!"

시간이 얼마나 지났을까. 다리므는 멀찍이서 들려오는 렌스의 목소리에 고개를 들었다. 이제야 다 지나간 모양이다. 하나둘 일어난 사람들이 이쪽으로 다가오는 모습이 어렴풋이 보였다.

코끝에서 땀방울이 뚝 떨어졌다. 마력의 흔들림이 가라앉으면서 심한 현기증도 사라졌지만 아직 남아 있는 감각의 조각에 몸이 후들거렸다.

"괘, 괜찮아. 너무 놀라서……."

다리므는 다른 사람들이 다가오기 전에 얼른 바닥에 손을 짚어 일어났다. 하늘이 핑 도는 느낌이 들었다. 가슴이 심하게 답답해져 셔츠 단추를 하나 풀어야 했다.

"대체 왜 이렇게 맹렬한 반응이 나온 거지?"

라드휀은 눈살을 찌푸리며 뒤를 돌아보았다가 힉, 하는 소리를 내었다. 그것을 의아하게 여긴 다른 이들도 그쪽을 쳐다보았다가 눈을 크게 뜨며 저 위쪽을 올려다보아야 했다.

그곳에는 거대한 나무들이 끝없이 늘어서 있었다. 도시의 한복판이었던 이곳은 어느새 거대한 숲의 입구처럼 되어 있었다. 일직선으로 쏟아져 들어오던 햇살이 나무의 커다란 줄기에 가려 군데군데 벌레 먹은 것 같은 그림자로 드리워져 있었다. 이따금씩 들려오는 새소리와 나무가 뿜어내는 청량한 공기가 바람처럼 도시의 거리에 퍼져 나갔다.

"어떤 미친놈이 결계 안에 숲을 통째로 넣은 거야?"

라드휜은 아직 거친 숨을 내쉬는 다리브와 눈앞의 숲을 번갈아 쳐다보며 못마땅한 표정을 지었다. 이렇게도 넓은 지역이 결계 안에 들어 있었으니 결계가 풀리면서 공간이 심하게 흔들린 건 당연한 일이었다.

"아무튼, 들어갈까요?"

생각보다 숲 속은 시끄럽지 않았다. 몬스터가 수없이 달려들 거란 예상과는 달리 한 시간을 넘게 걸어도 아무 일이 일어나지 않았다. 가끔 다람쥐들이 지나가는 것 외에는 특별히 그들을 놀라게 하는 것도 없었다. 그것보다도 그들을 압도했던 것은 이 숲 자체였다. 나무란 생물은 대체 어디까지 자라날 수 있는 것인지, 하늘 끝까지 닿을 듯한 나무들이 사방에 가득했다.

키가 굉장히 크고 곧은 나무들이었다. 걸을 때는 나무줄기밖에 보이지 않았고, 잠시 걸음을 멈추고 하늘을 올려다볼 때면 하늘을 찌르는 수만 개의 창처럼 솟아오른 나무줄기에 숨이 막혔다. 나무가 워낙 높다 보니 그 위에 있는 하늘이 더 더욱 높아 보였다. 이 거대한 자연 속에 사람이란 존재가 무한히 작게 느껴져 무섭다는 생각이 들 정도였다.

"거인족의 숲일 거야."

갑자기 들려온 사이키의 목소리에 심하게 굳어져 가던 긴장감이 한순간에 깨어졌다. 사이키의 엉뚱한 소리도 이럴 때는 쓸모있다고 생각하며 다리므는 바람 소리에 귀를 기울였다.

우위이이잉—

곧게 솟은 나무줄기 사이로 울리는 바람은 이상한 음색이었다. 가지가 별로 없는 나무들이라 가지 비비대는 소리는 나지 않고 바람 소리만이 크게 울렸다. 빗소리처럼 잎사귀가 흔들리는 다른 숲과는 달리 이 숲의 바람은 나무가 우는 것처럼 들렸다.

"몬스터가 많긴 많은 모양이네요."

문득 미르가 한쪽 나무껍질에 깊게 패인 상처를 가리켰다. 날카로운 것으로 단번에 그은 상흔이었는데, 그 높이가 꽤나 높았다. 미르의 키보다 훨씬 위였음은 물론, 티그람이 그 앞에 서서 팔을 위로 뻗은 것보다도 높은 위치였다.

"저 위치에 상처를 냈다면 덩치가 엄청 크겠다."

다리므의 불안스런 중얼거림에 미르는 미소 지었다.

"아마 나무를 타고 올라가서 낸 자국일 걸요. 다른 짐승들이 겁을 먹도록 머릴 쓴 것일 테지요."

"진짜로 저만큼 큰 놈일 수도 있잖아?"

"이 밑에도 작은 발톱 자국들이 희미하게 보이잖아요. 발톱으로 나무껍질을 찍어 올라갔다는 의미겠죠."

"아무튼 이상해. 한참 걸었는데도 이렇게 잠잠하니까."

"몬스터와 마주치는 것보다는 훨씬 낫잖아요."

"그래도 이상하잖아. 들어오자마자 몬스터가 몰려올 걸 예상했었는데."

"이렇게 나무 많은 곳에선 빨리 움직이기 힘드니까 기습을 해오긴 어렵겠죠. 우리들의 수가 많으니 뒤를 노리는 것도 쉽지 않을 거고요. 아마, 기습하기 좋은 장소에 우리가 다다를 때까지 기다리고 있을 거예요."

"호수에 도착하자마자 습격당할 가능성이 높다는 소리야?"

"그렇긴 하지만, 크게 신경 쓸 건 없어요. 어차피 몬스터는 우리에게 위협의 대상이 못 되니까요. 다리므님, 왠지 오늘 상당히 민감해져 있는 것 같네요? 좀 서두르는 것처럼 보이기도 하고요."

"별로."

서두르는 것 같다는 말에 다리므는 찔끔했으나 일부러 대수롭지 않은 투로 대답했다. 하지만 스스로 생각해도 그리 좋은 연기가 아니었기에 미르가 아무것도 눈치 채지 못했을 거라곤 생각할 수 없었다.

"그게 아니라는 게 뻔히 보이는 대답이네요."

"좀 예감이 안 좋아서 그럴 뿐이야."

"그 말도 그리 설득력있게 들리진 않아요. 아, 이제 곧이에요. 조금만 더 걸으면 될 거예요."

미르는 다리므를 끝까지 다그치려 하지는 않고 적당히 화제를 바꾸며 저 앞을 가리켰다.

화제를 바꾸려는 목적 하에 행해진 행동이었지만 빈말은 아닌 것 같았다. 확실히 미르가 가리킨 부분은 다른 곳보다도 더 밝아 보였다. 저편, 나무가 많지 않은 호숫가로부터 햇볕이 흘러들고 있는 모양이었다.

"오두막은 호수 바로 옆에 있었어요. 지하실만 잘 찾으면 점심때 전에는 돌아갈 수 있겠어요."

"식량은 충분히 챙겨왔는데 그런 말 하니까 괜히 아깝잖아."

다리므는 가볍게 대꾸했으나 마음속까지 가볍지는 못했다. 이제 조금만 걸으면 그 호수의 풍경이 펼쳐질 거라 생각하니 갑작스런 긴장감이 몰려왔던 것이다. 대체 저 안에는 무엇이 있을까? 꼭 와야 한다는 생각에 쫓겨 결국 이곳까지 오고 말았지만 점점 가까이 다가갈수록 불안해졌다.

이런 불안감, 그저 약한 생각일 뿐이겠지마는 떨쳐 내기가 쉽지 않았다. 다리므는 아무것도 아닐 거라는 상투적인 말로 간신히 스스로를 타일렀다. 휴페른을 좋아하진 않지만, 확실히 그는 나쁜 일을 꾸밀 만한 사람은 아니었으니까.

"오늘 안 먹으면 상할 음식은 아니니까 괜찮아요."

미르는 웃으며 다리므의 농담을 받았다. 다리므의 생각들을 아는지 모르는지 알 수 없게 만드는 반응이었다. 다리므는 마음에 걸리는 여러 감정들이 이젠 그만 없어졌으면 좋겠다는 생각을 하며 장난스런 말을 끄집어내었다.

"그럼, 그 음식들 가지고 호숫가에서 소풍 기분이나 낼까?"

*   *   *

유스파드는 한참 서류를 보다 말고 고개를 들어올렸다. 머리 속이 혼란스러웠다. 글자를 읽어 내려가도 그 내용을 한번에 이해할 수 없을 정도였다.

도무지 집중할 수가 없었다. 어제 오후 시간을 네이아와 이런저런 일을 겪느라 보낸 탓에 눈 돌아갈 정도로 바쁜데도 그랬다. 어제의 일들이 무거운 앙금처럼 남아 자꾸만 머리 속에 떠오르는 탓이었다. 그냥 지나간 의미없는 사건일 뿐이라고 생각할 수도 있었지만, 이상하게도 자꾸만 불안감 같은 생각이 떠오르곤 했다. 그런 일 가지고 대체 왜 이러는 거냐고 스스로에게 질문을 던져 보기도 했지만, 언제나 멋대로였던 감정은 질문에 대한 대답도 해주지 않았다.

덕분에 그는 노크 소리를 듣고 들어오라고 대답했으면서도 방안에 들어온 의사의 모습에 흠칫 놀라야 했다.

"한 가지 말씀드릴 게 있어서 말입니다."

조용한 걸음으로 방 안에 들어온 의사는 의아한 눈으로 유스파드를 쳐다보며 말을 꺼냈다. 유스파드는 억지로 태연한 표정을 지으며 질문을 던졌다.

"무엇을 말입니까?"

"어제 맡았던 그 환자, 실험체였습니다."

"뭐?"

유스파드는 놀라서 그에게 다가가려다 책상 위에 있던 서류를 와르르 쏟아버렸다. 덕분에 그는 '정말 이러니까 안 돼. 이래선 안 된다고…' 라고 궁시렁거리며 잠시 동안 열심히 서류를 집어야 했다.

"확신할 수는 없지만 적어도 완전한 마족은 아니었습니다. 게다가 정신 상태도 조금 이상한 점이 있었습니다. 자신이 한 번 죽었다는 등의 이상한 주장을 합니다만, 다른 점에 있어서는 정상적인 반응을 보였습니다. 때때로 발작처럼 기괴한 얘기를 하곤 했습니다만, 그 이야기조차도 줄거리가 뚜렷했습니다. 비논리적이긴 하지만 심하게 횡설수설하거나 내용이 자꾸 바뀌는 일도 없었습니다."

서류를 집느라 몸을 굽힌 유스파드에게 의사는 차근차근 말을 꺼내놓았다. 스스로도 약간 흥분 상태에 있는 듯했지만, 그래도 차분하려 애쓰는 게 유스파드와 비슷한 상태인 모양이다. 유스파드는 대충 추린 서류를 책상 위에 올려놓고 헝클어진 머리를 쓸어 올렸다.

"그럼, 결론적으로 어떻다는 말입니까?"

"어쩌면 거의 정상일지도 모르겠습니다."

의사의 정신 상태를 의심하고 싶어지는 대답이었다. 내가 왜 이렇게 골치 아픈 일에 관여했을까. 유스파드는 쓸데없는 후회를 하며 지끈거리는 머리를 감쌌다.

"자신이 죽었다고 주장하는 게 정상이란 말입니까?"

이미 충분히 혼란을 겪고 있는 유스파드였지만 논리적인 말을 들었다면 더 혼란스러웠을 거라고 생각하며 꺼낸 말이었다. 의사는 곤란한 표정을 지었다.

"진짜 그런 경험을 했을 수도 있습니다."

"죽는 경험을 하고도 살아 있는 사람도 있습니까?"

"저는 실험체에 대해서는 잘 모릅니다만, 기억을 조작해서 만들어낼 수도 있다는 말을 들은 적이 있습니다. 그렇게 조작된 기억 중에 죽는 장면이 있었다면 죽음의 경험을 한 거나 다름없는 사람이 되겠지요. 아, 물론 그런 사람이라도 사후 세계에 대한 경험까진 가지고 있지 않을 테지만, 적어도 죽기 직전의 기억은 있을 겁니다. 그런 죽음의 기억 바로 뒤에 멀쩡히 살아 있는 상태의 기억을 넣는다면 분명히 죽었는데 이유없이 살아났다는 혼란을 일으키게 되겠지요. 아, 물론 저도 정확한 것은 잘 모르지만 가정을 한다면 그럴 수도 있을 겁니다."

의사는 가정이란 단어를 강조해 약간은 불확실한 말을 풀어놓았다. 확실히 마족 중에 실험체의 기술에 대해 잘 아는 사람은 없으니 저 의사가 한 말은 그의 말 그대로 가정을 터였다. 하지만 다른 가정보단 깨끗한 말이었다. 혼란스런 유스파드의 생각을 그나마 가장 깨끗하게 정리해 줄 수 있는 내용이었으니까.

"확인해 봐야겠군."

유스파드는 의사에게 건네는 말도, 혼잣말도 아닌 말을 중얼거리며 고개를 끄덕였다. 역시 네이아의 말대로 이 사건을 완전히 무시할 수가 없었다. 이 중요한 시기에 많은 시간을 소비해야 한다는 게 맘에 걸리지만, 그냥 이대로 내버려뒀다가는 나중에 어떠한 형태의 치명타로 돌아올지 모른다는 불안감이 더 앞섰던 것이다.

'연금술사들이 대체 무슨 일을 벌였던 건지 확실히 알아놓긴 해야겠어. 이 일은 심상치 않아. 무언가 분명히 있어.'

*   *   *

역시 호수 주변에는 나무가 없었고 갈색 풀 무더기만 수없이 흔들리고 있었다. 사방에 빽빽한 나무가 선 공간 한가운데에 덩그러니 놓인 호숫가는 하늘을 향해 뚫린 깊은 우물 같았다. 햇살 아래 반짝이던 파르나 호수와는 달리 이곳의 호수는 나무 그림자에 눌려 깊은 빛깔을 띠고 있었다. 깊숙한 곳에 위치한 우물물 같은 빛깔이었다.

"지하에 내려온 것 같아."

다리므는 느릿한 걸음으로 호수에 다가가며 뒤를 돌아보았다.

호수와 호숫가에 늘어선 풀밭 바깥쪽은 나무가 가득해 벽으로 둘러싸인 공간 같은 느낌을 주고 있었다. 확실히 이곳은 숲보단 밝았지만 객관적으로는 그리 밝은 편이 못 되었다. 무릎 위까지 올라오는 키 큰 풀들의 갈색이 어두운 분위기를 더욱 심하게 하고 있었다.

"지하라기보다는 닭장 속에 들어온 기분인데? 금방이라도 삼계탕을 먹고 싶어지는 분위기 속의 닭장."

렌스가 해괴한 비유를 대며 손짓으로 나무들 사이를 가리켰다. 어느새 나무줄기 사이사이로 색색의 눈이 가득 박혀 빛나고 있었다. 나무줄기가 만들어낸 사각을 이용해 매복한 것이다. 눈이 뻔히 보이는 데도 매복이라고 하고 있는 게 몬스터다웠지만, 걱정스럽지 않기엔 나무 수가 너무 많았다.

"미르, 이런 걸 보고 포위되었다고 표현하지?"

"그렇네요."

미르는 신경도 안 쓰는 모습으로 호수 주변을 뒤적거리기 시작했다. 그 연구실 자리를 찾고 있는 것 같았다. 다리므가 불안한 눈으로 그를 쳐다보자 미르는 다리므에게 가까이 오라는 손짓을 했다.

"귀찮게 싸우는 일 없도록 그 연구소 자리나 빨리 찾아봐요. 저놈들이 덤비기 전에 들어가면 되니까."

"하지만 찾다가 기습당할 수도 있잖아?"

"괜찮아요, 그 정도는. 어차피 저놈들은 이 숲에서 큰 몬스터들이에요. 강인한 사막 몬스터와는 다르니까 신경 쓰지 말아요."

"그럼, 대충의 위치 좀 잡아줘. 나는 그 오두막 위치는 잘… 어라?"

다리므는 미르에게 한 발 더 다가가려다가 몸이 가라앉는 느낌에 발 밑을 내려다보았다. 어느새 질척한 진흙 같은 것이 발목 위까지 올라와 있었다. 다리므는 옆으로 한 걸음 옮겨 진흙탕을 벗어나려 했지만 끈끈이라도 달라붙은 듯이 발이 들어올려지지 않았다. 그저 무서운 속도로 가라앉고 있다는 느낌만이 들 뿐이었다.

강한 바람의 압력이 진흙 바닥을 짓눌렀다.

팡!

진흙 바닥이 약간 눌리며 진흙이 사방으로 튀었다. 덕분에 온몸에 진흙이 묻었지만 발은 여전히 꼼짝할 수가 없었다. 끈끈이 같은 느낌의 진흙이었다. 물컹하고 유동적이지만 질겨서 마법에도 흩어지지 않았다.

옆을 보니 미르도 비슷한 상황인 모양이었다. 물의 마법이 진흙 표면에 몇 번이고 부딪쳤지만 철벅거리며 물이 되튀어 올라와 몸에 묻은 진흙을 닦아준 것 외에는 별다른 성과가 없었다.

"다리므!"

렌스가 이쪽으로 뛰어왔다. 다리므가 오지 말라는 말을 하기도 전에 뒤에서 거대한 진흙 기둥이 솟아올랐다. 이 바닥 자체가 일어난 것 같은 움직임이었다.

다리므는 간신히 그 진흙 기둥에 마법을 명중시켰다. 하지만 그 기둥은 넓게 퍼져 바람까지 삼키고는 그대로 앞으로 기울어 모든 것을 집어삼켜 버렸다.

철퍽!

바닥이 한번 크게 출렁 하고는 이내 아무 일도 없었던 것처럼 잠잠해졌다. 하지만 조금 전까지 그 자리에 있었던 미르와 다리므의 모습은 보이지 않았다.

"섣불리 가지 마! 우리까지 가라앉으면 구하지도 못해!"

막 그쪽에 발을 디디려는 렌스의 앞을 라드휜이 막아섰다. 렌스는 재빨리 라드휜의 어깨를 짚더니 그대로 몸을 날려 라드휜을 뛰어넘었다. 라드휜이 어떻게 해보지도 못할 만큼 한순간에 이루어진 동작이었다. 그러는 동안 티그람이 따라 뛰어들고, '바보 나이트라니까, 바보 나이트야'라고 중얼거리는 소리와 함께 사이키도 훌쩍 뛰어들었다.

순식간에 동료들의 모습이 진흙 속으로 가라앉은 가운데 라드휜은 일레이와 단둘이 호숫가에 서 있었다.

일레이는 호숫가에 듬성듬성 깔린 키 큰 풀들을 꺾으며 키득거리고 있었다. 어린아이가 갈대를 모아 안는 모습과도 비슷한 행동이었다. 한동안 사이키와 놀게 놔두었더니 사이키를 닮아가는 일레이였다. 라드휜은 그런 일레이를 잠시 쳐다보고 있다가 고개를 들어 슬금슬금 다가오기 시작한 몬스터들을 쳐다보았다.

한숨밖에 나오지 않았다.

"우리도 진흙 목욕이나 해볼까, 일레이?"

'역시 쉽지는 않다는 걸까?'

사라는 바닥에 주저앉은 채 히죽히죽 웃고 있는 사내를 내려다보았다. 어제 저녁때 추적해 온 사람 중 한 명을 붙잡아 환각으로 암시를 주었는데, 그에게서는 뽑아낼 정보가 없었던 모양이다. 소년이 사라진 바닷가에 나와 있는데도 사내는 제대로 된 말을 할줄 몰랐다.

철썩철썩… 쏴아아아…….

시원한 소리를 내며 파도는 발치에서 부서지고 하얀 거품이 한

155

껏 일어났다 흩어져 갔다. 이 세상이 처음 만들어졌을 때부터 수 없는 파도가 만들어지고 그만큼의 파도가 사라져 갔겠지만, 언제 보아도 새로워 보이는 장면이었다.

사라는 잠시간 바다의 출렁임을 바라보고 있다가 시선을 돌려 주변의 풍경을 살피기 시작했다. 바다라는 트인 공간을 통해 날아 온 햇살이 건물의 불투명한 유리창을 은빛으로 반짝이게 하고 있 었다. 이 고즈넉한 공간 속에 차가운 연구실이 있다는 상상을 하 는 것은 좀처럼 쉽지 않았다. 게다가, 사실 그러한 장소가 있을 만 한 공간도 없었다. 이 근처에 정령의 결계라도 있다면 그 안이라 고 생각하겠지만 결계의 느낌은 전혀 찾아낼 수가 없었다. 바다와 맞닿은 도시, 도시와 맞닿은 하늘. 그뿐이었다.

'딘 쪽도 그리 좋은 정보를 찾아낸 것 같진 않은데, 어떻게 해 야 할까.'

사라는 한 손을 들어 바다 바람을 가리며 고민에 빠졌다. 그 연 구소의 소문을 들은 지도 벌써 며칠째. 떠도는 말로는 얼마 전에 발견된 신기술 때문에 연금술사들이 모여서 연구하고 있는 것이 라고 했다. 그러니 제대로 기능이 작동되기 전에 빨리 파괴해야 할 터였다. 하지만 이상하게도 그 단서조차 잡을 수가 없고 시간 은 조급히 흐르고 있었다. 그 소년의 뒤를 추적한 것까진 좋았는 데 갑자기 사라진 소년의 모습처럼 단서도 그렇게 끊겨 있었다.

'좀 안 좋은 방법이지만 써봐야 할까.'

사라는 바다 바람을 한 모금 삼키며 주문의 문장을 기억해 내 기 시작했다. 소년이 이 지점에서 사라진 것을 깨달았을 때부터 머리 속에 담아두었던 생각이었다. 다만 그 방법이 너무 무모한 데다 이 부근 생태계에 영향을 많이 미칠지도 모른다는 생각에 그냥 담아두고 있었을 뿐이었다.

"…파이어 월Fire Wall"

긴 한숨이 사라의 입 밖으로 흘러나옴과 거의 동시에 낮은 음의 시동어가 바다 소리에 묻히듯 흘렀다. 순간 사라의 발치에 화려한 불꽃의 장벽이 화르륵— 불타올랐다.

황금빛으로 빛나던 모래사장이 순식간에 불그레한 빛에 물들었다. 사라의 앞에서 몸을 일으킨 불꽃은 적당한 높이까지 솟아오르자 확 터지듯 맹렬히 양편으로 퍼지기 시작했다. 불꽃이 달리며 생겨난 열풍이 사라의 옷자락을 날리고, 후끈한 기운이 모래 위를 달구었다. 옷자락이 바직바직 소리를 내는 것을 느낀 사라가 한 걸음 물러났을 때쯤에는 끝없는 불꽃 장벽이 모래사장 위에서 날름거리고 있었다.

몇 걸음 떨어져 있는데도 밀어닥치는 열풍에 얼굴이 후끈했다. 뒤쪽에 늘어선 건물의 창이 하나둘씩 열리기 시작하고, 놀란 사람들이 웅성거리는 소리가 들려왔다. 그 수많은 감각을 온몸으로 받아들이며 사라는 기다렸다. 자신이 찾는 반응이 나타나기를 참을성 있게 기다렸다.

"이봐요! 위험해요!"

불꽃 앞에 선 사라를 발견한 누군가의 목소리가 길게 메아리쳤다. 순간 사라는 넘실거리던 불꽃의 일부가 치이이익— 소리와 함께 무너지는 것을 느끼고 급히 그쪽으로 뛰어갔다.

얼마 지나지 않아 사방에서 불꽃이 사그라들기 시작했다. 역시 '그들'이 반응을 보이는 것이다. 어느 정도 달려가자 불꽃이 사그라드는 지점에서 물의 마법을 외우고 있는 한 정령의 모습이 보였다. 사라는 재빨리 한 손을 휘둘렀다.

쿠콰콰쾅!

그녀의 손끝에서 날아간 폭음이 정령의 온몸을 덮치며 검은 연기로 피어올랐다. 그 소리에 적의 존재를 눈치 챈 정령들이 불길에서 손을 떼고 이쪽으로 몰려들었다.

서늘한 기운과 함께 검날의 끝이 사라의 목을 위협해 왔다. 하지만 사라는 간단히 걸음을 옆으로 옮기는 것만으로 사정 거리에서 벗어났다. 그리고는 검을 쥔 상대방의 팔을 꽉 붙잡아 통째로 옆으로 휘둘렀다. 검을 쥔 정령이 검처럼 휘둘리며 바로 뒤에 뛰어든 다른 정령의 가슴을 그었다.

모래사장에 핏자국이 길게 그어진다. 사라는 그 피를 밟고 뛰어올랐다. 그 순간 모래 바닥에서 강한 폭발이 일어났다.

콰르르르릉!

커다란 소리가 대기를 때린다. 뜨거운 느낌이 사방으로 확 몰아친다. 모래알들이 화살처럼 솟구쳐 정령들의 몸을 뚫었다. 뿜어진 피마저 폭발의 힘에 밀려 흩어진다. 수없이 뿌려진 모래알 탓에 한순간 그 부근이 모래의 빛깔로 뿌옇게 흐려졌다. 강한 에너지로 데워진 공기가 뜨거워진 모래알과 더불어 이글거렸다.

툭, 투툭, 투두둑!

한동안 공간을 뒤흔들었던 폭발이 사그라들자 떠올랐던 모래알들이 우수수 내려앉기 시작했다. 몸 전체에 모래알이 파고들어 붉은 곰보가 된 정령들의 육체가 모래 속에 파묻히고, 그 위를 또 모래가 내려앉아 거무스레한 연기만이 남았다.

사라는 그 자리를 보지도 않고 앞으로 걸어나갔다. 폭발은 지나갔고, 모래사장에 길게 타오르던 불꽃 벽도 없앴지만 이미 데워질 대로 데워진 모래는 신발 바닥을 끈적끈적하게 녹일 만큼 뜨거워져 있었다.

　사라의 걸음은 파도의 끝자락이 있는 곳까지 이어졌다. 차가운 바닷물과 만난 신발이 치이익— 소리를 내며 하얀 김을 말아올렸다.

　발끝에서 거품을 일으키는 파도. 사라는 신발이 젖어들기 시작했다는 사실에는 신경도 쓰지 않은 채 눈앞의 허공에 팔을 내밀었다. 바다의 서늘한 느낌 속에 무거운 기운이 있다는 사실을 이제야 제대로 느낄 수가 있었다.

　바다는 육지와 사뭇 다른 느낌이다. 육지에 있던 사람이 바다를 대했을 때 평소와 다른 느낌을 갖는다면 그건 당연히 바다 때문에 생긴 느낌이라 여길 수밖에 없다. 그러니 특별히 의식하지 않는 한 육지와 바다의 경계선에 만들어진 결계를 눈치 채기는 무척 어려운 것이었다.

　발끝에서 일어나는 거품의 너비가 점점 넓어져 갔다. 그렇게 하얀 거품 속에 발을 디디며, 사라는 바다 속에 빠져들려는 사람처럼 한 걸음 한 걸음 걸어나갔다. 물이 발목까지 차올라 거품의 너비가 점점 줄어들기 시작했을 때쯤, 그녀의 모습은 바다에 녹아버린 것처럼 그 장소에서 깨끗이 사라졌다.

*　　　　　*　　　　　*

　끈끈하고 기분 나쁜 감각이 온몸을 휘감는다. 급속도로 빨려 들어가는 아찔한 흐름에 정신을 차릴 수가 없다. 순식간에 끈끈한 액체의 끝이 다가오고, 그 바닥에 있는 것은… 푹신한 풀밭?

　"으아아아…… 아아?"

　다리므는 내지르던 비명의 끝을 흐리며 그 자리에서 벌떡 일어났다. 역시 틀리지 않았다. 이곳은 수없이 많은 풀이 돋아 있고, 이름 모를 분홍색 꽃이 하늘하늘 흔들리는 아름다운 장소였다.

다리므는 전혀 타당성이 없어 보이는 이 전개에 눈을 크게 뜨며 고개를 들어 위를 올려다보았다. 이곳은 사방이 막힌 공간인 듯했는데, 천장의 한 부분에 커다란 네모가 뚫려 그 안에 진흙이 가득 찬 게 보였다. 어떻게 이곳으로 쏟아지지 않고 제대로 천장에 걸려 있는지는 모르겠지만, 그 진흙은 대체로 천장의 일부 같은 느낌이었다. 이따금 한두 덩이의 진흙이 꽃잎 위로 툭툭 떨어져 내리는 일은 있었지만 그 이상은 아니었다.

두 손을 눈앞에까지 들어 올려보았다. 하얀 장갑 위로 군데군데 진흙이 묻어 있었지만 진흙탕을 한번 통과한 것치고는 깨끗했다. 그러고 보니 몸에도 진흙이 많이 묻어 있지 않았다. 어깨에 묻은 진흙 덩이를 손으로 떼어내자 남김없이 깨끗이 떨어진다. 아무래도 점도가 상당히 높은 진흙인 모양이었다.

"미르?"

이 상황에 정신이 팔려 한순간 미르의 존재를 까맣게 잊었던 다리므는 급히 사방을 둘러보았다. 창문 하나 없이 닫힌 공간이지만 어디선가 흘러온 빛 덕에 사방은 환했다. 그 환한 빛 아래 수없이 피어난 꽃송이가 있지도 않은 바람에 한들한들 흔들리고 있었다. 조그마한 분홍 꽃잎이다. 꽃 모양과 잎 모양이 전부 같은 걸로 보아 이곳에 있는 식물은 한 가지인 것 같았다.

"미르? 미르! 미르!"

아름다운 장면이었지만 미르의 모습은 어디에도 보이지 않았다. 다리므는 희미하게 녹색 벽이 보이는 저쪽까지 뛰어가 보았지만 가없는 꽃밭 외에는 아무것도 보이지 않았다.

달콤한 꽃 향기마저 불안감처럼 지끈거린다. 그렇게 다리므가 스스로의 불안감에 완전히 지칠 때쯤, 저편에서 부스럭거리는 소리가 났다.

"여기예요."

꽃잎과 풀잎을 한 무더기쯤 날리며, 미르가 몸을 일으켰다. 꽃밭 속에서 몇 번 뒹굴었는지, 그의 머리와 옷에는 수없이 많은 이파리들이 붙어 있었다. 까만 머리카락을 장식하듯 화려하게 붙어 있는 분홍 꽃잎들을 쳐다보던 다리므는 쿡, 하고 웃음을 터뜨렸다.

"웃지 말아요."

미르는 차분한 어투로 다리므에게 다가왔지만 머리가 꽃밭이 된 채로 차분한 모습을 보인다는 사실이 다리므를 더 웃게 만들었다. 미르가 모든 것을 포기하고 시간이 해결해 주길 기다리기 시작했을 때쯤에야 웃음을 멈출 수 있었다.

"왜 털어, 귀여운데."

웃음을 멈춘 뒤에도 다리므는 미르를 아쉬운 눈으로 쳐다보았다. 하지만 미르는 이런 상황에서까지 다리므의 장단을 맞춰줄 생각은 없었다.

"머리에 풀잎을 잔뜩 달고 다니는 취미는 없어요. 아무튼 여긴 대체 어딜까요? 지하에 난데없는 꽃밭이라니."

미르는 허리를 약간 굽혀 꽃 한 송이를 꺾었다. 허리께가 부러진 꽃은 비명도 못 지르고 미르의 손 안에 쥐어졌다.

"처음 보는 꽃이네요. 향은 굉장히 강한데 무슨 향인지 모르겠어요."

굳이 코를 가까이 대지 않더라도 충분할 만큼 강한 향이 사방에 흘러 있었다. 꽃 향기에는 다소 어울리지 않는 달콤한 향이었기에 다리므는 눈썹을 찡그렸다.

"너무 강해서 머리가 아플 지경이야. 향수를 쏟은 것 같아."

"그 정도예요? 향 자체가 부드러워서 머리가 아프진 않은데요."

"그래? 내가 단 걸 싫어해서 그러나?"

"그거랑은 상관없지 않을까요. 아무튼 여긴 누가 인공적으로 만든 장소이겠죠?"

미르는 들어올렸던 꽃을 던져 버리고는 저편에 덩그러니 있는 나무 문을 가리켰다. 사방이 꽃으로 뒤덮인 방처럼 이곳은 사방이 녹색 벽으로 막혀 있고, 하나의 갈색 문이 벽 사이에 끼어 있었다.

"설마 이곳이 그 지하실인 건 아니겠죠?"

그때였다. 위쪽의 진흙 층이 크게 한번 출렁하더니 요란스런 소리가 쏟아져 나오기 시작했다.

"으아악—!"

높은 곳에서 떨어져 내릴 때 흔히 들리는 비명 소리였다. 여러 명의 목소리인 듯 비명 소리는 기묘한 화음을 이루며 급속도로 가까워졌다. 이윽고 그 비명의 끝이 흐려질 때쯤 풀썩! 하며 풀밭의 한 부분이 푹 가라앉았다. 찢어진 풀잎과 뜯어진 꽃잎이 한데 섞여 날리며, 한순간의 침묵이 찾아들었다.

"뭐, 뭐야?"

예상치 못한 상황에 대한 황당함이 드러난 한마디를 들으며, 다리므와 미르는 급히 그쪽으로 다가갔다. 이파리와 꽃 속에 엉망으로 파묻힌 사람들 중에 가장 먼저 발딱 일어난 건 라드횐이었다.

"여, 여긴 대체 어디?"

"나도 잘 몰라요. 정신을 차려보니 여기였으니까."

미르는 아무것도 모르고도 이러한 차분함을 유지하는 것이 가능하다는 사실을 몸으로 보여주기라도 하는 것 같은 말투였다. 덕분에 드러내놓고 불안해할 수도 없게 된 라드휜은 주변을 둘러보는 동작으로 시선을 다른 쪽으로 돌렸다.

"늪 밑에 꽃밭이라니. 숲을 통째로 결계 안에 넣는 것에 이어 황당한 상황만 만드는 놈이로군. 정말 어떤 미친놈이야?"

"숲을 결계 속에 넣은 사람과 이 꽃밭을 만든 사람은 서로 다른 사람일 가능성이 높은데요, 라드휜."

"그런 것까지 따지지 마! 그런 것보단 여기가 어딘지 알아야 할 것 아냐?"

"저 문으로 들어가 보면 알 수 있을지도 몰라요."

미르는 아까 가리켰던 문을 다시 가리켰다. 초록색 벽에 붙은 갈색 문은 아까와 다름없는 모습으로 이쪽을 쳐다보고 있었다.

"녹색 벽에 갈색 문이라니. 색채적인 어색함을 느끼게 하는 문이잖아."

"쉽게 말해요, 들어가기 망설여진다고."

"이런 곳에서 망설이지 않는다면 그게 더 비정상이야."

라드휜은 자꾸 물고 늘어지는 미르를 불만스레 쳐다보다가 몸을 휙 돌려 문으로 다가갔다. 과감히 들어가려고 그러는 줄 알았는데, 의외로 그는 곧바로 문고리를 잡지 않고 문 주위를 조사하기 시작했다. 본래는 회색 빛이었던 벽 위에 이끼가 잔뜩 끼어 초록색이 되었다는 사실과 곰팡이가 귀퉁이를 먹어 들어가 언제 떨어져도 이상하지 않을 문이란 사실을 궁시렁대는 투로 말해 주며, 그는 그렇게 나름대로의 신중함을 이어갔다.

"내가 빠지고 나서 곧바로 뛰어 들어온 거야?"

문득 다리므가 렌스에게 질문을 던졌다. 렌스는 이마에 흘러내

린 머리끝에 미처 발견하지 못했던 풀잎이 대롱대롱 매달려 있는
것을 발견하곤 그것을 떼어내며 짧게 대답했다.

"응."

"여기가 진짜 늪이었으면 어쩌려고 그랬어?"

"어쩌긴 뭘. 이런 곳이었으니까 됐잖아."

"지금이야 그렇지. 하지만 다른 경우였다면, 진짜 늪이었다면
어떻게 되었을 건지 생각도 안 해봤어?"

다리므의 목소리에는 약간의 원망이 담겨 있었다. 그제야 렌스
는 다리므가 왜 이런 질문을 던지는지 깨달았다.

"이번엔 이걸로 됐잖아. 있지도 않은 가능성 같은 거 생각하지
마."

"다음번에도 이런 경우가 생기면, 그땐 어떻게 할 건데? 진짜
늪일 가능성 높은 장소에 또 뛰어들 거야? 그래서 다 빠져 죽자
고?"

"다 빠져 죽자니? 무슨 말을 그렇게 해?"

"네 행동이 그렇잖아. 어쩌자고 무작정 뛰어들어?"

"그럼 어쩌라고? 네가 빠지는 걸 보고만 있으란 말이야?"

다리므의 말이 집요하게 이어지기 시작하자 렌스도 언성을 조
금 높였다. 하지만 다리므도 물러설 생각은 전혀 없는 듯했다.

"그래! 차라리 보고만 있는 편이 나아. 그게 덜 위험하니까! 늪
에 빠진 사람 구한다고 뛰어 들어봤자 할 수 있는 일도 없잖아!"

"차라리 보고 있으라고? 할 수 있는 일도 없으니까 차라리 보고
있으라고? 그게 할 말이냐?"

"그게 합리적이잖아! 무조건 같이 뛰어든다고 뭐가 돼! 같이
빠져 죽는 것뿐이잖아! 넌 생각이란 것도 없냐? 아무 생각 없이

그렇게 뛰어들 수가 있냐고!"

"다른 생각을 할 수 있었는지나 알아? 무엇을 어떻게 해보겠다는 생각을 할 수 있었는 줄 알아? 합리적이긴 뭐가 합리적이야! 그래, 이런 자식 그냥 내버려둘 걸 그랬다! 내가 멍청했다! 됐냐? 됐냐고!"

"그만! 이런 데서 싸움질이냐!"

점점 거세어지던 두 사람의 말싸움은 갑자기 끼어든 라드휜의 목소리에 깨어졌다. 웬만한 말은 들리지도 않을 상황이었지만 라드휜의 목소리가 워낙 컸던 탓에 말싸움이 뚝 멎어버린 것이다. 그렇게 억지로 만들어진 잠시간의 침묵이 꽃잎 위로 떨어져 내렸다. 다리므는 고개를 떨구어 시선을 피하고, 렌스는 몸을 돌려 문 쪽으로 걸어가기 시작했다.

끼이이—

라드휜의 조심스런 손동작을 따라 문이 뒤로 밀렸다. 역시나 상당히 오래된 문인 듯 밀려나는 동작도 매끄럽지 못하고 심하게 흔들렸다. 라드휜은 긴장감 서린 얼굴로 문 너머를 빼꼼 내다보고는 이쪽으로 다가오라는 손짓을 했다.

"다리므님."

사람들이 앞으로 나서는데도 꽃잎만 내려다보고 있는 다리므를 미르가 불렀다. 그제야 다리므는 사박사박 꽃 사이를 밟기 시작했다.

"대체 뭘 가지고 싸움이 벌어지나 했더니, 별걸 다 갖고 싸우는군요?"

농담 반, 위로 반의 말에 다리므는 희미하게 웃었다.

"항상 이래. 매번 내가 화나게 만들어."

165

"틀린 말은 아니었어요."

"하지만 사람 마음이란 게 그렇게 안 되잖아."

"그걸 알면서도 왜 그렇게 따졌어요?"

"나도 모르겠어. 그럴 수밖에 없다는 걸 알면서도, 나도 그 상황이라면 똑같이 행동할 거란 걸 알면서도 렌스가 그러면 화가 나. 내가 이런 말할 처지가 아닌데도."

"그래요, 다리므님도 어지간히 사람 속 썩이죠."

"위로하는 거야, 놀리는 거야?"

"위로하려고 했는데 그런 쪽으로 흘러가네요. 말 나온 김에 좀 반성해요."

미르는 옅은 미소를 띤 얼굴로 다리므를 올려다보았다. 복잡하게 꼬인 마음속을 단번에 차분하게 만들어주는 고요한 눈빛이었다. 아주 오래 전에 보았던 모습과 거의 다르지 않은 모습으로 미르는 이쪽을 보고 있었다.

다리므는 곤란한 얼굴로 머리를 쓸어올렸다.

"이곳, 이상해. 자꾸 옛날 생각이 나네. 향기 때문일까?"

순간 막 문을 넘으려던 렌스가 멈칫하며 뒤를 돌아보았다. 다리므는 반사적으로 찔끔했지만 렌스의 얼굴에 담긴 표정은 예상 밖의 것이었다. 놀라움과 불안감과 두려움이 범벅되어 좋지 않은 느낌을 가득 주는 얼굴로 렌스는 이쪽을 돌아보고 있었다.

"생각났어, 이 향기."

나직한 렌스의 목소리에 모두의 시선이 그쪽으로 쏠렸다. 그리고 렌스가 놀란 이유를 그대로 설명해 주는 한마디가 밖으로 흘러나왔다.

"타오 로이튼이야."

모두가 말을 잃은 나머지 한동안 침묵이 공기를 길게 누르고 있었다. 꽃잎이 살랑거려 부드러운 분위기를 연출했지만 이 꽃의 이름이 의심받기 시작한 이상 이 꽃밭에 정겨운 분위기를 느낄 수 있는 사람은 없을 터였다.

"그거, 지독한 독초가 아닙니까? 저도 직접 본 적은 없습니다만, 이렇게 가득한 곳에서 중독되지 않고 멀쩡할 수는 없다고 생각합니다."

티그람의 한마디에 꽉 눌려 있던 침묵이 약간 고개를 들어올렸다. 하지만 그 정도로 충분할 리가 없었다. 이렇게도 달콤하고 짙은 향을 가진 식물은 흔치 않으니 다른 가능성을 생각하기 어려운 것이었다.

"저쪽도 꽃투성이야. 저쪽은 어두워서 잘 보진 못했지만 별로 다르지 않을걸."

"정말로 여기가 그 지하실일까요?"

"몰라, 모르겠어."

다리므는 한숨을 내쉬며 발 아래의 꽃밭과 열린 문 너머의 어둠을 번갈아 쳐다보았다. 지하실에 간다면 적어도 흐릿한 친근감 정도는 있을 거라 생각했는데, 지금 그의 마음속에 두근두근 울리는 것은 짙은 불안감뿐이었다. 암울한 기억이 의식 밑바닥에서 자꾸만 솟아오름과 동시에 도망쳐야 한다는 묘한 충동이 어디선가 불어와 그를 흔들고 있었다.

"그 독초, 제대로 된 상태에서 접하면 거의 즉사라고 했죠? 그렇다면 적어도 이건 그 독초의 완전한 개체는 아닐 거예요. 그 독초가 아닌, 향기만 비슷한 다른 종일 수도 있고요. 어느 쪽이든 그대로의 독은 없는 거겠죠."

"그래도 기분은 좋지 않아. 아까부터 머리가 약간 어지러운 게 오래 있다간 진짜 핑 돌아버릴 것 같아."

"그건 향기가 너무 강하기 때문일 거예요. 아무튼 어쩌죠? 이곳이 그 지하실이라면 목적을 쉽게 달성한 셈인데."

"응, 별로 좋진 않지만 그냥 나갈 수도 없어. 빨리 조사하고 가는 편이 좋겠지?"

"그게 좋겠어요. 언제든 순간 이동으로 나갈 수는 있으니까."

간단 당연한 결론이었지만 타오 로이튼이라는 이름 때문에 빙 돌아온 느낌이었다. 다리므는 지끈지끈 넘어오는 향을 털어내려 긴 숨을 내쉬며 문을 뛰어넘었다.

그때였다.

"어라?"

팟— 소리와 함께 갑자기 시야가 확 밝아졌다. 어둡던 문 안쪽에 갑자기 빛이 퍼지면서 사방이 환해진 것이다. 군데군데 돋아난 풀과 물건들이 유령처럼 그림자로 흔들리던 공간에 빛이 퍼지면서 평화로운 방 안 같은 정경이 드러났다.

"사람이 들어오면 불이 켜지는 장치라도 되어 있었나 본데요."

미르가 침착한 말로 어수선한 분위기를 달랬지만 그 자신도 얼떨떨한 표정을 짓고 있었다. 이미 기괴한 일을 수없이 겪어본 미르이겠지만, 늪 아래의 꽃밭, 그리고 그 안쪽의 평화로운 방 안이라는 전개 앞에 태연하기는 힘든 모양이었다.

방 안은 온통 나무로 되어 작은 오두막의 내부 같은 느낌을 주었다. 옆방에서 넘어온 듯한 꽃이 마룻바닥 틈새에 끼어 자라고 있는 것과 군데군데 곰팡이가 거뭇거뭇하니 피어 있다는 사실만 제외한다면 대체로 평범하다고 말할 수 있을 정도였다.

"꽤나 오래된 장소인 모양이군. 나무가 상했어."

라드휜은 나무로 된 벽 위에 그려진 곰팡이 얼룩을 손으로 쓸어보며 안으로 걸음을 내디뎠다. 하지만 앞을 보지 않고 걸은 탓인지 그 걸음이 바닥에 닿기도 전에 앞사람과 부딪쳤다.

"다리므?"

뒤늦게 고개를 돌려 앞을 쳐다본 라드휜의 시야에 다리므의 뒷모습이 들어왔다. 무엇에라도 홀린 듯이 멍한 눈으로 한곳에 시선을 고정시킨 모습이었다. 의아하게 여긴 라드휜이 다시 한 번 그의 이름을 불렀으나 아무런 반응도 돌아오지 않았다.

"왜 그래?"

시간이 지날수록 의아함을 짙게 느낀 라드휜은 다리므의 팔을 잡아당겼다. 그러면서 다리므의 뒷모습에 가려져 있던 안쪽의 정경이 라드휜의 시야에도 들어왔다. 순간 라드휜도 벌린 입을 다물지 못한 채 뒤로 한 걸음 물러섰다.

방 한구석, 낡아빠진 탁자 앞에 앉아 있던 사람이 입가에 미소를 띠며 이쪽으로 다가오고 있었다.

뒤에서 미르의 떨리는 목소리가 들려왔다.

"휴, 휴페… 른…… 님?"

9

무슨 혼란을 만들려고 이러나! 자네가 나간 뒤 기습이라도 오면 어쩌려고! 아니, 꼭 그런 일이 없어도 그 정찰대에 무슨 일이라도 생기면 정말 골치 아프게 돼! 뻔히 알지 않나! 이런 상황에서 지휘 계통에 혼란을 줘야 하겠나?

리안은 털모자를 눌러쓰며 몇 시간 전에 들었던 베기스의 말을 곱씹어보았다. 사실 틀린 게 하나도 없는 문장이었다. 내내 지휘를 맡아온 전략가가 난데없이 정찰조에 끼어 저 앞을 보고 오겠다고 하는 건, 스스로가 생각해도 정신나간 짓이었으니까. 리안이 없다고 아군이 운영 안 되는 건 아니지만 아군은 지금껏 리안의 지휘 체제 아래에서 길들여져 온 상태고, 이런 상태에서 리안에게 무슨 일이라도 생겨 지휘 체제를 바꾸게 된다면 상당한 혼란을 감수해야 할 터였다.

하지만 그럼에도 불구하고 리안은 이렇게 정찰대에 섞여 눈밭을 걷고 있었다. 아무리 이게 미친 짓이라 해도 저 앞에 있는 무엇을 자신의 눈으로 보고 싶었던 탓이다. 왜 이렇게도 바보스런 욕망이 들끓는지는 스스로도 잘 몰랐다. 그저 이렇게 하고 싶다는 생각만이 가득해 다른 생각을 전혀 하지 못할 따름이었다.

'그래, 정말 미쳤지, 미쳤어.'

입 밖으로 꺼내었다간 사기에 지대한 영향을 미칠 말을 입 안으로 삼켰다. 역시 얼음의 땅 그리테이트의 추위는 페리어드와는 달라서 손발이 아릴 정도였다. 얼굴에 부딪치는 바람 때문에 얼굴의 피부도 딱딱하게 얼어 있었다. 앞선 병사들이 흘끗흘끗 이쪽 눈치를 보며 술병을 돌리는 게 눈에 띄었지만 리안은 짐짓 못 본 척하며 하늘을 올려다보았다.

역시나 하늘은 하얗게 흐린 색이었다. 아침이나 저녁이나 이 색은 변할 줄을 몰랐다. 구름이 흐르는 것도, 해가 지나가는 것도 보이지 않는 바보스런 하늘이었다.

"앞쪽에 인가가 있을 겁니다."

문득 옆에 있던 사람이 리안에게 말을 건네왔다. 리안은 길게 숨을 뿜어 답답한 가슴을 가라앉히며 천천히 그쪽을 돌아보았다.

"작은 사냥꾼 마을입니다. 그곳에 들르면 이 부근에 군사 이동이 있었는지 물어볼 수 있을 겁니다."

그는 이곳 지리를 안다고 자청해 따라온 클렙시드라는 이름의 마족 청년이었다. 마족이란 날카로운 인상을 가진 존재라는 선입견을 깨부수기로 작정이라도 한 건지, 외모에서부터 말투까지 순하디순한 사람이었다.

그의 말 그대로 어느 정도 걷자 마을 비슷한 무리가 나타났다.

171

하지만 모두들 의심스런 표정을 지으며 그쪽에 다가가야 했다. 벌판도 아니고 사람 사는 마을인데, 눈 속에 완전히 파묻힌 듯한 풍경이었기 때문이다.

"눈을 전혀 치우지 않았다니… 무슨 일이라도 있었던 모양입니다."

괜한 긴장감에 조심조심 발걸음을 옮겼다. 하지만 가까이 다가가도 특별한 일은 벌어지지 않았다. 머리에 눈을 가득 지고 있는 건물들은 단지 고요할 뿐이었다.

리안은 마을 앞쪽 건물이 눈앞에까지 다가왔을 때쯤에야 허리를 펴고 전체적인 풍경을 둘러볼 수 있었다. 사람이 살기는커녕 지나가는 사람조차 한동안 없었던 것 같은 풍경이었다. 지붕에, 담장 위에, 마당에, 댓돌 위에 눈이 잔뜩 쌓여 벌판보다도 더 많은 눈에 파묻힌 듯한 느낌을 주었다. 어디가 길이고 어디가 길이 아닌지 알 수도 없었다.

"이곳의 주민들은 사냥꾼일 텐데……."

클렙시드가 저쪽에서 혼잣말을 웅얼거리는 소리가 들렸다. 리안은 슬쩍 그쪽으로 다가가 보았다. 그는 마을의 한 집 마당 안으로 들어가 쭈그려 앉은 채 문 한쪽이 뜯겨진 부분을 유심히 쳐다보고 있었다.

"짐승의 흔적이 곳곳에 남아 있습니다. 대규모로 싸운 건 아닌 것 같지만 습격을 받았던 것 같군요."

그는 걱정스런 표정으로 말을 건네며 몸을 일으켰다. 살금살금 다가갔기에 모를 줄 알았는데, 리안이 다가오는 걸 다 알고 있었던 모양이었다.

"사냥꾼 마을이 습격을 당했다는 말을 들으니 이상하군요."

172

"예, 이런 일이 없었는데……."

"마을 주민들이 다 죽은 것 같진 않으니 어디론가 떠난 것 같군요."

다 죽은 것 같진 않다는 리안의 말에 클렙시드는 몸을 조금 움츠렸다. 굉장히 호전적인 휴식 계열 마족이면서 이런 말 정도에 반응하다니… 바로 앞에서 수백 명이 죽어가는 전장은 어떻게 보고 있었을까. 리안은 쓸데없는 생각을 하며 두어 걸음 앞서가 그 집의 문을 잡아당기기 시작했다.

눈이 쌓인 데다 계속 얼어붙은 탓인지 문은 쉽사리 열려주지 않았다. 클렙시드가 다가와 도와주고 나서야 빠가각! 얼음 부서지는 소리와 함께 문이 열렸다. 창문에 낀 눈과 얼음 때문에 햇볕마저 차단되어 어둔 공간처럼 보이는 집 안의 풍경이 그 싸늘한 모습을 드러내었다.

뒤쪽에 있던 병사들이 이쪽으로 뛰어왔다. 클렙시드는 막 안으로 들어가려는 리안을 제지하며 짧은 주문을 중얼거렸다.

주문이 끝날 때쯤 집 안 한가운데 하얀빛 뭉치 하나가 소리없이 떠올랐다. 작지만 상당히 밝은 빛이었다. 싸늘한 어둠으로 보이던 방 안이 환한 빛 속에 잠기고, 리안의 얼굴 위에도 빛 얼룩이 아른거렸다.

"이런……."

별일 없어 보이던 바깥과는 달리 집 안은 엉망이었다. 마구 뒤집고 뒤흔든 듯이 세간이 엉망으로 흐트러져 있고, 군데군데 깨진 자국과 긴 발톱 자국이 보였다. 사람이 아닌 다른 존재가 이 집 안을 휩쓸고 지나간 광경이었다.

"시체는 없군."

깨진 액자를 집어올리며 리안이 무덤덤하게 중얼거렸다. 유리가 산산이 부서져 안에 들어 있던 것을 알아볼 수 없게 된 상태였지만, 액자 틀 한쪽에 묻은 핏자국만은 확실히 볼 수 있었다. 안으로 들어가 집 안을 살피면서 흐릿한 핏자국 몇 개를 더 발견할 수가 있었다. 하지만 시체가 남아 있지 않은 걸로 보아 가족이 전멸당하는 일은 없었던 모양이다.

"늑대입니다."

문득 들려온 클렙시드의 목소리에 리안은 뒤를 돌아보았다. 그는 불안감이 실린 얼굴로 벽에 새겨진 발톱 자국을 가리키고 있었다.

"늑대가 마을을 습격한 것 같습니다."

다른 집들도 이 집과 크게 다르지 않은 풍경이었다. 모든 집이 적당히 흐트러지거나 망가져 있었고, 사람이나 시체는 하나도 볼 수 없었다.

잠시 동안 마을 내부를 관찰하던 그들은 이 사항에 대해서는 나중에 제대로 조사하기로 하고 우선 마을을 빠져 나왔다. 그들의 본래 임무는 아군 진영의 앞에 무엇이 있는지 알아보는 것이었으니까, 이 마을의 비극 같은 것에 대해 자세히 조사할 필요는 아직 없었다.

"저… 전 도시쪽으로 가볼까 합니다."

막 마을의 입구 비슷한 지점을 지날 무렵, 클렙시드가 조심스레 말을 꺼내었다.

"그쪽에 가면 이게 어떻게 된 일인지 알 수 있을 겁니다."

어차피 그는 마족이고 리안에겐 그를 말릴 권한 같은 게 없었다. 허락을 받겠다는 투로 말하고 있긴 하지만 애초에 허락이고 뭐고 할 필요가 없었다.

그러나 순간, 허락과는 다른 차원의 엉뚱한 생각이 리안의 머리 속을 스쳐 지나갔다. 정말이지 엉뚱한 생각이었다. 스스로에게 '너 미쳤냐?' 라는 질문을 던지고 싶을 정도였다.

리안은 그렇게 스스로의 생각에 얽힌 채로 입을 열었다.

"같이 갑시다."

"예?"

"나도 동행하고 싶군요. 그래도 되겠습니까?"

베기스가 들었다면 펄쩍 뛰었을 말이었다. 이 정찰로도 모자라 더 깊숙이 들어가는 것이니까. 뒤쪽에 있던 병사들도 그러한 사실을 아는지 불안감이 뒤섞인 표정을 지었다.

"카레이프님."

기사 하나가 리안을 붙들려고 하는 뉘앙스의 말을 꺼내었다. 하지만 리안은 붙들리고픈 마음이 없었다. 이 무모한 행동들이 나쁜 결과를 초래할 수 있다는 사실을 뻔히 알면서도 벗어나고 싶지 않았다. 정말 미쳤기 때문에 그런 건지도 모르겠다는 생각만 들었다.

"얼마나 걸릴 것 같습니까?"

리안은 기사의 말이 제대로 나오기 전에 클렙시드에게 질문을 던졌다. 클렙시드는 곤란한 듯 기사와 리안을 번갈아 쳐다보다 입을 열었다.

"도시에 들러도 오늘 안에는 아군 진영으로 돌아갈 수 있을 겁니다."

"도시는 꽤 멀지 않습니까?"

"순간 이동으로 이동하면 금방입니다."

상급 마법이라 인간에겐 약간 생소한 마법이 일상 용어처럼 흘러나왔다. '인간과 똑같은 외모라도 마족은 마족이구나' 하고 중얼거리며 리안은 질문을 마저 던졌다.

"순간 이동은 봉쇄되어 있지 않습니까?"

"이 영토 안에서 밖으로, 혹은 적군 진영을 넘어서 이동하는 건 어렵겠지만 이곳에서 저 앞으로 이동하는 건 막히지 않을 겁니다. 아무리 전쟁 중이라 해도 이 넓은 영토 전체를 봉쇄할 수는 없으니까요."

"카레이프님!"

대화가 점점 심상치 않게 흐르자 기사가 언성을 높였다. 리안은 가볍게 고개를 저으며 다른 사람들을 돌아보았다.

"그럼, 정찰은 이 정도에서 끝냅시다. 이 정도면 충분하겠지요? 다들 돌아가서 쉬십시오."

"카레이프님께서는 같이 돌아가지 않으실 겁니까?"

"방금 들었던 대로 전 이분과 도시에 들렀다 돌아가도록 하지요."

확실한 말을 던져 주는 리안을 기사는 곤란한 표정으로 쳐다보았다.

"아군 진영에 빨리 돌아가야 하지 않겠습니까?"

"내가 없다고 아군이 못 움직이는 건 아니겠지요."

"그런……."

기사는 확고한 리안의 말에도 계속 리안을 붙잡으려 하는 태도였다. 어쩌면 베기스에게 부탁을 받고 저러는 게 아닐까 하고 생각하며 리안은 그 가능성까지 깨끗이 잘라버렸다.

"베기스님께는 내가 잘 설명하겠습니다."

군데군데 눈이 쌓이고 털옷을 입은 사람들이 왔다갔다하는 풍
경은 알데이아의 겨울 풍경과도 비슷했다. 시장 비슷한 장소인지
사고 파는 사람들이 여기저기 얽혀 있었다.

전쟁 중인데다 눈 때문에 길이 막혀 상황이 그리 좋지 않은지
활기차단 느낌은 들지 않았다. 군데군데 돈이 오가고, 물건이 오가
고, 사람이 오갔지만 진짜 시장 같다는 '바글바글함'은 어디에도
보이지 않았다.

"역시, 상당히 침체되어 있군요. 얼마 전까지만 해도 꽝장히 활
기찬 지역이었는데……."

클렙시드의 혼잣말 같은 말도 리안의 그러한 추측을 뒷받침해
주었다. 리안은 추위 때문에 뻣뻣해진 고개를 풀어놓듯이 주변을
둘러보았다.

건물이 하얀 알데이아와는 달리, 이곳은 자연 환경이 하얗게 흐
렸다. 하얀 하늘, 하얀 땅, 하얗게 언 사물들이 주변을 둘러싸고 군
데군데 퍼져 있었다. 하지만 이곳의 건물은 대체로 황톳빛이었고,
사람들의 복장은 수많은 색으로 뒤덮여 알록달록했다. 겨울철이라
서 그런지 나무의 녹색은 칙칙하고 산뜻한 색상의 옷은 보이지
않았지만, 확실히 많은 색이 존재하는 풍경이었다.

"아유~ 오랜만이우, 엘라크 씨. 한동안 뜸하더니 이런 시기에
여행이우?"

건물들 사이에 붙은 작은 음식점에 들어서자마자 주인으로 보
이는 풍만한 여성이 다가와 친근한 반가움을 표시했다. 클렙시드
는 가볍게 웃으며 그 말에 답했다.

"예, 사정이 생겨서. 그런데 요즘 무슨 일이라도 있었던 겁니까?"

"일? 일이야 무수히 많다우. 전쟁 중이니까, 손님도 뚝 떨어지고."

"이쪽으로 오는 길에 보니 자토드 마을이 텅 비어 있더군요."

"아, 그거 말이었수? 눈이 많이 내려서 다 도시로 옮겨왔거든. 날씨가 풀리면 다시 갈 거라고들 하던데, 지금은 거의 난민 같은 행색이라우. 본래 사냥으로 먹고 살던 사람들이라 돈도 많지 않고 이런 곳에서 살아갈 요령도 없는 이들이니까. 딱하지만 나도 장사가 안 되어 심난한데 도와줄 여유도 없고…… 다 그런 식이라우."

"이 정도 눈에 옮겨왔단 말입니까? 눈이 허리까지 쌓여도 살던 사람들인데."

주인은 따뜻한 물이 든 잔을 탁자 위에 올려놓으며 쭛, 하는 소리를 내었다. 물잔 위에 흐르는 김이 소리없이 흩어졌다.

"전쟁 중이라 물자를 얻기 힘들어서 그런다우. 늑대도 공격해 온다고들 하고."

"늑대를 잡는 사람들이 아닙니까? 그 사람들이 세간도 못 챙기고 이런 곳으로 올 정도의 상황은 아닐 텐데……"

"전보다 늑대나 들짐승의 습격이 심해진 모양이라우. 덕분에 식량 걱정꺼정 안 해도 된다지만 사람이 많이 상해서…… 며칠 전에도 심하게 물린 사람 여럿이 실려왔는데, 정말 처참했다우. 뭐가 어떻게 되려고 이러는지 모르겠수. 어느 쪽이 이기든 전쟁이라도 빨리 끝나야 물가가 좀 풀릴 텐데……"

주인은 그때의 장면들이 아직도 생생한 듯, 긴 한숨을 내쉬었다. 사냥꾼들이 늑대에게 당했다는 말을 납득하진 않았지만, 주인의 걱정에 전염된 듯 클렙시드도 얼굴에 짙은 염려를 드리웠다.

뱃속까지 뜨거워지는 후끈한 국으로 점심을 넘긴 뒤, 두 사람은

178

말없이 가게를 나왔다. 물자가 없다는 말을 몸으로 실감할 수 있을 정도로 비싼 값이었다. 리안은 클렙시드가 길가에 웅크리고 앉은 한 무리의 사람들에게 시선을 주는 것을 볼 수 있었다.

"늑대라니……."

"전엔 이런 경우가 없었습니까?"

"늑대에게 당하기는커녕, 정부에서 행하는 정기적인 늑대 사냥에 주도적인 역할을 했던 사람들입니다. 웬만한 수의 늑대에겐 당하지 않을 텐데… 올해는 정말 이상한 해로군요. 이상 기후에 늑대라니."

그때였다.

타다다닥—

요란스런 발소리와 함께 한 무리의 사람들이 그들을 지나쳐 길 저편으로 급히 달려갔다. 리안은 반사적으로 그들의 뒷모습을 쳐다보다가 어깨가 검붉게 물든 사람이 업혀가는 광경이라는 사실을 깨달았다. 굉장히 급한 듯, 그들은 필사적인 움직임으로 달려가고 있었다.

리안은 그저 그러려니 하고 지나치려 했지만 갑자기 클렙시드가 그들을 부르며 따라 달리기 시작했다. 덕분에 리안도 난데없는 달리기를 해야 했다. 다급히 달리던 사람들이었지만 클렙시드가 훨씬 빨랐기에 금방 그들을 멈춰 세울 수 있었다.

하지만 리안은 그렇게 빠르질 못했다. 리안이 헉헉거리며 간신히 그들이 있는 곳에 도달했을 때쯤엔 클렙시드의 회복 마법이 환자의 어깨를 거의 치료한 후였다.

"완전히 치료할 수는 없군요. 출혈은 멎었지만 이걸로 안심하긴 힘들겠어요. 의사에게 꼭 가보도록 하십시오."

"아, 예. 감사합니다, 엘라크 씨."

리안이 보기에는 그것만으로도 환자의 상처는 거의 다 나은 것 같았지만 의사에게 가보라는 클렙시드의 한마디 때문인지 그들은 그대로 마저 달려가기 시작했다. 아까처럼 필사적으로 달려가진 않았지만 꽤나 열심히 달려갔기에 그들의 모습은 순식간에 작아져 길 저편으로 아른아른 사라졌다.

잠시 동안 침묵이 흘렀다.

"후우—"

클렙시드는 길게 숨을 내뿜으며 하늘을 올려다보았다. 걱정스런 마음이 자꾸 불어나는 모양이다. 입에서 흘러나온 하얀 입김이 그의 얼굴 위에 흩어졌다.

"이곳 지리에 익숙하다더니, 이곳 사람들과도 익숙한 모양이군요?"

리안의 말에 클렙시드는 쑥스러운 표정으로 웃었다.

"여행을 한답시고 가끔 들렀더니 어느샌가 친해지더군요."

"'엘라크'는 가명입니까, 애칭입니까?"

"류드 엘라크. 가명입니다. 이런 곳에서는 인간처럼 행세하는 게 편하니까요."

별로 기분 좋지 않은 내용이라 생각했는데 의외로 클렙시드는 아무렇지도 않게 대답했다. 인간과 완전히 편하게 어울릴 수 없다는 사실에 별로 개의치 않는 모양이다.

"그리테이트에서도 그렇습니까?"

"한때 우리가 주도권을 잡았던 나라이긴 합니다만, 아무래도 인간 사회이니까요. 마족 사회에서 인간이 어울리기 힘든 것과 똑같습니다. 그래도 인간의 입장보단 낫습니다. 적어도 마족은 들키지 않을 정도로 인간 행세를 하는 게 가능하니까요."

"별로 개의치 않는 모양이군요."

"인간 사회에서 사는 마족에겐 그게 꽤 신경 쓰인다고들 합니다만, 저처럼 가끔 찾아오기만 하는 사람에겐 별로 상관 없습니다. 그냥 귀찮은 일을 피하고 싶어할 뿐이니까요."

순해 빠진 사람이라 이런 문제에 대해 쉽게 우울해할 거라 생각했던 리안의 예상을 완전히 뒤집는 말이었다. 지금은 저렇게 허물없어 보이지만 사실은 인간에게 아무런 기대도 안 거는 사람인 게 아닐까 하는 생각까지 들었다.

리안은 고개를 들어 길게 이어진 거리를 쳐다보았다. 순간 저편 허공에 선 희미한 형체가 눈에 들어와 그를 흠칫 놀라게 했다. 저 먼 곳, 도시의 건물들 사이로 흐릿하고 거대한 건물의 형상이 보였던 것이다. 이곳이 바다라면 유령선이라고 생각할 정도로 음침하고 뿌연 형상이었다.

"아, 저건 알테이아 본성입니다. 날씨가 흐려서 이상하게 보이는군요."

클렙시드가 일상적인 어투로 해석을 달아주었다. 하지만 그 안에 든 지명은 리안이 일상적으로 받아들일 수 있는 범위를 넘어서는 것이었다.

"알테이아 본성입니까, 저게?"

"예, 그리테이트의 영토 안에 들어온 이후로는 사용되지 않아서 지금은 폐가와 다름없는 상태라고 하더군요."

"사용되지 않는단 말입니까?"

리안에게는 조금 의외의 말이었다. 저 정도로 크고 넓은 성이 그냥 버려져 있을 거라고는 전혀 생각지 못했던 것이다. 클렙시드는 위쪽을 올려다보느라 뒤로 넘어간 모자를 눌러썼다. 모자 밑으로 짧게 드러났던 상아색 머리카락들이 다시 모자 안으로 숨어들었다.

"그리테이트는 국토의 너비에 비해 인구가 적습니다. 살기 어려운 지역에는 사람이 살지 않습니다."

"그 성 부근은 여기보다 훨씬 따뜻하지 않습니까?"

알테이아 본성이 그리테이트에 넘어오기 전에 얼마 동안 그곳에 머물렀던 리안이었다. 어릴 때 잠깐 동안의 기억이지만 적어도 그곳이 추운 지역은 아니었다는 사실만은 확실히 기억할 수 있었다.

"이곳이 알테이아의 영토였을 때는 따뜻했다는 말을 들었습니다만, 그리테이트 영토가 된 이후로는 기후가 바뀌었다고 합니다."

리안이 어리벙벙한 표정을 짓자 클렙시드는 쑥스럽게 웃었다.

"처음 들으셨나 보군요? 마법 학자들도 왜 그런 현상이 일어났는지에 대해 잘 모른다고 합니다."

"그리테이트 영토 안에 들어간 지역은 추워진다는 겁니까?"

리안은 멍한 어조로 되물었다. 클렙시드의 말은 상당히 비현실적으로 들렸지만 너무 이상한 내용이었기에 농담이라 생각하기도 어려웠다. 그저 바보스러운 생각 하나만이 떠오를 뿐이었다.

"꼭 마왕이 점령한 영토가 암흑의 대지가 된다는 얘기 같군요."

순간 클렙시드의 눈빛이 약간 날카로워졌다.

"한때 정령들이 그렇게 말했습니다만 쓸데없는 비유일 뿐입니다."

마족은 마족이구나 하는 느낌을 갖게 하는 반응이었다. 그리 심한 적개심은 느껴지지 않았지만 확실히 웃는 얼굴과는 달랐다.

더없이 순해 보이는 이 사람도 다른 마족들처럼 정령을 공격하는 일에 참가했을까? 어쩌면 이 사람은 이미 몇 번의 전투에서 상대를 처참하게 베는 경험을 해본 사람이 아닐까?

리안은 쓸데없는 감상이 가슴속을 훑고 지나가는 것을 느끼며 다시 한 번 성의 형상을 쳐다보았다. 아무리 보아도 유령성이란 느낌밖에 안 들 정도로 흐릿한 게 인상이 좋지 않았다.

"한번 가보고 싶으신 겁니까?"

"가봐도 오늘 안에 돌아갈 수는 있겠지요?"

"예, 충분할 겁니다."

리안은 모자를 벗어 들고 흐트러진 머리칼을 쓸어올렸다. 이렇게 적지 깊숙이 들어온 것 자체가 미친 짓이니 약간만 더 엉뚱한 일을 해도 상관없지 않을까 하는 생각이 그의 맘을 편하게 해주고 있었다. 결국은 더없이 무책임한 생각이었지만 그런 건 별로 생각하고 싶지 않았다.

"그럼, 한번 가봅시다."

*　　　*　　　*

"역시 그랬구나."

의외로 네이아는 별로 놀라지 않았다. 유스파드의 이런 말을 이미 예상하고 있었던 것과도 비슷한 모습이었다.

"뭐야, 예상했던 거냐?"

"어쩌면 실험체일지도 모른다는 생각을 했었어. 그래서 죽음의 기억까지 가지고 있는 게 아닐까 해서."

"그럼 왜 그걸 그때 말하지 않은 거야?"

"불확실했으니까."

"그래도 할 말은 했어야지!"

유스파드는 괜히 목소리를 높이며 네이아를 쳐다보았다. 어떤 내용인지 예상하기 힘들 정도로 뒤틀어진 이 상황 속에서 저렇게도 차분할 수 있는 네이아가 존경스러워질 지경이었다. 자신이 감정을 잘 제어하지 못한다는 사실은 알고 있었지만, 그래도 저렇게까지 침착할 수 있는 사람은 드물 거라 생각했다.

"아무튼, 그렇다면 활기 계열 마족 중 적어도 일부가 실험체로 대체되었을 가능성이 있겠어."

멋대로의 생각에 빠져든 유스파드에게 네이아의 말은 무거운 결단처럼 다가왔다.

"적어도 일부라고? 너, 설마 그놈의 말을 진짜로 믿고 있는 거냐?"

"아마도 그 사람은 잘못 만들어진 실험체일 거야. 죽은 사람을 대체하기 위해 기억을 주입시켰는데, 그 기억 중에 죽음의 기억까지 들어가는 바람에 저리 된 거겠지. 어쩌면 정말로 사실일지도 몰라. 활기 계열 마족이 전멸했다는 말은. 저 사람이 주장하는 것은, 원래 있던 사람이 죽음 직전에 본 장면일 테니까."

"그건 말도 안 돼!"

"그래, 나도 확신할 수가 없어. 천천히 시간을 두고 조사하는 수밖에는."

네이아는 한숨 같은 말을 꺼내어놓고는 자리에서 일어났다. 아무래도 더 할 말이 없는 모양이다.

"내일 다시 올게. 천천히 조사하는 수밖에 없겠어."

그렇게 네이아가 방에서 나가고, 유스파드는 방 안에 혼자 남았다. 활기 계열 마족이 이미 전멸했을 거라고? 비상식적으로 여겨지는 말이 상식적인 말이 되려고 애쓰고 있었다. 아니, 실제 있었던 사실이 되어가고 있었다. 네이아도 확신할 수는 없다는 말을 자꾸 붙였지만 적어도 몇 명은 바뀌었다는 말만은 확실했다.

'실험체가, 우리가 생각하지도 못한 사이에 우리 사이를 파고들었다는 걸까?'

한숨을 내쉴 수밖에 없었다. 안 그래도 바빠 죽겠는데 이런 상황이라니. 주위에 있는 어느 누가 실험체와 바뀐 사람인지 알 수 없다는 소리가 아닌가. 이런 말이 새어나가기라도 한다면 마족 전체가 불신으로 가득 차버릴지도 몰랐다. 그래서 네이아도 저렇게 조심하는 것일 터였다.

'실험체가 어디 어떻게 섞여 있는지 모른다니…… 의사나 연금술사들은 구별할 수 있는 것 같으니까 하나하나 조사를 해야 하는 걸까? 그래서야 어느 세월에……'

순간 갑자기 찾아든 무서운 생각에 유스파드는 눈을 크게 떴다. 아주 오랫동안 잊고 있었던 순간들이 갑자기 머리 속을 파고들어오기 시작한 것이다.

'잠깐! 난 그때 어떻게 살아났었지?'

언제나 마족의 앞에 서서 싸워왔던 그는 당연히 죽을 뻔한 순간을 수없이 겪어왔다. 대체 어떻게 살아난 건지 기억조차 나지 않는 경우가 수두룩했다. 그냥 어느 순간 눈을 떠보니 살아 있었고, '아, 그래 살아남았구나' 하는 생각을 하며 계속 살아갔었다. 하지만, 하지만 네이아의 추측이 정말로 사실이라면……?

유스파드는 양손을 눈앞에까지 들어올렸다. 수없는 피에 젖었던, 그러나 지금은 깨끗한 손이었다. 유스파드는 그렇게 스스로를 의심하는 사람처럼 심한 공포에 시달리며 스스로의 몸을 내려다 보았다. 분명 자신은 언제나 자신이었다. 단 한 번도 그걸 의심해 본 적이 없었다.

하지만, 하지만……?

'젠장! 별 이상한 생각을 다 하게 만드는군!'

유스파드는 꾸역꾸역 밀려드는 괴상한 가능성을 애써 밀쳐 놓고는 그 방에서 나왔다. 아직도 할 일이 산더미 같은데 이런 생각으로 스스로를 고민 속에 처넣어봤자 좋을 게 없었으니까.

하지만 그렇게 스스로를 꽉 짓눌러놓아도 불안감은 하나의 공포처럼 머리 속을 맴돌고 있었다.

'모르겠어. 난 대체 어떻게 지금까지 살아남았던 거지?'

발을 적시던 바다가 한순간에 멀리 밀려나고 긴 모래사장이 넓게 펼쳐졌다. 역시 바다와 맞닿은 모래사장의 일부를 결계 속에 넣은 모양이다.

단단한 모래 바닥이 발 밑에 밟힌다는 느낌이 든 순간, 사라는 고개를 들어 앞쪽을 쳐다보았다. 모래사장 위에 세워진 하얀 건물 앞에 서 있던 몇 명의 정령이 사라를 발견하고 이쪽으로 달려오고 있었다. 수는 넷. 상대하지 못할 건 아니지만 소란을 피우면 귀찮아질 터였다.

간단한 마법을 발동시켰다. 순간 바로 앞까지 달려왔던 정령들이 놀란 표정을 지으며 멈춰 섰다. 순간 이동도 아닌데 눈앞에서 갑자기 사람이 사라졌으니 놀라지 않을 수 없을 터였다. 사라는 그렇게 어리둥절한 얼굴로 사방을 두리번거리는 정령들의 앞을 유유히 걸어 지나갔다. '뭐야, 대체 뭐였지?' 라는 웅성거림이 불안한 음으로 정령들 사이를 떠도는 걸 보니 제대로 먹혀 들어간 모양이다. 사라는 그렇게 정령들을 간단히 바보로 만들어놓은 채 앞에 서 있는 건물의 형태를 살폈다.

가까운 곳에서 사라가 계속 돌아다니는데도 정령들은 사라를 찾지 못한 채 고개만 갸웃거렸다. 초보적인 환술의 하나로 아무것도 없다는 암시를 강하게 준 것인데 예상외로 효과가 탁월했다. 마족이나 오프너가 있다면 이 정도 암시는 금방 간파할 테지만 역시 정령들은 환각에 약한 모양이다.

그러니 그렇게 유유히 건물을 살피던 사라는 다른 이유에서의 불안감을 느껴야 했다. 연금술사들이 연구소로 쓰는 건물이 기분 나쁜 건 당연했지만 이 건물은 이상했다. 규모가 너무 크고 단단했다.

신기술 때문에 연금술사들이 급히 모여들었다는 소식을 들었던 사라였다. 우선 전투에 사용해야 할 일부 실험체들을 남기고 이 기술을 제대로 적용시킨 실험체들로 단번에 밀어붙일 계획이라고 했으니 상당히 급조된 모임일 터였다. 연금술사의 2/3 이상이 모인다고 했으니 규모가 큰 건 예상하고 있었지만 급조된 것치고는 너무도 크고 단단해 보였다.

전에 있던 건물을 다시 사용한 거라고 생각하면 되는 것이었지만 괜히 불안했다. 고개를 높이 들어야 건물의 최고층을 볼 수 있는 저 거대한 덩치가 이대로 모든 것을 짓눌러 버릴 것 같다는 생각마저 들었다.

파란 바다를 등지고 선 하얗고 네모난 건물. 사라는 잠시 동안 그렇게 건물을 쳐다보고 있다가 이래서는 안 된다는 생각이 들 때 즈음 정문으로 다가섰다.

문은 열려 있었다. 계속해서 사람들이 출입하는 탓이든가, 아니면 환기가 필요해서이리라. 정문이라고는 하지만 건물의 전체적인 크기에 비하면 너무 작은 문이었다. 실제로는 그리 작진 않지만 상대적으로 작달까? 사라는 그대로 잠시 망설이고 있다가 한숨을 내쉬며 문 안으로 조심스런 한 발을 들여놓았다.

하얗게 깔끔한 내부였다. 사라는 주변을 경계하며 조심조심 긴 통로를 걸어갔다. 경비 역할을 하는 사람이 많고 연금술사들도 많이 지나갈 거라 생각했었는데, 의외로 지나가는 사람조차 거의 보이질 않았다. 갈림길이 많아서 언제든 옆으로 피할 수 있는 데다가 지나가는 사람이 거의 없어 수월하게 나아갈 수 있었다.

'역시, 금방 지어진 건 아냐. 꽤 걸렸겠는데.'

사라는 조심스레 흰 벽 위에 손을 대어보았다. 차가우면서도 까슬까슬한 감촉이 손바닥에 전해져 왔다. 겉보기엔 이렇지만 실험체의 연구소인만큼 이 안에는 단단한 금속 같은 게 내장되어 있을 터였다. 금속 벽이 다 드러나 있는 다른 곳보다 오히려 더 세세하게 만들어진 셈이었다.

게다가 이 통로는 단순하지 않고 어지럽게 꼬여 있었다. 사방에서 갈라지고 합쳐지는 미로 같은 통로라니. 짓는 데 꽤나 시간이 걸렸을 거란 생각이 듦과 동시에 처음 들어온 사람이라면 헤매기 좋겠다는 생각이 들었다. 덕분에 사라도 지금 헤매고 있는 중이었다.

'길이… 대체 어떻게 되어 있는 거지?'

들어오자마자 적어도 몇 번의 전투를 겪어야 할 거라고 생각했던 사라였지만 정작 그녀가 겪어야 할 어려움은 엉뚱한 것이었다.

이리저리 갈린 길을 적당히 걷다가 같은 길을 맴돌고 있다는 사실을 십 분 만에 깨달아야 했다.

'길이 꼬여 있는 것 같으면서도 하나로 연결되어 있군. 이거 연구소 건물 맞아? 이래서는 만약 사고가 생겼을 때 출구를 찾기 어려운 건 물론, 도망치다가 제자리로 돌아오기 쉽겠는데. 이거야 원, 꼭 미노타우르스의 미로 같잖아.'

한쪽 벽에 손을 대고 그 벽을 따라 쭉 걷기 시작했다. 이렇게 한쪽 벽을 죽 따라 걷다 보면 아무리 복잡한 미로라도 결국 출구가 나오기 마련이었다. 지금의 그녀는 출구를 찾는 게 아니었지만 적어도 헤매지는 않게 될 터였다.

그렇게 걸은 보람이 있었는지 모퉁이를 돌자 갈색 문 하나가 눈앞에 나타났다. 흰색 벽에 갈색 문. 노이테라 성과도 비슷한 느낌이었다. 사라는 앞뒤를 조심스레 살피며 문을 열었다.

문은 소리없이 열렸다. 서서히 밀려나는 문 사이로 넓은 공간이 드러났다. 통로에 비해 굉장히 크게 보이는 방이었다. 사라는 바닥에 깔린 하얀 타일에 묘한 이질감을 느끼며 안으로 발을 들여놓았다.

방 전체는 특별한 장식이 없어 그 자체로 커다란 창고 같은 느낌이었다. 하지만 연구실에 있는 방답게 양쪽 벽에는 연금술에 관련된 물체가 주욱 놓여 있었다.

'뭐, 뭐지?'

그 '물체'들을 본 사라는 자신도 모르게 눈을 크게 떴다. 신기술이라더니 진짜 다르긴 다른 모양이다. 유리관이 주르륵 나열되어 있을 거라 생각했던 그녀의 예상은 여지없이 빗나가고, 그 자리엔 기묘한 덩굴 같은 것에 묶이고 잠식당한 몇 명의 실험체들이 있었다.

　그 덩굴 같은 것을 만져 보려다 그만두었다. 기분 탓인지 그 덩굴이 꿈틀꿈틀 움직이는 것 같았다. 실험체들의 몸을 먹어들어 가듯이 살 속을 파고든 덩굴 같은 건 만지고 싶지 않기도 했다.

　'식물이라니… 식물을 응용했단 말인가?'

　원래 연금술이라는 것 자체가 기분 나쁜 것이었지만, 이건 그보다도 소름 끼치는 장면이었다. 사라는 조심스레 한 걸음 물러나 실험체들과의 거리를 유지하며 입 안으로 긴 주문을 외우기 시작했다.

　그때였다.

　덩굴에 묻혀 있던 실험체 하나가 갑자기 눈을 번쩍 떴다. 녹색 눈동자가 눈 전체를 잠식한 듯이 짙은 녹색으로 가득 찬 눈이었다. 그 기묘한 빛에 사라가 흠칫한 순간, 그의 몸을 둘러싸고 있던 덩굴이 무서운 속도로 사라에게 쏘아져 왔다.

　손쓸 겨를도 없이 덩굴이 사라의 몸을 휘감았다. 사라는 급히 외우고 있던 마법을 자신의 바로 앞에 적용시켰다. 화악— 소리가 나면서 덩굴이 줄기째 타오르기 시작했다. 몸을 감싼 부분에까지 불길이 퍼지면서 후끈한 느낌이 온몸에 퍼져들었다.

　덩굴은 스스륵 풀려나 물러나는 듯하더니 갑자기 다시 사라의 발목 쪽을 휘감아왔다. 사라는 그 자리에 파이어 볼을 내쏘았으나 덩굴은 불타오르는 그대로 사라의 한쪽 다리를 휘감았다.

　덩굴 끝이 다리를 찌른 듯 날카로운 통증이 신경망을 타고 전해져 온다. 사라는 이를 악물며 덩굴에 마법을 쏟아부었다. 수없는 불의 마법에 가격당한 덩굴은 발악하는 듯 꿈틀거리더니, 이내 하얀 재가 되어 부서져 내렸다.

사라는 그대로 주문도 외우지 않은 채 불의 마법을 양편의 벽에 내쏘았다. 화아아악— 불타오르는 소리가 나며 양편의 벽이, 실험체의 몸이, 수없는 덩굴들이 불타올랐다. 불 속에서 비명을 지르듯이 꿈틀거리는 덩굴의 모습에 소름이 끼쳤다. 저건 식물이 아니라 녹색의 괴생명체 같았다. 촉수같이 보이는 몇 가닥의 덩굴은 불 속을 빠져 나오려는 듯이 꿈틀거리다가 재가 되어 부서져 갔다.

사라는 입술을 깨물며 급히 그 방에서 뛰쳐 나왔다. 불태웠다는 사실은 금방 알려질 거고, 연금술사들이 몰려올 이곳에 오래 있어 봤자 좋을 게 없었다. 한 발을 내디딜 때마다 왼쪽 다리가 욱신욱신 쑤셔왔다. 심한 상처는 아닌 것 같았지만 통증이 상당히 심했다. 힘을 줄 때마다 칼로 찌르는 듯한 날카로움이 다리를 타고 퍼지는 것이었다.

"하아……"

미로 같은 통로를 한참 동안 달리고 나서야 사라는 멈춰 설 수 있었다. 저 먼 곳에서 웅성거리는 소리가 나는 듯했다. 아마도 연금술사들이 불타버린 장비와 실험체에 대한 애도를 표하고 있음과 동시에, 이 정체 모를 침입자에 대한 수색을 강화하자고 외치고 있을 터였다.

바닥에 앉아 조심스레 바지를 약간 걷어올려 보았다. 발목 약간 위쪽에 파르스름하게 물든 상처가 보였다. 무언가에 찔린 듯한 상처 주변이 기분 나쁜 녹색으로 물들어 있는 것이었다. 사라는 조심스레 손을 뻗어 상처에 박힌 가시 같은 물체를 뽑아내었다. 상당히 깊숙이 찔려 있었지만 피는 나지 않았다.

'독이 있는 것 같진 않은데…… 기분 나쁘군. 빨리 처리하고 나

가야겠어.'

가시를 빼고 나니 상처의 통증은 가라앉았다. 상처 주변이 희미한 녹색으로 물들어 있다는 기분 나쁜 불안감만 없으면 괜찮은 상황이었다.

'빨리빨리 끝내고 나가자. 딘이라면 웬만한 상처는 다 치료할 수 있을 테니까.'

웬만한 독에도 꿈쩍하지 않는 자신의 육체를 잘 아는 사라였다. 산산조각이 나지 않는 한은 살아 있을 수 있고, 살아 있기만 한다면 딘의 회복 마법으로 치료할 수 있을 터였다. 항상 이런 자신의 몸이 싫었지만 이런 상황에서는 오히려 안도감을 주고 있다는 이상한 아이러니를 느끼며 사라는 미로같이 얽힌 하얀 복도에 뛰어들어갔다. 다시는 이런 사람이 생겨나지 않게 하기 위해, 이곳의 모든 것을 파괴하기 위해.

"식물을 이용한 연금술에 대해 아시나요?"

간단한 식사를 끝내고 물을 마시는 류카에게 딘이 기묘한 질문을 던져 왔다. 대체 왜 난데없이 저런 질문을 던지는지 묻는 류카의 시선에 딘은 조용히 답했다.

"그 신기술이란 건 식물에 관련된 것인 모양이에요."

정말이지 난데없는 말을 잘 꺼내는 딘이었다. 사라와 연결되어 있다고는 하지만 내내 같이 있다가 대뜸 이런 말들을 내뱉는 것에는·도무지 쉽게 익숙해지질 않았다.

"예전에 시도한 사람이 있었지만 금방 그만뒀어. 식물의 능력 중에 쓸 만한 건 광합성 같은 것밖에 없으니 조합해 봐야 쓸 만한 개체가 나오지 않아. 순수하게 식물에 대한 연구를 한 사람도 있었지만 그건 상당히 위험해. 실수로 잘못된 개체가 나오거나 하면 손을 쓰기 힘들거든. 씨앗 하나만 떨어져도 번식하는 게 식물이니까. 요즘에는 식물에 대한 연구를 거의 하지 않는 걸로 알고 있어."

"그렇다면, 예전에 식물에 대한 연구를 자세히 한 사람은 있었나요?"

"예전이라 해도 시도하다 포기한 정도였어."

"고대에 말이에요."

"고대라고?"

류카는 물컵을 내려놓고 생각을 더듬기 시작했다. 고대. 지금과는 굉장히 이질적으로 느껴지는 시대임과 동시에 어쩌면 지금보다도 더 발달된 기술이 있었을지도 모르는 시대에 대해 왜 갑자기 딘이 언급하는지는 잘 모르지만 생각해 볼 가치는 있는 시대였다.

"…그러고 보니 휴페른님의 연구 분야는 식물이었다더군. 난 식물 쪽엔 관심이 없어서 잘은 모르지만 꽤나 독특한 방향의 연구를 했던 모양이야. 지금 퍼져 있는 식물 종 중에는 휴페른님의 작품이 몇 가지 될 거라고도 했었어."

"역시… 트리니티를 잘 조사해야 했던 걸까요?"

"이번에 나왔다는 신기술이 트리니티에서부터 나온 것일 거라 생각하는 거니?"

류카는 미간을 좁혔다. 좀 의외의 말이었지만 생각해 보면 그럴 가능성도 있었다. 상황이 복잡하게 흐르는 바람에 트리니티를 열어놓고도 자세히 조사하지 못한 그들이었다. 겉보기엔 더없이 평화로운 장소이긴 했지만, 그 안에 무언가가 숨겨져 있었을 가능성은 충분히 있었다. 게다가 난데없이 신기술이 발견되었는데 그 기술이 식물에 관한 거라고 한다면 그 가능성은 상당히 높은 편이었다.

"그 편지를 너무 믿었던 것 같네요. 휴페른 자신이 남긴 편지가 아닐 수도 있었는데."

"아닐 수도 있어. 내가 듣기로도 휴페른님은 연금술을 반대했던 사람 중에 하나였으니까. 트리니티를 바꾸어놓은 게 정말 그라면, 작은 거라도 남겨놓았을 리가 없지."

딘은 탁자 위에 있는 주전자를 힐끔 쳐다보고는 가볍게 손짓을 했다. 순간 주전자에서 물이 솟아올라 딘의 물컵 속에 쪼르륵 흘러들었다. 묘기 같은 행동이었지만 마법의 달인들과 함께 살던 시간이 많다 보니 이런 행동이 일상 생활이 되어버린 딘이었다.

"글쎄요. 나는 그를 알지 못하니까요. 좋은 사람이었을 거라고 생각은 하지만, 그가 정말로 연금술에 반대했었던 건지에 대해서는 확신할 수가 없네요. 트리니티를 파괴한 척해 놓고, 사실은 깊숙한 곳에 중요한 것을 남겨놓았을 수도 있겠지요."

"아무래도 그는 연금술사였으니까… 라는 거니?"

약간은 딘을 떠볼 의도가 들어 있는 말이었지만 딘은 별다른 반응을 보이지 않았다. 그저 차분하게 대답할 뿐이었다.

"연금술사 중에도 연금술을 반대하는 사람이 많으니 꼭 그렇게 생각하지는 않아요. 하지만 그는 트리니티를 제외하고도 너무 많은 것을 남겼어요. 정말로 연금술을 싫어했다면 모조리 없애버려야 하는 건데도."

"많은 것을 남겼다고?"

"나라면 자신이 식물에 대해 연구했다는 사실조차 남지 않게 했을 거예요. 300년이나 지났는데도 그의 흔적은 너무도 많이 남아 있어요."

"그의 영향력이 많이 남아 있는 건 사실이지."

류카는 의자에 기대며 한 손으로 턱을 괴었다. 자신이 태어나지도 않았던 시대에 대해 논한다는 것은 복잡하고도 골치 아픈 일이었다. 게다가 그 시대에 일어났던 일이 지금에까지 영향을 미치고 있다고 생각하는 건 상당히 기분 안 좋은 일이기도 했다. 과거에 이미 죽은 사람의 망령이 이 시대를 움직이고 있다는 말과 다름없는 것이니까.

현재는 과거 위에 쌓이는 것이기에 과거의 인과율을 따라야 하는 것이겠지만, 잊어야 할 건 잊고 싶은 류카였다. 자신이 한때 연금술에 푹 빠져 있었다는 사실 같은 게 망령처럼 남아서 미래에 영향을 미치지 않길 바라니까.

"사라는 지금 뭘 하고 있지?"

"그 연구소 자릴 찾아서 들어갔어요."

"뭐?"

예상보다 너무 앞서간 딘의 대답에 류카는 큰 소리를 내었다. 하지만 딘은 그렇게 놀란 보람도 주지 않는 차분한 태도로 류카를 쳐다볼 뿐이었다.

"바다와 육지의 경계선에 결계가 있었어요. 육지에서 벗어나 바다에 닿는 지점에 있었으니 그 느낌을 제대로 느낄 수가 없었던 거지요."

"가봐야 하는 거 아냐?"

"우린 이렇게 바깥에 있다가 혹시라도 사라가 급히 빠져 나올 일이 생기면 추적자들을 처치해야죠."

이미 사라와 논의를 끝마친 듯이 거침없는 딘이었다. 류카는 놀랐던 마음을 깊은 숨으로 가라앉히고는 다시 의자에 기대었다. 지극히 이성적이고 계획적인 이 흐름에 작은 안도감이 있긴 했지만, 왠지 모르게 솟아오르는 불안감에 기분이 좋지 않았다.

"요즘 너흰 꼭 한 사람같이 행동해."

"어쩌면 한 사람일지도 모르죠."

무심코 던져진 류카의 말에 딘은 뜻 모를 대답과 함께 미소 지을 뿐이었다.

10

　"그렇게 불안한 표정 짓지 말고 앉아. 잡아먹을 생각은 없으니까."

　약간은 장난스러운 말과 함께 '그'는 미소 지었다. 하지만 아무리 그렇게 친근한 모습을 보인다 해도 일행이 침착하게, 혹은 반갑게 그를 대하는 것은 불가능한 일이었다. 미르조차 차분함을 잃은 채 딱딱한 얼굴로 그를 쳐다보았고, 다리므는 오히려 몇 걸음 물러나기 시작했다.

　"우앗!"

　뒤로 물러나가다 누군가에게 부딪친 다리므는 자신도 모르게 소리를 질렀다. 이곳에는 여러 사람이 서 있었기에 물러나다가 부딪치는 건 당연한 일인지도 몰랐지만 그런 생각을 할 수 있을 만큼 침착한 상황이 못 되었다.

　"진정해."

뒤에 있던 사람이 양손으로 다리므의 어깨를 꾹 눌러 진정시켜 주었다. 그제야 다리므는 약간 이성을 되찾고 한숨을 내쉬었다.

"렌스."

"네가 이렇게 당황하면 어떻게 하냐? 환각이잖아."

"엥?"

느닷없이 던져진 침착한 해답에 다리므는 물론, 모든 사람이 렌스를 빤히 쳐다보았다. 다리므는 멍한 얼굴로 렌스를 쳐다보고 있다가 다시 고개를 돌려 눈앞의 사람을, 아니, 눈앞의 형체를 빤히 쳐다보았다.

그러고 보니 진짜 사람일 리는 없었다. 곰팡이가 내부를 잠식해 들어가는 이러한 기묘한 곳에서 사람이 살고 있었다는 것 자체가 말이 안 되니까. 눈앞의 '그'도 가볍게 웃으며 렌스의 말에 답했다.

"좀 놀려주려고 생각하고 있었는데 너무 금방 맞춰버리니까 재미없잖아. 이름이… 렌스? 아, 반마족이군. 오프너보다도 빨리 눈치 채다니 꽤 감각이 발달한 모양인데? 환술사를 해도 좋겠어."

여전히 친근한 그의 말은 일행의 머리 속을 복잡하게 만들었다. 환각이라는 렌스의 말에 약간의 침착함을 되찾긴 했지만 여전히 익숙해지기엔 힘든 상황이었으니까.

다리므는 조심스런 눈으로 그의 모습을 살폈다.

휴페른 리트미스. 다리므와 대체로 비슷한 모습이지만 좀더 나이가 든 데다가 안경을 쓴 모습이 학자라는 느낌을 강하게 주는 사람이었다. 머리를 좀더 짧게 잘라 뒤로 넘기는 게 저렇게도 다른 느낌을 준다는 사실을 다리므는 처음으로 깨달았다. 만약 그를 정말로 만난다면 너무도 이상하고 이질적인 느낌이 들 거라고 생각했던 다리므였지만, 지금 눈앞에 있는 형체는 상당히 친근했다. 친한 형 같은 느낌이라 해도 좋을 정도였다.

"이제 좀 앉지? 그렇게 서 있으면 다리 아플 텐데. 몇 사람이 올지 몰라서 의자를 넉넉히 준비했는데 수가 딱 맞는군. 여유롭게 놔두길 잘했어."

일상적이고도 친근한 그의 말에 따라 사람들은 쭈뼛쭈뼛 자리에 앉았다. 그는 그런 사람들의 모습이 재미있는 듯이 미소 지은 채로 그들을 보고 있었다. 환각에 생각이란 게 있을 리 없지만 지금의 그는 진짜로 사람처럼 움직이고 있었다.

"휴… 페른님?"

의자에 앉느라고 생긴 잠시 동안의 침묵이 지난 뒤, 미르가 가장 먼저 조심스런 말을 꺼내었다. 하지만 말이라고 하기에는 너무 짧은 단어였다. 휴페른의 모습을 한 형체는 그런 미르의 행동에 웃었다.

"라드휀이 올 거라는 생각은 했었지. 연금술사 쪽의 나이트를 가지고 있었으니까. 하지만 미르가 온 건 좀 의외인데."

난데없이 자신의 이름이 나오자 라드휀은 찔끔했다. 휴페른은 편한 자세로 앉아 가까이에 앉은 사람들을 쭉 둘러보았다.

"라드휀과 미르를 빼면 다 이 시대 사람들이구나. 보기 좋아."

그렇게 양쪽으로 움직이던 그의 시선은 다리므에게 가서 멎었다. 다리므는 심한 긴장감을 느끼며 그의 시선을 마주했다. 자신과 똑같은 갈색 눈동자가 부드러운 친근함을 담은 채로 이쪽을 쳐다보고 있다는 것은 그 누구도 쉽게 접하지 못할 경험일 터였다. 하지만 그런 것과는 다른 의미로 긴장되었다. 긴장이 되어서 그를 똑바로 쳐다보고 있는 것조차 쉽지 않았다.

그는 그렇게 잠시 이쪽을 쳐다보고 있다가 부드러운 동작으로 손을 내밀었다.

"환영한다, 다리므."

"그럼, 이곳이 그 연구소 자리의 지하라는 거군요."

미르가 던진 질문에 휴페른은 천천히 고개를 끄덕였다.

"얼마나 오랜 후에 쓰일지 알 수 없어서 최대한 단단하게 만들었지. 그래도 300년을 버티기 힘들었는지 저렇게 곰팡이가 끼었지만, 쓸 수 있는 상태에 와서 다행이야."

지금 대화는 거의 미르와 휴페른의 대화가 되어가고 있었다. 다리므는 복잡한 감정 때문인지 한마디도 꺼내지 않았고, 그나마 사람들 중에 가장 침착한 게 미르였던 탓이었다. 다른 사람들은 그냥 미르가 주도해 나가는 대화를 듣고만 있었다.

"이 꽃들은 일부러 심은 건가요?"

"아아, 로이튼 말이군. 환각을 선명하게 만들려고 심어놓은 건데, 보기 좋지? 네이아가 좋아할 것 같아서 이런 모양으로 만들었는데 네이아는 안 왔구나."

기묘하게 들리는 말이었다. 미르는 걱정스러움과 의아함이 뒤섞인 얼굴로 바닥에서 살랑거리는 꽃들을 내려다보았다.

로이튼이라니. 고대에는 독초에 붙이는 '타오-' 같은 명칭이 없던 시기였으니 로이튼이라고 부른다면 그 꽃이 맞을 터였다. 하지만 네이아 때문에 이런 모양으로 만들었다던가, 환각을 선명하게 만들려고 심어놓은 것이었다던가 하는 말은 미르의 지식으로 쉽사리 이해할 수가 없었다.

"이거, 독초 아닌가요?"

200

"밖에 있는 건 독초지?"

휴페른은 턱을 괴며 의미심장한 질문을 던져 왔다. 뭔가 꾸민 일이 있는 모양이다.

"그럼, 이건 아니란 뜻인가요?"

"아까 말했던 것처럼 환각 성분이 있는 풀이라서 여기다 심어 놓긴 했지만, 혹시 씨앗이 밖으로 나갈 수도 있겠다는 생각에 강한 독을 넣은 종을 밖에다 풀어놓았었지. 혹시 여기 있던 종이 밖으로 나가더라도 독이 있으면 섣불리 먹거나 채집하는 사람이 없을 테니까."

이미 이 말이 잘못된 생각이라는 사실을 아는 일행은 복잡한 표정을 지었다. 먹는 사람이 없기는커녕, 최고급 차로 팔리고 있는 게 저 타오 로이튼이었으니까.

하지만 휴페른은 의외로 다 알고 있는 듯이 말끝을 조금 올려 말을 바꾸었다.

"…라고 생각했었는데, 설마 차로 만들어질 줄은 몰랐어. 300년은 역시 너무 길었던 걸까?"

그동안 있었던 일들을 다 알고 있는 듯한 말이었다. 그는 어떻게 된 거냐는 물음을 담은 사람들의 시선에 대답하지 않은 채 자리에서 일어났다. 가벼운 걸음으로 탁자에서 벗어나 마룻바닥 틈새에 돋아난 분홍 꽃잎 앞에 허리를 굽혔다.

"시간 여행을 하고 싶다는 생각에서 만들었던 거지, 이 풀은."

오래된 회상에 잠긴 듯한 모습이었다. 사람들의 말없는 시선을 조용히 받아들이며 그는 쓸쓸히 웃었다.

"르비노에게 배신당해 하딘을 잃고 나서야 깨달았어. 미래의 대부분은 과거에서 온 것이라는 사실을. 배신당하고 나서야 그동안 의미없게 여겼었던 르비노의 행동들이 가졌던 의미를 완전히 깨닫게 되었던 거야. 그래서 책을 앞으로 넘기듯이 내 기억을 앞으로 넘겨보고 싶어졌었어. 의미없이 넘겨버렸기에 제대로 기억하지도 못하는 과거의 일들을 지금 다시 본다면 이해할 수 있지 않을까, 미래에 대한 의외의 힌트를 얻게 되지 않을까 하고 말이야. 사람의 무의식이란 묘한 거더군. 의미없다고 생각되는 정보들은 그대로 버려지는 게 아니라 무의식 속에 남아서 불안감 같은 걸로 떠오르곤 하지. 그걸 완전히 살려보고 싶어서 이 풀을 만들었어."

지금과는 별로 상관 없는 회상처럼 들리는 말이었다. 하지만 미르는 그 말의 뜻을 이해하고 쓸쓸한 표정을 지었다.

"지금 보이는 모습은 우리가 가진 기억이라는 건가요?"

"그래. 애석하게도 새로운 건 아니야. 하지만 새롭게 느껴지긴 하겠지. 내내 무의식 속에 들어 있던 기억이니까. 어른의 기억을 가지고 있다고 해도 어린아이는 어린아이의 행동을 할 수밖에 없어. 어린아이는 어른의 지식을 이해할 수 있을 만큼 뇌가 자라지 않았으니까. 충분히 자라서 그 내용을 이해할 수 있는 나이가 되면 그 기억은 자라나는 동안 받아들인 새로운 기억 뒤에 묻혀 아득한 옛일처럼 가물가물해져 버리지. 나중에 꿈처럼 언뜻언뜻 떠오르긴 하겠지만 이런 계기가 없는 한 좀처럼 완전한 내용을 기억해 낼 수는 없어."

아무도 말은 하지 않았지만 이게 무슨 얘기인지 충분히 이해할 수 있었다. 다리므는 이렇게 그를 쳐다보고 있기가 힘겨운 듯 시선을 내리깔았다. 미르는 그런 다리므를 잠시 동안 걱정스레 쳐다보고 있다가 다시 휴페른에게로 시선을 돌렸다.

"그래서 우리를 이곳에 오게 한 거군요."

"아니, 그런 건 아니야. 할 말이, 그리고 부탁할 일이 있어서."

그는 고개를 저으며 앞으로 몇 걸음 걸어갔다. 방의 한구석에 있는 기둥 같은 물체에 다가가는 것이었다. 미르가 고개를 갸웃한 순간 그는 한 손을 뻗어 기둥의 아랫부분을 가리켰다.

"이 부분을 깨보면 안에 상자가 하나 들어 있을 거야. 그걸 좀 전해주었으면 해서."

"전해달라고요?"

전혀 예상하지 못했던 말이었기에 미르는 자기도 모르게 반문했다. 아까까지만 해도 언제 찾아올지 몰라서 이곳을 튼튼하게 만들었다고 말했던 휴페른이었다. 그런데 지금 이 시대가 어느 시대인지 알아서 물건을 전해달라는 부탁을 한단 말인가? 지정한 사람, 혹은 지정한 장소가 지금은 있을지 없을지 전혀 알지 못하는데……

"그래, 지금 있을지 없을지 잘 몰라. 그냥 '있으면' 전해달라는 거야. 없으면 폐기하고."

"어디로 전하면 되죠?"

"지금 설명하긴 복잡하고… 다리므가 알 거야."

휴페른의 말에 모두들 고개를 돌려 다리므를 쳐다보았다. 다리므는 스스로의 감정을 이겨내지 못하는 듯이 아직도 시선을 떨구고 있었지만 미미하게 고개를 끄덕여 긍정의 표시를 해주었다.

흘러내린 머리카락이 얼굴을 가려 다리므의 표정을 볼 수가 없다는 사실을 안타까워하며, 미르는 그대로 화제를 계속 이었다.

"그럼, 그렇게 하죠. 그리고 할 말이란 건 뭔가요?"

미르의 질문에 휴페른은 곧바로 대답하지 않았다. 말하기 어렵거나 망설여지는 내용인 모양이다. 덕분에 미르는 참으로 인간적인 환각이라는 생각을 문득 떠올렸다. 어차피 지금 이건 다리므의 기억이 투영된 환각이겠지만, 살아 있는 사람이란 생각이 들 정도로 생동감있는 행동을 하는 것이었다.

"…어떤 말을 해도 소용없겠지. 원망받을 수밖에 없다는 거 안다. 내 삶은, 스스로 생각해도 엉망진창이었어. 해서는 안 될 일에 너무 많이 손댔었지. 그걸로 나 혼자 엉망이 되었다면 좋았겠지만, 역시 그렇게 되지는 않더군."

갑자기 다른 얘기를 하는 듯했지만 미르는 말없이 그 뜻을 이해할 수 있을 때까지 기다렸다. 지금의 휴페른은 꽤나 힘들게 말을 꺼내고 있는 것 같았으므로.

"그중에서도 제일 어리석은 짓이었어. 그때의 난 왜 그렇게도 쫓기는 심정에 빠져 있었을까. 지금 생각하면 너무나도 한심해. 원망해도 어쩔 수가 없지. 변명할 여지가 없어, 나에게는."

'무엇이?' 라고 묻고 싶은 주어가 빠진 문장이었다. 휴페른은 그 주어에 대한 설명을 해주려고도 하지 않은 채 말을 계속 이었다.

"하딘이 죽고 나서야 내가 무슨 짓을 하고 있는지 깨달았지. 한참 동안 멍하니 있다가 어이가 없어서 웃어버렸어. 난 타인을 욕할 자격도 없는 놈이었지. 내가 똑같은 짓을 하고 있었으니까. 하지만 그땐 이미 거의 다 완성된 뒤였어. 그때 가서 돌이키려 해도 완전히 무(無)로 만들 수는 없었지. 그건 돌이키는 게 아니라 죽이는 거였어. 아무것도 모르고 곤히 잠들어 있는, 아마도 나와 똑같을 어린 널 보면서 나는 한동안 망연히 앉아 있을 수밖에 없었어."

텅 비어 있던 주어가 '너'라는 대명사로 바뀌었다. 여전히 불분명한 지칭이었지만 미르는 그 불분명한 것의 정체를 깨닫고 입술을 깨물었다.

"애초에 연금술이란 게 없었다면 이런 일이 일어나지 않았을 거라는 생각마저 들더군. 나는 연금술이라는 것 자체를 아예 없애 버리고 싶다는 생각에 사로잡혔어. 하지만 하딘을 잃고 로다의 신뢰마저 잃은 나에겐 너무나도 어려운 일이었지. 미친 듯이 마법 수련을 해봤지만 강해지기보다는 내게 주어진 시간이 더 짧아질 뿐이었어. 결국은 생각을 바꿨어. 많은 시간이 지난 후에, 우리의 처절한 시간들이 전부 잊혀진 후에는 세상이 달라질지도 모른다는 막연한 이상을 품었어. 그래서 널 동면시켜 케리에게 맡겼지. 아주 많은 시간이 지난 후에 깨워달라고 부탁했어. 케리를 믿는 건 아니었지만 연금술이라면 목숨도 거는 사람이니 목숨을 걸고서라도 널 지킬 거라고 생각했지. 그리고 이렇게 이곳에까지 오게 된 거야. 애석하게도, 지금 세상도 그리 많이 나아지지는 않았지만 말이야."

휴페른은 그렇게 긴 말을 힘겹게 꺼내어놓고는 고개를 돌려 주어가 되는 사람을 돌아보았다. 차분하게 가라앉아 있지만 슬픈 눈이었다. 간절한 심정이라는 사실을 쉽게 알게 해주는 얼굴이었다.

하지만 다리므는 고개를 들려 하지 않았다. 이미 그가 어떤 얼굴을 하고 있는지 알고 있다는 듯, 오히려 고개를 더 숙일 뿐이었다.

"용서해 달라고 할 수는 없겠지. 하지만 그래도 이것만은 알아주었으면 좋겠어. 후회하고 있으면서도 잠든 네 모습을 한없이 보고 있었어. 작은 얼굴로 날 쳐다보는 모습을 볼 때면 행복하다는 느낌까지 들었어. 비틀어진 생각의 결과였지만 그래도 내겐 가족이라고 말할 수 있는 유일한 사람이었으니까."

뚝—

탁자 위에 작은 물방울이 부딪쳐 부서졌다. 다리므의 턱을 타고 흘러내린 눈물이었다. 이내 그 물방울은 수없이 불어나 탁자 한구석을 어두운 색으로 물들이기 시작했다. 아직도 고개를 푹 숙이고 있어 얼굴이 보이진 않았지만 다리므의 몸은 미미하게 떨리고 있었다.

"···사랑한다, 다리므."

어렵디어려운 고백을 꺼내어 놓듯이 한참을 망설인 휴페른의 말은 그렇게 끝이났다. 이제 더 이상 할 말이 없는지 그 형상마저 점점 희미해져 사라지고 있었다.

"다리므."

휴페른의 형상이 눈앞에서 완전히 사라져 보이지 않게 되었을 때쯤, 렌스가 조심스레 다리므의 어깨를 감쌌다. 순간 다리므가 울음을 터뜨렸다. 렌스는 긴 한숨을 내쉬며 부드러운 말로 다리므를 달래었다.

"그래, 이제 됐어."

다리므는 계속 울음을 참으려 애썼지만 쉽게 멈추질 못했다. 그는 그렇게 렌스에게 안긴 채로 계속 눈물을 쏟았다. 렌스는 다리므가 감정을 다 쏟아버릴 때까지 조용히 기다렸다.

하지만 그런 렌스도 다리므의 울음 속에 섞인 한마디를 듣지 못했다.

"거짓말······."

*   *   *

사라는 달리던 발을 멈추었다. 와글와글한 소리가 사방에 가득했지만 가까운 곳에서 나는 소리는 없었다. 연구 장치를 하나둘

불태우고 있는 정체 불명의 침입자를 붙잡으려고 다들 난리이지만 워낙 통로가 복잡해 아무도 사라의 가까이에 도달하지 못한 탓이었다.

'다리가… 가볍다?'

사라는 잠시 바닥에 앉아 바짓단을 걷어보았다. 기분 나쁜 녹색으로 물들어 있는 상처가 나타났다. 처음 보았을 때보다 그 녹색 부분이 더 늘어나 있는 것 같았다.

손으로 만져 보니 딱딱했다. 사람의 피부가 아니라 단단한 물체를 만지는 것 같았다. 하지만 통증은 전혀 없었고 오히려 가벼운 느낌이었다. 달리는 데 지장이 없는 것은 물론, 오히려 더 빨라진 느낌이 들었다.

'이런 식으로 실험체를 개량한 건가?'

지금까지 계속 시설을 파괴하면서 보았던 실험체의 모습을 떠올렸다. 대부분이 덩굴에 잠식당해 있는 듯한 모습이었다. 연금술사들이 자기들 나름대로 '소중하다'라고 주장하는 실험체를 괴식물의 먹이로 놔두었을 리는 없기에 계속 의아하게 생각했는데 지금 생각해 보니 새로운 방식의 개량인지도 모르겠다는 생각이 들었다. 녹색으로 물든 게 기분 나쁘긴 했지만 확실히 사라의 다리는 단단하고 가벼워져 있었다. 잘은 모르겠지만 근력도 꽤 늘어난 것 같았다.

'하지만 아무리 생각해도 기분 나빠. 나가고 나서 류카에게 봐달라고 해야겠어.'

다시 일어나 달리기 시작했다. 소리없는 발걸음 속에 길고 하얀 복도가 수없이 밀려났다. 문득 이곳이 노이테라 성의 하얀 복도와 굉장히 비슷하다는 생각이 들었다. 이 하얀 복도를 지나 복도 끝에 있는 갈색 문을 열면…….

때마침 눈앞에 갈색 문이 나타났다. 사라는 주저없이 그 문을 열었다. 지금까지 지나쳐 온 것과 다름없는 덩굴에 싸인 실험체들이 있는 방이었다. 그러나 지금까지와는 달리 사라의 머리 속에 떠오르는 생각이 하나 있었다.

하얗고 넓지만 가구가 별로 없어서 창고같이 느껴지는 방 안. 하얗고 네모난 방 안. 이 풍경이 연상시키는 장소가 단 하나 있었다.

'왠지 다리므의 방과 비슷한 느낌이군.'

다리므의 방에는 이런 이상한 물체들이 없고 이런 섬뜩한 느낌도 없지만 창고 같다는 느낌에서 비슷했다. 느낌은 다르지만 모양새에서는 확실히 비슷한 형태였다.

'역시 이상한 곳이야. 이 신기술이라는 게 갑자기 발견된 것에서부터 이상하고, 이 건물도 너무 이상해. 휴페른이 관련된 일이라고 여겨지는 부분도 있고… 미르나 라드휜에게 묻는다면 뭔가 알 수 있을까. 라드휜은 연금술에 대해서도 약간 아는 것 같았는데.'

괜히 지나간 섬뜩함에 몸을 움츠렸다. 역시나 느낌이 좋지 않았다. 덩굴들이 꿈틀거리며 이쪽으로 움직여오고 있는 것 같은 느낌이 들었다. 사라는 커다란 불덩이를 여럿 날려 촉수 같은 덩굴을 불태우며 급히 방을 빠져 나갔다.

'빨리 부수고 나가야겠어. 역시 이곳엔 뭔가 있어. 소름 끼치고 기분 나쁜 무언가가.'

눈을 뜨자 지금까지 허상 같았던 성이 실체가 되어 눈앞에 서 있었다. 하얗고 거대하여 아름답지만, 역시 오랫동안 쓰지 않았는지 폐가 같은 느낌을 물씬 풍기는 건축물이었다.

"여기로군요."

리안은 고개가 아플 정도로 목을 젖혀 건물을 올려다보며 의미 없는 말을 내뱉었다. 아주 오래 전의 기억이라고 생각했었는데, 이렇게 마주 대하고 보니 며칠 만에 온 듯한 기분이 들었다. 물론 그동안에 세월은 헛 지난 게 아니어서 깨끗하던 성은 많이 더럽혀지고 망가져 있었지만 기억까지 흐려놓을 정도의 변화는 보이지 않았다.

"결계도 전쟁에 파괴된 후로 고쳐지지 않았을 겁니다… 어라?"

클렙시드는 천천히 문을 밀다가 갑자기 흠칫하며 문에 대었던 손을 떼었다. 리안이 의아한 눈으로 바라보다 그는 고개를 들어 성의 꼭대기를 올려다보았다.

"이상하군요. 마력의 흔적이 남아 있어요. 바로 최근까지 이곳에 결계가 있었던 것 같은 느낌이군요. 확실히 알 수 있을 정도는 아니지만, 누군가 썼던 건지도 모르겠어요."

"썼다면, 누가?"

"그거야 알 수 없지요. 들어가 보는 수밖에."

그는 스스로 심상치 않은 말을 내놓고도 주저없이 문을 밀었다. 오래되고 낡은 문이라 꽤나 요란한 소리가 날 줄 알았는데 문은 소리없이 열렸다. 최근까지 누군가가 사용하고 있었을지도 모른다는 말을 더욱 가깝게 느낄 수 있도록 해주는 현상이었다.

"이곳에도 눈이 잔뜩 쌓였군요."

클렙시드의 의미없는 말을 들으며 리안은 눈 쌓인 정원을 걸었다. 한때 아름다운 꽃이 색색의 그림을 그려놓던 정원이 지금은 무심한 눈에 뒤덮인 채 잠들어 있었다. 과거의 영광은 이미 사라져 버렸다는 말을 하고 있는 듯한 광경이었다. 리안은 그래도 눈이 쌓여서 좀 낮다고 생각했다. 폐허처럼 황폐해졌을 대지가 깨끗한 눈에 가려 새하얗게 물들어 있었으니까.

눈을 치울 사람이 없기에 그냥 그대로 쌓인 눈은 발이 폭폭 빠지도록 깊었다. 하지만 클렙시드는 아무렇지 않게 앞서 걸었고, 리안도 별로 바지를 걷어올릴 필요를 느끼지 못했다. 옷이 젖는다 해도 어차피 이 성을 보고 나면 돌아갈 테고, 안 그래도 두꺼워서 둔한 옷을 걷어올리는 건 무척이나 귀찮은 일이었다.

그들은 그렇게 정원에 긴 발자국을 남기고 건물 앞에 섰다. 여전히 거리낌없는 클렙시드는 문을 열까말까 하는 고민조차 없이 문을 밀었다. 그리고 문도 정문과 다름없이 소리나지 않는 매끄러운 동작으로 클렙시드의 행동에 답했다.

"아!"

앞서 들어간 클렙시드의 감탄사를 들으며 리안도 안쪽으로 발을 내디뎠다. 리안의 기억대로 문에 바로 이어지는 것은 널따란 홀이었다. 하지만 아름다운 샹들리에가 찬란한 빛을 발하는 장면과는 거리가 먼 곳이었다. 아니, 아름답기보다는 오히려 소름이 끼쳤다.

"핏자국……."

멍하니 안으로 걸어 들어가는 클렙시드의 모습이 불안감처럼 보일 정도로 이 안은 무서운 느낌이었다. 리안은 물러나고 싶은 충동을 억지로 억누르며 클렙시드를 따라 들어갔다.

넓고 하얀 홀 바닥에 처참한 핏자국이 군데군데 뿌려져 있었다. 무언가 굉장히 험한 일이 있었다는 사실을 쉽게 예측할 수 있는 장면이었다. 어쩌면 이곳에는 한때 시체가 널려 있었는지도 모른다는 생각을 하며 리안은 조심스레 허리를 굽혔다. 이미 갈색으로 말라붙은 핏자국은 끔찍함과 더불어 구역질나게 지저분해 보였다. 넓고 아름다운 홀 안에 뿌려져 있어서 더 더욱 그러했다. 바닥은 물론 벽과 천장에까지 핏자국이 튀어 있어 더 더욱 소름이 끼쳤다.

"설마, 그때의 흔적이 아직도 남아 있는 걸까요?"

자세히 언급하진 않았지만 클렙시드라면 어련히 알아들을 거라 생각하고 던진 말이었다. 정신이 나간 듯 한없이 걸어 들어가던 클렙시드는 그제야 정신을 차린 듯 뒤를 돌아보았다.

"그 전쟁이 있었을 때의 흔적은 아닐 겁니다. 그리 오래되지 않은 것 같습니다."

침착한 대답인 듯했지만 클렙시드의 얼굴엔 공포 비슷한 감정이 들어차 있었다. 어쩌면 그는 대규모 학살로 이어진 정령과 마족의 싸움 장면들을 기억해 내고 있는 건지도 몰랐다.

"이 정도 핏자국이 남았을 정도라면 보통 일이 아니었을 텐데요. 천장에도 튀었군요. 보통 건물보다 훨씬 높은 천장인데."

리안은 스스로의 말을 증명해 보이기라도 하듯 고개를 들어 천장을 올려다보았다. 아름다운 샹들리에 대신 처참한 핏자국이 튀어 있는 천장은 리안의 키를 두 배로 곱한 것보다 더 높이 존재하고 있었다. 저렇게 높은 곳까지 피가 튀었을 정도라니, 리안의 머리로는 도무지 상상할 수가 없는 상황이었다.

"모르겠습니다."

클렙시드의 대답은 말을 피하는 것 같은 투였다. 리안은 한숨을 내쉬며 저 앞쪽을 쳐다보았다. 홀에 이어진 복도와 2층으로 올라가는 계단이 보였다. 계단 위에는 핏자국이 남아 있지 않았지만 2층에 아무것도 없을 거라고 확신할 수는 없었다.

"시체가 없는 걸 보니 누군가 치운 것 같습니다. 핏자국은 지워지지 않아서 내버려둔 것일 테지요. 조사해 보면 무언가 나오지 않을까요?"

"…알겠습니다."

클렙시드는 약간의 알 수 없는 감정이 담긴 말을 남겨놓고는 빠른 동작으로 계단을 뛰어 올라갔다. 수직 체계가 분명한 사회에서 살았던 사람이라서 그런 걸까. 조사해 보면 무언가 나오지 않겠냐는 리안의 말을 명령으로 받아들인 듯한 반응이었다.

순한 것 같지만 골치 아픈 사람이로군. 리안은 쓸데없는 생각을 잠시 머리 속에 담아두고 있다가 핏자국 가득한 홀을 지나 안쪽의 복도로 걸어 들어가기 시작했다.

안쪽의 복도에는 핏자국이 전혀 없었다. 무언가 무서운 일이 벌어진 것 같긴 하지만 홀에서 벌어진 일이 전부인 것처럼 복도는 오래된 성의 복도 그대로였다. 핏자국은커녕 작은 흔적조차 보이지 않았다.

하지만 리안은 이 안에서도 이상한 점을 발견할 수가 있었다. 그렇게도 오랫동안 쓰이지 않았던 성이라면 상당히 많은 먼지가 쌓여 있어야 정상인데 이곳은 깨끗했다. 낡은 티가 좀 나긴 했지만 청소를 하지 않고서는 이 정도로 먼지가 안 쌓일 리는 없었다. 클렙시드의 말대로 이곳에서 무슨 일이 벌어진 것은 최근일지도 모르겠다는 생각을 다지며, 리안은 조심스레 한 문앞에 섰다.

아주 어렸을 때, 아무 생각 없이 들어왔던 방이었다. 그 이후로 계속 드나들었다가 정들었던 방이었다. 그 전쟁이 알테이아인들에게 이 성을 앗아간 후 리안도 이 방에 들어올 수 없었지만, 지금 그는 이 앞에 서 있었다. 몇 가지 새로운 사건과는 별개로 아주 오래 전에 일어났던 일들을 되짚기 위해.

"후우……."

차마 금방 문을 열 수 없어 문 앞에서 긴 숨을 내쉬었다. 평범한 장식이 새겨진 문은 세월의 무게만큼 낡았지만 옛날과 그리 다르지 않게 보였다. 과거, 막 상급 기사로 임명되었던 시기의 이스다롯 카레이프가 사용했던 방. 리안을 데려온 이후에는 줄곧 리안과 함께 살았던 방이 지금 눈앞에 있었다. 과거에, 어쩌면 있었을지도 모르는 기분 나쁜 계획을 그 안에 담은 채로.

끼익—

다른 문들과는 달리 이 문에서는 날카로운 소리가 났다. 어쩌면 이 문은 이스다롯이 떠난 이후 한번도 열리지 않았을지도 모르겠다는 생각이 들었다. 그만큼 문고리는 뻑뻑했고, 방 안의 사물에도 먼지가 가득 쌓여 있었다.

그리고 리안의 기억에도 먼지가 쌓여 있었다. 리안은 그렇게 먼지 낀 기억을 더듬듯이 천천히 방 안으로 들어갔다. 천천히 방 안의 사물들을 쓸어보기 시작했다. 변하지 않았다. 그때 이후 이 방에는 아무도 손대지 않았는지 그날 부서진 창문까지도 그대로 깨어져 있었다. 먼지가 묻어 손 안쪽이 까맣게 변했지만 리안은 그에 개의치 않았다. 아니, 그런 사실조차 알지 못했다. 아마도 눈에 반사된 빛이 가느다랗게 들이치는 이 방 안은 오랫동안 잊혀져 노랗게 변한 액자 같았다.

좀 거친 소리가 나긴 했지만 책상 서랍은 쉽게 열렸다. 리안은 이스다롯이 중요한 물건을 어디다 두는지 알고 있었다. 고아로 자랄 때의 버릇 때문에 다른 사람들이 귀중한 물건을 두는 곳을 말 없이 기억했던 리안이었으니까. 책상 서랍을 빼냈다. 서랍 안에 가득한 물건들과 함께 책상은 바닥으로 빠져 나왔다. 책상이 빠져 나간 네모난 공허 속으로도 빛이 들이쳤다.

리안은 그 안에 팔을 넣으려다 그만두고 그 밑의 서랍도 빼냈다. 공허하게 빈 공간이 조금 더 넓어졌다. 이제 여유롭다 판단한 리안은 그 안쪽 깊숙이 팔을 집어넣었다. 거미줄 같은 게 손끝에 걸렸다. 그리고 꽤나 여러 개의 거미줄을 지났다는 생각이 들 때쯤에야 그 안쪽 바닥에 손을 짚을 수가 있었다.

안에 있는 물건들은 꽤나 두꺼웠다. 덕분에 빼내는 게 쉽지 않았다. 리안은 오른팔에 온 힘을 집중한 채 낑낑거리며 안의 물건을 끄집어내었다. 오른팔이 아려서 더 이상 그 물건들을 들 수 없을 지경에 이르러서야 그 물건들이 어둠 같은 공간 속을 빠져 나왔다. 힘이 빠진 리안은 그 물건들이 시야에 들어오자마자 손을 놓아버렸다.

파라락—!

오랜만에 빛을 받은 종이가 그 누리끼리한 낡음을 한껏 내놓으며 바닥에 펼쳐졌다.

"역시 이거였군."

리안은 멋대로 흐트러진 보고서 같은 종이는 내버려두고 그 사이에 낀 작은 책자 같은 물체를 집어올렸다. 천으로 싸인 갈색 표지가 고급스러워 보이면서도 굉장히 낡아 보이는 작은 책이었다.

예전에 이스다롯은 옅은 미소를 지은 얼굴로 이 안에 무언가를 끄적끄적 적어두곤 했었다. 옛날의 리안은 그가 대체 뭘 적으면서 저렇게 웃는지 궁금해했지만 오래된 버릇 탓에 질문을 던지지는 않았다. 쓸데없는 질문을 해서 이런 좋은 자리에서 쫓겨나고 싶진 않았으니까.

바닥에 아무렇게 앉아 벽에 기댄 채로 표지를 넘겨보았다.

삐걱!

종이답지 않은 소리를 내며 책장이 넘어갔다. 표지 안쪽에 글씨가 보였지만 오랜 세월에 뭉개지고 번져 무슨 글씨인지 알아볼 수가 없었다.

어쩌면 이건 일기장 같은 건지도 몰랐다. 어쩌면 리안은 별거 아닌 일상의 일부를 괜히 애써서 찾아낸 건지도 몰랐지만 그거라도 좋다고 생각했다. 리안이 모르는 이스다롯에 대해 알아내는 것만으로도 이곳에 온 보람이 있다고 생각하는 리안이었으니까.

그리고 그 '보람'은 예상보다도 더 무서운 형태로 다가왔다.

'…흥미있지만 쉽지 않은 일이라는 생각이 들었다'. 팔락— 한 장을 넘겼다. '그것은 예상외의 성과였다. 녹색 눈은 대지이겠지만 확신할 수는 없다'. 파라락— 몇 장을 넘겼다. '날 믿고 있는 것 같다'. 파라락— 여러 장을 넘겼다. '기사 일에는 소질이 없는 것 같다. 이 아이는 학문 쪽의 소질을 가진 걸까? 그것도 나쁘진 않다'. 펄럭~ 한 뭉치를 넘겼다. '전략이라… 꽤 괜찮은 분야다. 이 아이를 데려온 것에 대해 보람을…'.

탁!

견디지 못하고 책을 덮어버렸다.

'이건, 이건……!'

리안은 자신이 덜덜 떨고 있다는 사실도 깨닫지 못한 채 손 안의 책을 내려다보았다. 이것은 관찰 일지였다. 페리어드에서 데려온 혼혈 아이에 대한 기록.

급히 일어나 책자 외의 종이들을 뒤지기 시작했다. 오래된 종이가 귀에 거슬리는 바스락 소리를 내며 흩어져 갔다. 알 수 없는 내용이 담긴 것들은 그냥 밀쳐 두고 눈에 확 띄는 내용만 찾던 리안의 눈에 드디어 확 띄는 것이 들어왔다.

리안은 조심스레, 아주 조심스레 그 종이를 들어올렸다. 그림이 첨가된 그 종이는 하급 기사가 보내온 듯한 보고서였다. 리안도 잘 알고 있는 마을의 위치와 그 마을이 파괴되기까지의 과정이 상세히 적은 보고서. 오래 전부터 숨겨져 있던 진짜 범인이 눈앞에 드러나는 순간이었다. 리안은 그 감격적인 감정을 허탈한 웃음으로 쏟았다.

"하하, 하하하핫!"

우스웠다. 우습지 않을 수가 없었다. 분노가 허무한 줄은 이전에 알았지만 신뢰가 더 허무한 것이란 사실은 미처 몰랐었다. 그는 퉁명스레 자신을 믿어준 작은 아이를 어떤 감정으로 내려다보았을까? 그는, 그는 대체 어떤 감정으로 이 종이들을 채워나갔을까?

그때였다.

"카레이프님?"

오래 전에 그가 주었던 성이 걱정스런 목소리로 불리며 귓가에 들어왔다. 리안은 유령을 본 사람처럼 흠칫 놀라며 몸을 일으켰다. 그 바람에 손 안에 있던 종이가 와수수— 쏟아져 바닥 위에 물결 쳤다.

"무슨 일입니까?"

어느새 이쪽으로 다가온 클렙시드가 리안을 걱정스레 쳐다보았다. 리안은 그런 그의 보라색 눈동자를 잠시간 쳐다보고 있다가 시선을 아래로 굽혀 쏟아진 종이를 줍기 시작했다.

클렙시드는 영문도 모르는 채로 리안의 작업을 도왔다. 덤으로 엎어진 작은 책까지 해서 꽤나 두터운 서류들이 리안의 팔 위에 없어졌다. 아직도 의아한 표정을 풀지 못하고 있는 클렙시드에게 리안은 표정없는 얼굴로 말을 건네었다.

"위층에는 특별한 게 없었습니까?"

"예, 얼마 전까지 사람이 산 흔적은 있었습니다만… 좀더 자세히 조사를 해봐야 할 것 같습니다."

"그럼 갑시다. 나중에 자세한 조사를 하면 뭐든 밝혀지겠지요."

리안은 그대로 몸을 돌려 방 밖으로 나갔다. 아니, 나가려 했다. 중심을 잃고 크게 휘청 하는 그를 클렙시드가 급히 붙잡았다. 기껏 모았던 종이들이 또다시 화려한 곡선을 그리며 쏟아져 내렸다.

"괜찮습니까?"

클렙시드가 놀란 얼굴로 리안의 뺨을 두드리고 나서야 리안은 간신히 조금 정신을 차렸다. 이상한 기분이었다. 멀쩡한 것 같으면서도 제정신이 아니었다. 제정신이 아닌 듯하면서도 의식은 생생히 살아 있었다.

"됐습니다… 이걸 다시 챙겨야겠군요."

리안은 클렙시드의 팔을 벗어나 종이를 집어 들려다 바닥에 주저앉아 버렸다. 그런 리안이 못내 걱정된 클렙시드가 재빨리 종이를 모아 들고 리안을 일으켰다. 리안은 클렙시드에게 끌려 일어나면서도 자꾸만 제대로 중심을 잡지 못해 비틀거렸다.

"빨리 돌아가야겠군요."

클렙시드는 팔로 리안의 몸을 지탱하며 주문을 외우기 시작했다. 몇 번 듣긴 했지만 리안에겐 여전히 익숙지 않은 순간 이동의 주문이었다. 리안은 오래된 노래같이 흘러가는 그 소리를 듣고 있다가 그대로 정신을 잃어버렸다.

11

"괜찮아?"

귓가를 맴도는 렌즈의 질문은 안부 인사같이 특별한 의미를 담지 않은 일상적인 것이었다. 다리므는 픽, 웃으며 하늘을 올려다보았다.

"대체 몇 번째 묻는 거야?"

처음에는 이 우물 같은 공간이 숨막히다고 생각했었지만 이렇게 하늘을 보고 있으려니 나름대로 멋있는 풍경이라는 생각이 들었다. 수만 개의 창처럼 하늘을 찌른 거대한 나무 밑에 하늘을 올려다보는 건, 까마득한 지하에서 먼 데 하늘을 동경하는 것처럼 애타는 느낌이 있었다. 지하에서나 지상에서나 하늘에 닿지 못하는 것은 똑같지만 땅의 깊이만큼이나 동경하는 깊이에는 차이가 있을 것 같았다.

"날씨도 좋은데 사람이 좀더 많이 왔으면 좋았을걸."

다리므는 길게 기지개를 켰다. 하늘에서부터 내려온 햇볕이 기분 좋은 나른함을 세상에 흘리고 있었다. 이대로 이 시간이 한없이 늘어졌으면 좋겠다는 바램이 생겼지만, 동시에 그게 불가능하다는 사실도 다리므는 알고 있었다.

"몬스터들이 재습격하지나 않으면 다행이지."

"좀만 놀다 갈 건데 뭐."

"좀만 놀다 간다고 습격을 안 하냐?"

"가능성은 좀 줄어들겠지."

"0.1%라도 제로가 아니면 일어날 수 있는 일이란 소리지."

렌스의 심드렁한 소리를 들으며 다리므는 킥 웃었다. 역시나 언제나 다르지 않은 말싸움이지만 수없이 반복되었기에 무엇보다도 애착이 가는 게 이 말싸움이었다.

그리고 역시나 렌스는 다시 한 번 꼬리를 물고 늘어졌다.

"우습지도 않은 상황에 갑자기 웃으면 네 정신 상태를 의심하게 돼."

"네 표정이 웃기는 걸 어쩌란 말이야? 다른 사람을 웃기고 있으면서도 스스로가 인식을 못 할 정도라면, 나 역시 널 의심할 수밖에 없어."

"의심하기 전에 이거나 먹어라. 그렇게 먹어서 배나 차겠냐?"

렌스가 앞에 놓인 빵 하나를 건네주었다. 다리므는 무심코 그 빵을 받아 들었지만 역시 한 입 베어무는 척하고는 슬그머니 내려놓았다. 이왕 소풍 분위기를 내자고 한 거, 실컷 먹을 수 있으면 좋았겠지만 그리 되질 않았다. 한 입만 먹어도 뜨거운 감정이 왈칵 목으로 넘어오는 게 차라리 아무것도 입에 대지 않는 게 편했다.

하지만 렌스 앞에서 그런 걸 쉽게 넘길 수 있을 리가 없었다.

"안 먹을 거야?"

"이따가. 지금은 별로 먹고 싶지 않아서."

"괜찮겠어? 벌써 저녁때가 다 돼가는데."

"그냥, 이대로 쉬고 싶어."

우이이이잉……

한줄기 바람이 기나긴 울음처럼 그들의 머리 위를 스치고 지나갔다. 다리므는 바람이 흘러간 방향을 따라가기라도 하듯이 저편 나무 사이를 쳐다보았다. 언제나 그렇듯 바람이 지나간 자리에는 작은 흔적도 남지 않았다. 바람은 마치 시간 같은 것이어서 그때를 놓치면 그 자취조차 느낄 수 없었다.

"이쯤 나가야 하지 않을까요. 곧 날이 저물 텐데."

"그래, 나가는 게 좋겠어. 그 상자도 오늘 안에 전해줘야 한다고 했잖아."

미르의 말에 라드휜이 고개를 끄덕이며 흩어진 음식들을 챙기기 시작했다. 어떻게 말을 들었는지 저쪽에서 나무를 오르고 있던 사이키도 주르륵 아래로 내려왔다.

"자, 잠깐."

멍하니 사람들을 쳐다보던 다리므는 옆에 있던 렌스까지 일어나자 급히 그를 붙들었다. 렌스가 의아한 눈으로 내려다보자 다리므는 조심스레 한마디를 끄집어냈다.

"조금만 더 있으면 안 될까? 아직 시간 남았잖아."

"숲에서는 해가 빨리 져. 그것도 해 지겠다는 느낌이 든 순간 순식간에. 너도 알잖아?"

"그래도 아직은 괜찮잖아, 아직은."

　다리므는 자신이 렌스의 옷자락을 잡아늘이고 있다는 사실은 깨닫지도 못한 채 간절한 얼굴로 렌스를 올려다보았다. 덕분에 렌스는 엉뚱한 의아함을 느껴야 했다.

"왜 그래?"

"아직은 시간 남았지? 그렇지?"

　다리므는 조금 더 있다는 말과는 조금 거리가 있는 듯한 질문을 꺼내며 무작정 매달리고 있었다. 아무래도 이상하다는 생각을 한 렌스는 그대로 옷자락을 붙든 다리므의 팔을 붙잡아 다리므를 일으켰다.

"무슨 특별한 일이라도 있어?"

"조금은……"

　다리므는 계속 말을 꺼내려다가 입을 다물었다. 입을 다문 것뿐만 아니라 고개를 숙이고는 소매로 눈가를 훔치기 시작했다.

"다르? 우는 거야?"

"아냐……"

　부정의 대답이라고는 하지만 울음기가 잔뜩 묻어 떨리는 목소리였다. 렌스는 한숨을 내쉬며 팔을 뻗어 다리므의 고개를 강제로 들어올렸다. 역시나 붉게 물든 눈가에서 눈물이 뚝뚝 떨어지고 있었다. 이미 많이 부은 눈 위로 눈물이 쏟아져 내리는 모습이 그리 보기 좋지는 않았다.

"미안… 갑자기 또 생각이 나서."

　다리므는 스스로의 울음을 주체하려 애쓰며 있는 힘껏 눈물을 닦아냈다. 그 지하에서 나오고부터 자꾸만 눈물을 쏟았던 다리므였다. 태연하려 하지만 자꾸만 생각이 나는 모양이다. 안 그래도 발갛게 부었던 눈가가 더욱 붉게 물들고 있었다.

"눈이 너무 많이 부었어."

"알아……."

"좀 있다 갈까?"

"아니, 가자. 해지면 추워질 거야."

라드휜이 말없이 음식을 모아 가방 안에 넣었다. 이것저것 펼쳐 놓았다고 생각했는데 챙기는 건 순식간이었다. 그들이 있었던 흔적은 한순간에 사라지고, 언제나 존재했던 호숫가의 풀만이 무성하게 남았다.

"자고 나면 기분이 나아질 거야."

"응……."

다리므의 대답에는 힘이 없었다. 아무리 아파도 최대한 멀쩡하게 말했던 것과는 반대되는 모습이었다. 그렇게도 많은 감정을 잡아먹은 일이었다는 걸까. 렌스는 자신이 다가갈 수 없는 영역이라는 것을 잘 알기에 섣부른 위로의 말도 건네지 않았지만 한편으로는 쓸쓸했다. 좋은 해결이라고 생각할 수도 있겠지만 최고의 해결은 아니었다.

"내가 생각해도 바보 같아."

이제야 간신히 울음을 완전히 삼켰는지 다리므가 이쪽을 쳐다보았다. 하지만 역시 그리 보기 좋은 얼굴은 아니었다. 눈물을 다 닦아냈다고 해도 얼굴 가득 남아 있는 울음에 붉게 부어 있었다.

렌스는 그만 웃어버리고 말았다.

"여관으로 돌아가면 바로 세수해."

발 밑에 밟힌 낙엽 무더기가 바스락 소리를 내었다. 기온이 뚝 떨어진 게 온몸으로 전해져 와 으슬으슬했다.

"미안해…… 그리고 고마워."

숲을 거의 다 빠져 나왔을 때쯤, 다리므가 조심스런 말을 건네어왔다. 항상 하던 말의 조합이었지만 어색한 말이었다. 렌스는 다리므를 돌아보았지만 다리므가 시선을 피해버려서 어떤 표정을 짓고 있는지 볼 수가 없었다.

"돌아가면 또 특별히 할 일 없는 날의 연속이겠구나. 하지만 이젠 그게 오히려 여유롭게 느껴질 것 같다는 생각이 들어."

긍정의 대답이 돌아올 거라고 생각했는데 의외로 다리므의 대답은 돌아오지 않았다. 그저 사람들의 발소리만이 각자의 음색으로 숲 속을 흘러갈 뿐이었다.

우이이이잉…….

울음소리 같은 바람이 숲 속을 울음으로 가득 채우고 지나갔다.

계속 걷자 수없이 늘어선 건물 행렬이 끝이 나고 그 끝부분에 널따란 물결이 드러났다. 바다였다. 이미 어두워진 하늘 아래 바다는 어두운 색으로 출렁이고 있었다.

"여기에도 뭐가 있나요?"

뒤에서 미르가 의아한 질문을 던져 왔다. 하지만 다리므는 그 질문을 듣지 못했다. 미르가 또다시 비슷한 말을 던지고 나서야 다리므는 잠에서 깨어난 사람처럼 급히 반응했다.

"아무것도 보이지 않는데요."

"응? 아, 아무것도 안 보인다고?"

"왜 그렇게 놀라요?"

"아, 아니. 다른 생각을 좀 하느라고. 미안……."

다리므는 조심스런 사과를 해왔으나 미르의 말에 대한 대답은 한마디도 섞여 있지 않았다. 미르는 다시 말을 해볼까 하는 생각을 해봤지만 아무래도 소용없을 것 같아 그냥 그만두었다.

쏴아아아—

커다란 물소리와 함께 파도가 움직이고 있었다. 언제나 그렇게 해왔듯이 파도는 모래사장에 닿았다가 물러나고, 닿았다가 물러나기를 반복하며 단순하지만 단조롭지 않은 움직임을 계속했다. 다리므는 그 바다에 천천히 다가섰다. 대하기 어려운 무언가가 있기라도 한 듯이 조심스럽고도 망설이는 걸음이었다. 게다가 바다 앞에 도달해서는 난데없는 생각에 잠겨 한참 동안 바다를 쳐다보고만 있었다.

그러는 동안 하늘은 완전히 어두워지고, 남색으로 보이던 바다도 넘실대는 암흑처럼 어둠에 물들었다. 일행은 계속 다리므를 기다렸지만 다리므는 자신의 생각에서 빠져 나올 줄을 몰랐다. 다리므를 이대로 내버려두고 싶기도 했지만, 이러다간 한없이 바다만 보고 있겠다는 생각에 미르가 다시 입을 열었다.

"다리므님."

"아? 아… 응, 말해."

"왜 그래요?"

"아무것도… 아냐."

평소에도 못 믿을 대답이었지만 이번 대답에는 약간의 망설임마저 들어 있었다. 미르는 한숨을 내쉬었다.

"오늘 안에 전해야 한다고 했잖아요. 빨리 전하고 돌아가는 게 낫지 않을까요?"

다리므는 대답할 말을 생각하는 듯이 고개를 돌려 바다를 쳐다보았다. 하지만 그는 그렇게 바다를 쳐다보다가 대답해야 한다는 사실조차 잊어버린 것 같았다. 아무리 기다려도 대답은 돌아오지 않고, 수십 번의 파도가 모래사장 위에 부딪쳐 산산이 흩어졌을 때쯤에야 미르는 다시 입을 열었다.

"다리므님."

"아, 알아. 잠깐만……."

"그 상자, 전해주기 싫은 거예요?"

"그, 그런 건 아니야."

"말까지 더듬거리면서, 왜 그래요?"

괜히 다리므를 몰아치는 것 같은 기분이 든 미르는 좀더 부드러운 말에 걱정을 담았다. 다리므는 한숨을 내쉬며 미르를 잠시 쳐다보다가 고개를 돌려 저 먼 바다를 쳐다보았다.

"그래, 가야지……."

혼잣말처럼 흘러나온 다리므의 중얼거림은 꽤나 무거웠다. 하지만 그의 망설임은 그보다 더 무거웠다. 그는 그렇게 말을 꺼내어놓고도 못 박힌 듯 그 자리에 서서 움직일 줄을 몰랐다.

"정 가기 싫으면 그냥 돌아가죠."

"그건 안 돼!"

갑자기 다리므가 휙 돌아서며 날카로운 말을 꺼내는 바람에 미르는 물론 뒤에 있던 사람들까지 흠칫 놀랐다. 흐릿한 어둠 속이었지만 사람들의 표정을 다 읽은 다리므는 머쓱한 표정을 지으며 다시 바다로 시선을 돌렸다.

"…가, 갈게."

"어디로 가겠다는 거예요? 가려면 같이 가야죠."

"혼자 갔다 오는 게 빨라."

"여기서 어딜 간다고 그래요? 바다밖에 없는데."

"결계가 있어. 그 안에 전해주면 돼."

조금 이성적인 말이었지만 역시나 어투는 분명치 못했다. 심상치 않음을 느낀 렌스가 성큼 다가와 다리므의 팔을 붙잡았다.

"가기 싫은 이유가 있다면 가지 마."

"이유 같은 거… 없어."

"없는 얼굴이 아니잖아."

"정말 없어. 정말로."

다리므는 그 뒤에도 무슨 말을 꺼내려다 갑자기 입을 다물었다. 렌스는 말없이 뒤의 말이 이어지길 기다렸지만 계속 망설이던 다리므는 한참 동안의 침묵 끝에 엉뚱한 말을 붙일 뿐이었다.

"화해… 할 거지?"

"난데없이 그게 무슨 소리야?"

"대답해 줘."

평소에는 딱 잘라 아니라고 말했을 질문이었지만 다리므의 태도가 이상한 탓에 렌스는 잠시 망설여야 했다. 왠지 아니라고 말하면 안 될 것 같은 눈으로 다리므는 렌스를 계속 쳐다보고 있었으므로.

결국 렌스의 선택은 대답을 포기하고 다리므를 잡아끄는 것이었다.

"그건 다음에 얘기해. 가기 싫은 거라면 돌아가자."

"렌스!"

"그만 망설이고 돌아가자. 안 전해도 되는 거라고 했잖아."

"그렇지 않아……."

"다리므?"

다리므가 갑자기 렌스의 손을 거칠게 뿌리치며 뒤로 물러났다. 뒤쪽은 바다였다. 바다에 걸어 들어가려는 사람처럼 뒷걸음치는 다리므를 렌스가 급히 다시 붙잡았다.

"대체 왜 그래?! 정신 좀 차려!"

"미안… 미안해……."

신발이 젖기 시작하는 시점에서 마주한 다리므의 눈가엔 눈물이 고여 있었다. 아니, 금세 볼을 타고, 턱을 타고 눈물 방울들이 쏟아져 내리기 시작했다. 결국 눈물을 주체할 수 없게 된 다리므가 시선을 피한다는 느낌이 든 순간, 렌스는 강한 바람에 떠밀려 마른 모래 위에 내던져졌다.

갑자기 날려가 모래 위에서 두어 바퀴 구른 탓에 정신을 제대로 차릴 수가 없었다. 하지만 렌스는 몸이 땅 위에 닿는 순간부터 일어나려 애쓴 끝에 비교적 빠르게 몸을 일으킬 수 있었다. 고개를 들어보니 렌스뿐만 아니라 다른 사람들도 바람에 날려와 있었다.

바로 앞에 있던 다리므가 어느새 저만치 멀어져 있었다.

"다리므님!"

일행 중 가장 먼저 중심을 잡은 미르가 다리므에게 뛰어가려 했다. 순간 다리므가 한 팔을 앞으로 내밀었다. 움직이면 마법을 쓰겠다는 의미였다. 다리므가 얼마나 빨리 마법을 발동시킬 수 있는지 아는 미르였기에 그대로 그 자리에 멈춰 설 수밖에 없었다.

"미안해……."

다리므는 고개를 푹 숙이고 있었다. 스스로의 감정을 주체할 수 없는 모습으로 고개를 숙인 채 서 있었다. 턱을 타고 한없이 흘러내린 눈물이 옷깃을 젖게 하고 있는 것이 어렴풋이 보였다.

"다르."

렌스의 입에서 다리므의 이름이 흘러나온 순간 다리므가 고개를 들었다. 보기 싫게 일그러진 표정이었다. 눈물을 참으려 애썼지만 도저히 참을 수가 없어 눈물 범벅이 된 얼굴이었다. 다리므는 그렇게 엉망이 된 얼굴로 잠시 동안 사람들을 쳐다보고 있다가 힘겹게 입을 열어 한마디 짧은 말을 끄집어내었다.

"안… 녕……."

견디지 못하게 된 렌스가 앞으로 뛰어나갔다. 하지만 렌스가 몇 발 디디기도 전에 다리므의 모습은 그 자리에서 깨끗이 사라져 버렸다.

마치 저 거대한 바다에 녹아버린 듯이.

"다리므!"

허무하게 남겨진 이름만이 어두운 허공을 떠돌고 있었다.

눈물에 흐려진 세상이 이리저리 일그러져 보인다. 다리므는 소매로 눈물을 훔쳐 냈지만 눈물은 금방 눈가에 다시 고여들었다. 이렇게 울고 싶지는 않았는데 스스로도 어떻게 할 수가 없었다. 그저 울음을 삼키려 애쓰며 한 걸음 한 걸음 나아갈 수밖에 없었다.

결계 안에 들어 있는 커다란 흰색 건물은 다리므의 기억 속에 남아 있는 그대로였다. 앞에 경비 역할을 하는 사람들이 몇 명 서 있을 거라 생각했는데 의외로 아무도 없었다. 대신 안에서 소란스러운 소리들이 뒤섞인 채 들려왔다. 아무래도 무슨 사고라도 생긴 모양이었다. 차라리 다행이란 생각을 하며 다리므는 안으로 천천히 걸어 들어갔다.

스스로 생각해도 바보스러울 정도로 느린 걸음이었다. 하지만 그렇게 느린 걸음 아래에 밀려나는 통로는 너무도 빨리 지나갔다.

너무 느리게 걸어서 언제 도달할지 모르겠다고 생각했지만 그 생
각과는 달리 다리므는 순식간에 다가온 목적지 앞에 서야 했다.
　그때였다.
　소란스런 소리를 내며 한 무더기의 사람들이 요란스레 통로를
달려갔다. 다리므는 그들을 피하려고도 하지 않은 채 무심히 그쪽
을 쳐다보았다. 아니, 차라리 그들이 침입자인 자신을 발견해 주길
바랬다. 하지만 그들은 그런 바램은 완전히 무시한 채 저편 통로
로 사라져 갔다.
　'바보같이… 왜 이래…….'
　차분한 말로 스스로를 달래려 했지만 그런다고 이 감정을 어떻
게 할 수 있는 게 아니라는 사실을 잘 아는 다리므였다. 사실은
정말 가고 싶지 않았으니까, 지금이라도 이곳을 뛰쳐 나가고 싶다
는 생각을 간신히 제어하고 있었으니까.
　손을 문고리에 가져다 대는 데도 한참이 걸렸다. 문고리를 잡고
도 돌리는 데 한참이 걸렸다.
　찰카—
　문은 허무하게도 너무 쉽게 열렸다. 적어도 문은, 떨고 있지 않
았으니까. 스스로를 주체하지 못하고 떨고 있는 것은 다리므였다.
그렇게 그는 자신조차 추스르지 못한 모습으로 문 뒤에 밀려나는
방 안을 쳐다보았다.
　"다, 다리므?"
　방 안에서 무언가를 열심히 적어 내려가고 있던 사람이 의외의
방문자에 놀라 눈을 크게 떴다. 다리므는 점점 웃음으로 변하는
그의 시선을 피해 문을 닫았다. 도망치려 하는 자신을 조금이라도
막기 위한 시도였다. 하지만 문을 닫고 나서 웃음을 띤 채 이쪽을

쳐다보는 사내를 보았을 때는 차라리 도망치는 게 낫지 않을까
하는 생각이 들었다.

"어떻게 된 일이지? 직접 제 발로 걸어 들어올 줄은 상상도 못
했는데. 이런, 얼굴이 엉망이구나."

다리므는 대답할 생각도 하지 않은 채 고개를 떨구었다. 도망칠
까 하는 생각이 머리 속을 가득 채워나가고 있었다. 하지만 그와
동시에 도망칠 수 없다는 사실을 너무나도 확실히 아는 그였다.

괴로운 생각에 잠겨 들어가던 그는 갑자기 눈가에 대어진 차가
운 감촉에 흠칫하며 고개를 들었다. 차가운 물수건이었다. 앞을 쳐
다보니 무표정한 얼굴의 소녀가 물수건을 든 채 서 있었다.

이쪽을 쳐다보는 청색 눈이 무표정한 듯하면서도 슬퍼 보인다.
실험체이겠지. 무슨 생각을 하고 있는 걸까. 다리므는 무섭게 들끓
던 감정들이 조용히 가라앉기 시작하는 것을 느끼며 물수건을 건
네받았다. 한순간 소녀의 얼굴에 표정이 나타났다는 느낌이 들었
지만 금세 무표정으로 돌아가 어떤 표정을 지었는지조차 알 수
없었다.

"줄 게 있어서 왔어. 곧 돌아갈 거야."

돌아갈 수 없다는 걸 알면서도 다리므는 고집스레 그런 문장을
꺼내놓았다. 케리는 다리므의 행동을 도저히 이해할 수가 없다는
듯이 고개를 갸웃하다가 다리므가 아무렇게나 탁자에 올려놓는
상자를 조심스레 집어올렸다.

"뭐지?"

"몰라."

"이런, 너무 딱딱하게 굴지 말라고. 어차피 스스로 찾아온 거잖
아?"

　의심스러워하면서도 웃음기가 얽힌 케리의 말에 다리므는 입을
다물었다. 수많은 생각들이 다시 머리 속에서 피어오르기 시작했
다. 이대로 이 사내에게 바람을 쏟아부은 뒤 빠져 나가면 어떨까.
이대로…… 하지만 어떠한 생각도 실행할 수는 없었고, 결국 다리
므가 할 수 있는 일은 물수건으로 눈가를 닦는 것뿐이었다.
　그러는 동안 케리는 상자를 열고 상자 안에 든 물건을 끄집어
내었다. 대체 무슨 용도에 쓰이는지 알 수 없는 검은색의 구체였
는데, 금속 재질로 된 윗부분에서 발간빛이 깜박거리고 있었다.
　"대체 뭐냐?"
　"모른다고 했잖아."
　"네가 이런 걸 만들었을 리는 없고…… 누가 준 거냐?"
　아무래도 케리는 이 물건의 용도를 어느 정도 짐작하는 모양이
었다. 다리므는 심한 긴장감을 느꼈으나 동시에 어떻게 되어도 상
관없다는 생각이 들었다. 케리가 그 물건의 정체를 알아챈다 해도
다리므 자신에겐 변하는 게 별로 없었으므로.
　"흐음, 한번 해체해 봐야겠군. 그건 그렇고."
　케리는 그 구체를 한번 유심히 살펴보고는 조심스레 다시 상자
에 넣었다. 다리므는 반사적으로 물러났으나 그보다는 케리의 걸
음이 더 빨랐다. 뒷걸음치던 다리므가 닫힌 문에 부딪쳤을 때쯤,
케리는 다리므의 앞에 바짝 다가와 있었다.
　"대체 무슨 생각으로 직접 찾아온 거지?"
　"말했잖아. 곧 돌아갈 거라고."
　"네 스스로도 믿지 않는 말을 내게 믿으라고? 좋아, 믿어주지.
하지만 내가 돌려보내지 않겠다면 어쩔 거지?"
　히죽거리는 케리의 말은 다리므의 생각을 다 읽고 있는 듯한

투였다. 흐릿한 그의 눈빛에 소름이 끼치는 것을 느끼며 다리므는 간신히 입을 열었다.

"당신을 없애고 도망치겠어."

스스로도 불가능하다는 사실을 알았지만 오기로 꺼내는 말이었다. 그리고 역시 그 오기는 케리에게 먹혀 들어가지 않았다. 그는 히죽 웃으며 오히려 한 걸음 더 바짝 다가왔다.

"설마, 그게 가능하다고 생각하는 건 아니겠지?"

그때였다.

콰앙!

커다란 소리가 나더니 문이 크게 진동했다. 날카로운 무언가가 등을 할퀴는 감각에 다리므는 자신도 모르게 비명을 질렀다. 끔찍한 통증이 밀려오고, 등이 타는 듯이 아프다. 어떻게 된 건지 생각하기도 전에 다리므는 바닥에 내동댕이쳐지듯 쓰러지고 말았다.

콰콰쾅!

큰 소리가 난 것 같다.

쿠당탕!

무언가 머리 위로 무너져 내린 것 같다. 계속 요란스런 소리가 들리지만 아무 생각도 할 수 없다. 간신히 상체를 조금 일으켰지만 온몸에 파고든 통증을 이기지 못하고 다시 쓰러져 버렸다. 울컥, 검붉은 피가 입에서 쏟아져 나온다. 온몸이 찢어지는 것 같다. 눈조차 제대로 뜰 수가 없다. 고통스러운 신음이 힘겹게 입 밖으로 흘러나간다.

무슨 소리인지, 누구의 소리인지 알 수 없는 소리의 무더기만이 아득하게 의식 바깥을 흘러가고 있었다.

'시끄러워졌다?'

한참 복도를 달려가던 사라는 사방이 이상한 분위기에 싸인 것을 깨닫고 발을 멈추었다. 사라의 침입 때문에 조금 소란스러웠던 건물 안이 이제는 심하게 소란스러워져 있었다. 멀리서만 들리던 소리들이 이젠 꽤 가까이까지 와 있었다.

'무슨 일이라도 있는 걸까?'

사라는 저쪽으로 한번 가볼까 하다가 갑자기 느껴진 통증에 흠 칫했다. 왼쪽 다리가 미미하게 날카로운 느낌을 몸속으로 퍼뜨리고 있었다. 통증 자체는 별거 아니었지만 못내 밀려온 불안감에 사라는 다시 상처 자리를 살펴보았다.

녹색이었던 부위가 이제 거뭇거뭇하게 물들어가고 있었다. 손으로 만지면 바늘로 찌르는 듯한 통증이 느껴졌다. 괜찮을 거라 생각했는데 점점 악화되어 가고 있는 모양이다. 아무래도 이대로 계속 두었다간 정말 안 좋을 것 같았다.

'왜 저런 소리가 나는지만 듣고 나가야겠어.'

지금 당장 나가고 싶다는 유혹을 애써 뿌리치며, 사라는 지금까지 달려왔던 복도를 한 발 한 발 되짚어 걸어가기 시작했다. 올 때 뛰어왔던 것과는 달리 조심스레 걸어서 통과했다. 하지만 그렇게 느리게 걸었음에도 불구하고 소리는 무서운 속도로 다가오고 있었다. 그 소리의 근원 자체가 가까이 다가오고 있다는 의미였다. 사라는 언제든 싸울 수 있도록 간단한 마법의 앞부분을 생각해 두었다.

그때였다.

콰콰콰쾅!

갑자기 눈앞에서 거대한 불길이 통로를 가득 채우며 넘실거리듯 쏟아져 왔다. 전혀 예상치 못했던 공격에 사라는 급히 방어 마법을 발동시켜 불길을 막았다.

'프레임 브레스Frame Breath?'

통로를 타고 흐르듯이 넘실대는 거대한 불꽃. 그것은 화룡의 프레임 브레스였다. 게다가 그 위력도 만만치 않아 방어 마법을 사용했는데도 후끈한 기운이 온몸에 밀려 들어왔다. 아니, 방어 마법을 계속 유지하는 것조차 힘이 들 정도였다.

사라가 거친 숨을 내쉬기 시작했을 즈음에야 불길이 사그라들었다. 어찌나 강한 불길이었는지 하얗던 벽면이 거뭇거뭇하게 물들어 있었다. 사라는 호흡을 가라앉히려 애쓰며 저 앞을 쳐다보았다. 거칠어진 호흡보다도 거칠어진 심장을 달래는 것이 더 힘들었다. 기묘한 긴장감에 손끝이 아리는 것을 느끼며 사라는 주먹을 꼭 쥐었다.

몇 초나 지났을까? 영원처럼 느껴지는 순간이 지나간 후, 저편에서 요란스런 발소리가 나기 시작했다.

타다다다닥—

엄청나게 빠르다는 사실을 느낄 수 있는 소리였다. 사라가 급히 파이어 볼의 주문을 외운 순간, 그 상대는 어느새 나타나 사라의 앞으로 뛰어들고 있었다.

콰앙!

폭음과 함께 불길에 휩싸인 상대의 몸에서 퍽! 하는 소리가 났다. 사라는 눈을 크게 뜨고 그 모습을 쳐다보았다. 사라조차 제대로 따라가기 힘들었을 정도로 엄청난 속도였다. 간신히 파이어 볼을 맞추긴 했지만 그건 요행에 가까웠다.

상대방은 실험체로 보이는 소년이었다. 이미 많은 곳에서 전투

를 치루었는 듯, 옷뿐만 아니라 피부도 너덜너덜했다. 그 너덜너덜
해진 피부가 파이어 볼의 불길에 바직바직 타 들어가고 있는데도
그는 개의치 않는 듯했다. 그대로 고개를 들어 사라를 쳐다볼 뿐
이었다.

　그의 시선을 받은 순간 사라는 흠칫 놀랐다. 처음 들어왔을 때
보았던 눈, 눈동자가 눈을 완전히 잠식해 흰자위가 전혀 보이지
않은 그 눈이었다. 그 눈이 소름 끼치는 무표정으로 사라를 쳐다
보고 있었다.

　두두두두!

　사라는 상대가 일어나기 전에 재빨리 파이어 볼을 상대의 몸에
쏟아부었다. 안 그래도 타오르고 있던 그의 몸이 방망이에 두들겨
맞듯 심하게 흔들리며 더욱더 타오르기 시작했다. 사라는 그의 몸
이 가루가 되었다는 느낌이 들 때까지 파이어 볼을 내쏘았다. 그
리고는 뒤도 안 돌아보고 재빨리 통로 반대편으로 뛰기 시작했다.

　'실험체들이 폭주하기 시작한 걸까? 아무튼 빨리 빠져 나가야
겠어.'

　거리가 어느 정도 떨어졌다고 생각되었을 즈음 사라는 뛰어가
는 그대로 순간 이동의 주문을 외웠다.

　쿠콰콰콰쾅!

　순간 옆으로 지나가던 갈색 문 안에서 엄청난 폭발이 일어났다.
사라는 주문을 완성하지도 못한 채 그 폭발에 휘말려 세차게 벽
에 내동댕이쳐졌다.

　뼈가 부서진 건지 우드득 소리가 난다. 눈앞은 온통 검붉은 불
길로 가득 차 있었다. 그 불길 속에 무언가가 어그적어그적 기어
나오는 게 보인다. 사라는 다시 순간 이동을 시도하려 했다. 그러

나 그 순간, 꽤나 멀리 있다고 생각되었던 그 무언가가 날아와 사라의 몸을 후려쳤다. 퍽! 하는 소리와 함께 가슴에서 피가 튀었다. 그리고 상처를 살펴볼 겨를도 없이 새까만 암흑이 시야를 완전히 뒤덮었다.

12

"열리지 않습니다."

조용한 대답이 들려왔다. 이제나저제나 하고 조마조마하게 기다
리던 사람들은 불안한 얼굴로 그를 쳐다보았다.

그는 미르가 페리어드의 저택에 뛰어 들어가 아무나 끌고 온
정령이었다. 일행 중에는 정령의 결계를 열 수 있는 사람이 없었
기에 그런 방법을 쓴 것이다. 덕분에 그는 뭐가 어떻게 돼가는지
조차 모르는 상태에서 이곳까지 와서 결계를 푸는 시도를 해야
했다.

"열리지 않는다니요?"

"무언가 수를 쓴 것 같습니다. 제 힘으론 열 수가 없군요."

여전히 뭐가 뭔지 모를 테지만 그래도 그는 정중히 대답해 주
었다. 하지만 그 내용은 별로 달가운 게 못 되었다.

"다리므……"

렌스는 멍하니 다리므가 사라진 바다를 쳐다보았다. 이렇게 돼버리다니… 불안해서 견딜 수가 없었다. 되든 안 되든 저 바다 속에라도 뛰어들고 싶은 심정이었다.

그때였다.

"아얏!"

갑자기 라드휜이 얼굴을 찌푸리며 오른쪽 관자놀이에 손을 대었다.

"왜 그래요?"

"가, 갑자기 두통이… 으아악!"

라드휜은 미르의 말에 대답하다가 갑자기 소리를 지르며 그 자리에 주저앉아 버렸다. 양손으로 머리를 감싼 채 몸을 웅크린 모습이 상당한 통증에 시달리고 있는 것같이 보였다. 미르가 급히 그에게 다가갔다.

"라드휜! 괜찮아요?"

"꽤, 괜찮지… 않… 아……."

잠시 동안의 시간이 지난 후에야 통증이 조금 가라앉은 듯이 그는 힘겹게 대답하며 고개를 들었다. 하얗게 질린 얼굴이 땀에 젖어 있었다. 힘겹게 팔을 들어올려 소매로 땀을 훔치며 그는 긴 숨을 내쉬었다. 이윽고 미르가 예상한 좋지 않은 대답이 라드휜의 입에서 흘러나왔다.

"나이트에게 무슨 일이 생긴 것 같아."

"어디죠?"

"저 안… 아, 아니? 아니야. 모르겠어. 다른 방향에 있어."

"예?"

"모르겠어. 아, 아니…… 저쪽이야."

라드휜은 계속 횡설수설하다가 한 손으로 도시가 있는 방향을 가리켰다. 제대로 된 방향이 나오긴 했지만 상당히 의심스러운 말이었다.

"라드휜."

"나도 잘 몰라. 아무튼 저쪽이야."

"그렇다면 저 안이라는 건?"

"처음엔 저 안이었던 것 같았는데 지금은 아냐. 순간 이동이라도 한 걸까? 아니, 그것과는 좀 다른데……."

역시나 횡설수설로 이어지는 라드휜의 말에 미르는 한숨을 내쉬었다.

"가봐야겠군요."

안 그래도 불안한 상황을 더 불안하게 만드는 말이었다. 미르는 이쪽을 쳐다보고 있는 다른 사람들을 쭉 둘러보고는 나직한 말을 꺼내었다.

"잠깐 라드휜과 함께 다녀올게요. 그동안 결계를 여는 시도를 계속해 주세요."

"정… …차려요."

얼마나 시간이 지났을까? 귓가에 들려온 작은 목소리에 다리므는 막 끝없는 암흑 속으로 빨려 들어가려던 의식을 간신히 붙들었다. 힘겹게 눈꺼풀을 들어올려 보니 아까 케리의 옆에 있던 소녀가 걱정스런 표정으로 이쪽을 내려다보고 있었다. 아, 역시 표정이 있는 얼굴이 어울리는구나. 다리므는 엉뚱한 생각을 하며 몸을 일으켰다. 아니, 일으키려 했다.

"어떻게 된… 으윽!"

239

팔에 힘을 준 순간, 날카로운 통증이 온몸을 할퀴었다. 하지만 그와 동시에 아득하던 생각들도 전부 선명해졌다.

이건 꿈이 아니다. 얼굴이 반쯤 피로 물들어 이쪽을 내려다보고 있는 소녀도, 끔찍스런 통증도, 아마 피투성이가 되어 소녀를 쳐다보고 있을 다리므 자신도 꿈이 아니었다.

남아 있는 힘을 다해 몸을 일으켰다. 지독한 고통에 기절할 것 같았지만 다행히 벽은 손이 닿을 만한 거리에 있었다. 거진 오기로 상체를 일으켜 어깨를 벽에 기대었다. 한순간 부서질 듯한 통증이 의식을 휩쓸었으나 곧 괜찮아졌다. 숨쉬기가 힘들었지만 그래도 견딜 만은 했다.

다시 무표정한 얼굴로 돌아간 소녀의 턱에서 핏방울이 뚝, 눈물처럼 떨어져 내렸다.

"결계로 막아두었어요. 오래 가진 못하겠지만 당분간은 괜찮을 거예요."

그리고 소녀는 비틀거리는 동작으로 일어났다. 다리므보다는 나아보였지만 그녀도 상당한 상처를 입고 있는 것 같았다. 휘청거리며 걷는 모습이 곧 쓰러질 것같이 위태했다. 하지만 지금 당장 정신을 잃지 않는 것만으로도 힘에 부친 다리므는 그녀를 도와줄 수가 없었다.

"잠깐만요……."

막 문을 열고 나가려는 그녀를 다리므가 불러세웠다. 큰 소리를 내지 못해 모기만한 목소리였지만 용케 알아들은 소녀는 걸음을 멈추고 이쪽을 돌아보았다.

"지금 나가면 죽을지도 몰라요."

내내 정신을 잃고 있던 다리므였지만 무슨 일이 일어났는지는 알고 있었다. 그 모든 것은 처음부터 다리므의 기억 속에 들어 있었으므로. 지금껏 기억해 내지 못했을 뿐, 휴페른이 어떤 생각을 품고 있는지 전부 알고 있었다.

"나쁘지 않군요."

역시나 그녀는 흐릿한 미소를 지으며 대답했다. 약간은 바보스러운, 기쁨에 가까운 그녀의 감정을 다리므도 어렵지 않게 읽어낼 수 있었다. 예전의 다리므였다면 그래도 그녀가 나가는 것을 막았겠지만 지금은 막을 생각조차 들지 않았다. 그녀 스스로가 원한다면 이대로 끝내는 게 행복할 거란 생각이 처음으로 진심이 되어 있었다.

이름도 알려주지 않은 채, 짧은 인사조차 없이 소녀는 방을 나가고 다리므는 하얗게 덩그런 공간에 홀로 남았다. 자세히 보니 이곳은 케리가 있던 곳이 아니었다. 정신을 잃은 사이 소녀가 이쪽으로 옮겨온 걸까? 케리의 제어 아래 있던 소녀가 저렇게 자유롭게 움직이는 걸 보면 케리는 이미 죽었다는 뜻일까?

아무래도 좋다고 생각했다. 바깥의 소란스런 소리도 그저 바깥의 소리로만 느껴졌다. 이성을 잃은 실험체들이 발광하는 소리겠지만 그런 것도 나쁘지 않다는 생각이 들었다. 하지만……

'정말, 이대로 끝나는 걸까?'

가물가물한 의식 속에서 바보스런 생각에 매달려 보았다. 어차피 오래 버티기 어려운 몸이었고, 깊은 상처를 입은 지금 상태로는 더 버티기 어려울 터였다.

하지만 그래도 끝내고 싶지 않다.

갑자기 살고 싶다는 생각이 왈칵 밀려왔다. 휴페른이 심어놓은 반사적인 생각이 아니라 진심으로 살고 싶다는 생각이 들었다. 이런 덩그런 방 안에서 눈을 감고 싶진 않았다. 한 번이라도, 단 한 번이라도 더 사람들을 보고 싶어졌다. 아마도 밖에서 발을 동동 구르고 있을 사람들, 어디선가 나름대로의 삶을 이어가고 있을 딘, 저택에 있을 네이아와 스시리아너, 지금쯤 늦은 저녁 식사를 하고 있을 외삼촌······.

눈물이 뚝뚝 흘러내렸다. 얼굴마저 피에 물들어 있는지 떨어져 내리는 눈물은 피처럼 붉은색이었다. 이러면 안 되는데, 이렇게 울면 안 그래도 보기 흉한 얼굴이 더 보기 싫어지는데 하는 생각으로 스스로를 달래려 했지만 그런 정도로 눈물을 삼킬 수는 없었다.

'그러고 보니 이곳, 내 방 같아······.'

한없이 흐르는 눈물 속에 하얀 공간이 아른거렸다. 다리므는 힘겨운 동작으로 고개를 움직여 방 안을 둘러보았다. 많이 더럽혀졌지만 대체로 하얗고 창고 같은 방이었다. 마치 노이테라에 있는 다리므의 방과도 비슷한 분위기였다.

어쩌면 당연한 일이었다. 이곳도, 그 방도 결국은 휴페른의 취향이니까.

다리므는 힘이 빠져 고개를 떨구다가 자신이 기댄 벽만이 하얗지 않다는 사실을 깨달았다. 계속 피를 쏟은 탓에 자신이 기댄 벽만이 검붉은 빛깔로 물들어 있었다.

무심코 벽의 하얀 부분에 손을 대보았다. 불그스름한 손자국이 찍혔다. 이번엔 길게 그어보았다. 붉은색의 선이 하나 생겼다. 동그라미. 네모난 소용돌이. 멋대로의 흐름이 다리므의 손끝에서 흘러나왔다.

그렇게 잠시 동안 무심히 그림을 그리던 다리므는 자신의 작품을 보고는 쿡, 웃었다. 어린애가 크레파스로 낙서한 것 같은 그림이었다. 지저분하게 묻어나는 핏빛은 그리 보기 좋은 빛깔은 아니었지만 덩그러니 하얗기만 하던 풍경보다 훨씬 낫다는 생각이 들었다. 방 안에 가득한 하얀색만큼이나 가득한 공허함을 없애주는 것 같았다.

어느샌가 다리므는 자신도 모르게 벽 위에 수많은 선을 그려넣고 있었다. 통증까지 잊은 채 비틀비틀 일어나 벽을 붉게 물들이기 시작했다. 수많은 흐름으로 흘러가기 시작한 벽을 보며 그는 그렇게 점점 의식을 잃어갔다.

"저쪽이야."

라드휜의 말에 따라 미르는 오른쪽으로 몸을 틀었다. 이 복잡한 도시에서도 라드휜은 나름대로의 방향 감각을 잘 유지하고 있었다. 아까까진 그렇게도 횡설수설했지만 이건 진짜인 모양이었다.

"그 건물 2층으로 올라가."

막 건물 사이로 뛰어들려던 미르는 잽싸게 몸을 돌려 건물 안으로 뛰어들었다. 여관으로 보이는 건물이었다. 카운터에 선 소녀가 '손님?'이라는 말을 꺼내었지만 둘은 그냥 무시하고 계단을 뛰어올랐다. 계단 위에는 갈색 복도가 이어졌다. 나무로 만들어져 부드러운 평온함이 머무는 풍경이었다.

이번에는 라드휜이 앞섰다. 단번에 복도를 뛰어 들어간 라드휜은 거침없이 한 방의 문고리를 붙잡고 비틀어 열었다. 너무 급한 행동이라 문고리가 손 안에서 비명 같은 소리를 내었다. 덕분에 라드휜은 문을 열자마자 놀란 얼굴로 이쪽을 빤히 쳐다보는 사람을 볼 수가 있었다.

"라드휜?"

그 사람은 라드휜의 이름을 정확히 불렀다. 덕분에 라드휜은 급히 뛰어 들어와 놓고도 엉뚱한 고민에 휩싸여야 했다.

"다, 당신은?"

그녀는 라드휜을 알고 있는 것 같았으나 라드휜은 그녀를 알지 못했다. 풀어진 갈색 머리칼이 어깨에 닿아 있는 이지적인 인상의 여성은 라드휜의 기억 속에 없었으니까.

하지만 그 비슷한 게 있긴 있었다.

"류, 류카?"

라드휜은 그녀가 대답을 꺼내기 전에 스스로 말을 꺼내어놓고 스스로 놀랐다. 류카와 함께 있다는 딘의 말까지 생각하면 거의 확실한 것 같지만 류카의 인상이 너무나 달라져 있었기 때문이다. 짧은 머리를 꽉 묶어 맨, 날카로운 인상의 상급 정령이 이렇게 부드럽게 바뀌어 있을 거라고는 생각조차 하지 못한 그였다. 미르도 놀란 듯 말없이 안쪽으로 걸어 들어왔다.

"딘을 찾아온 거군요?"

류카는 짧은 한마디를 남겨놓고는 방 안으로 걸어 들어갔다. 저 짧은 말투만은 그대로인데, 대체 어떻게 저렇게 인상이 달라질 수가 있지? 라드휜은 고개를 갸웃하며 그녀의 뒤를 따라갔다.

딘은 방 가장 안쪽에 있는 침대에 잠들어 있었다. 오랜만에 다시 보는, 얼굴 보기가 정말 힘든 나이트의 얼굴을 대한 순간 라드휜은 쓸쓸한 감정이 밀려 들어오는 것을 느꼈다. 짧은 검은 머리카락이 이마에 부드러운 곡선을 그리고 있는 딘의 얼굴은 하얗게 질려 있었다. 그냥 단순히 잠들었다 생각하기엔 너무 창백해 보였다.

"조금 전에 갑자기 소리를 지르며 쓰러졌어요. 내내 멀쩡했었는데……."

"조금 전이라고요?"

미르는 미간을 좁히며 류카의 말을 받았다. 조금 전에 소리를 지르고 주저앉았다는 건 라드흰의 반응과도 비슷했다. 라드흰이야 던과 연결되어 있기 때문에 그런 거라고 생각할 수 있지만, 역시 이상했다. 처음에 라드흰이 그렇게 횡설수설했던 이유와 멀쩡하던 던이 갑자기 쓰러졌다는 말이 하나의 결론을 향해 달려가고 있었다.

"의사의 말로는 일시적인 쇼크여서 괜찮을 거라고 하더군요. 하지만."

"걱정되는 쪽은 던이 아니라 사라인 거군요."

"그래요."

나직한 미르의 말에 류카는 천천히 고개를 끄덕였다. 라드흰이 놀란 얼굴로 이쪽을 쳐다보았지만 미르는 설명할 생각조차 하지 않은 채 류카를 향한 말을 계속 이었다.

"사라는 어디 있죠?"

"북쪽 바닷가에 있는 결계에 들어갔다고 했어요. 하지만 지금은 어떻게 되었을지 잘……."

"예?"

그 지명이 예상도 하지 못한 것이었기에 미르는 류카의 말이 끝나기도 전에 급히 반문했다. 북쪽 바닷가라면, 조금 전까지 그들이 있던 그곳이 아닌가. 안 그래도 불안하던 생각들이 커다란 흐름이 되어 온몸을 두근! 두근! 울리기 시작했다.

"최근 그쪽에 실험체의 연구소가 만들어졌다는 정보를 들었어요. 사라가 안에 들어가고 우린 밖에서 만약의 사태에 대비하고 있었는데…….”

“실험체의… 연구소라고요?”

의외의 곳에서 나온 해답에 미르는 자신도 모르게 류카의 옷자락을 붙잡았다 황급히 놓았다. 좋지 않았다. 정말 좋지 않은 전개였다. 휴페른은 대체 왜 그런 곳에 상자를 가져다 주라고 했던 것일까?

“그건 말도 안 돼! 휴페른님이 그곳에 연구소가 세워진다는 걸 예측한 것 같잖아!”

라드휜의 날카로운 말에 류카도 표정을 딱딱하게 굳혔다.

“휴페른님이라고 했나요?”

“뭔가 알고 있나요?”

미르는 급히 흘러나온 정보를 붙들었다. 하지만 그는 본능적으로 그 내용이 그리 좋지 않은 것이라는 사실을 깨닫고 있는 건지도 몰랐다.

“그 연구소에 있는 기술은 식물을 응용한 것 같다고 했어요. 딘은 그 기술을 트리니티에서 가져온 게 아닐까 하고 짐작하더군요.”

“그런 건 없어요! 트리니티에 있던 물건은 단지 장비들뿐… 아, 아니, 아니… 설마…….”

미르는 류카의 말에 자신도 모르게 언성을 높이다가 갑자기 다른 생각이 떠오른 듯이 한 손으로 이마를 짚었다. 지금까지 전혀 생각하지 못했던 기분 나쁜 가능성이 꾸역꾸역 머리 속에서 올라오고 있었다. 이 생각이 정말 맞는 거라면… 다리므는…….

“미르가드?”

라드휜의 걱정스런 목소리를 머리 위로 들으며, 미르는 이를 악

물었다. 이 무서운 생각을 이겨내려 애쓰며 간신히 류카에게 질문
을 던졌다.

"더 자세한 말은 없었나요? 아주 작은 거라도"

"그 건물 모양이 노이테라와 약간 비슷하다고 하더군요. 온통
하얀색으로 둘러싸인 게 고대의 양식이 아닐까 하는 생각이 들었
다고……"

나는 연금술이라는 것 자체를 아예 없애버리고 싶다는 생각에 사로
잡혔어.

몇 시간 전에 들었던 휴페른의 말이 이 무서운 생각을 갈무리
짓듯이 머리 속을 흘러갔다. 지금까지 있었던 모든 모순과 의아함
이 한번에 정리되는 말이었다.

"미르가드! 어디 가는 거야?!"

생각이 닿기도 전에 미르는 뛰고 있었다. 라드흰의 말이 들려오
고 나서야 미르는 자신이 다급하게 계단을 뛰어 내려가고 있다는
사실을 깨달았다. 하지만 멈출 수는 없었다. 서두르지 않으면, 아
니, 서두르더라도 나쁜 결과를 막기 힘들 것 같았으니까.

'이게 당신의 방식이야? 이게?'

미르는 한때 존경하는 마음까지 품었던 상대에게 욕설을 쏟아
붓고 싶은 기분을 느끼며 어두운 밤거리를 미친 듯이 달려나갔다.
건물들이 무서운 속도로 스쳐 지나가고 발 밑에 늘어선 길이 마
구 밀려났다. 미르는 있는 힘껏 서두르고 있었다. 너무 서두른 나
머지 순간 이동 마법이 훨씬 빠를 거란 생각조차 하지 못했다.

"젠장!"

누구를 향한 것인지도 모를 단어를 내뱉으며 미르는 모래사장 위로 뛰어들었다.

나는 연금술이라는 것 자체를 아예 없애버리고 싶다는 생각에 사로잡혔어.

많은 시간이 지난 후에, 우리의 처절한 시간들이 전부 잊혀진 후에는 세상이 달라질지도 모른다는 막연한 이상을 품었어.

용서해 달라고 할 수는 없겠지.

…사랑한다, 다리프.

아직은 시간 남았지? 그렇지?

미안해…… 그리고 고마워.

화해… 할 거지?

수많은 말들이 머리 속을 스쳐 지나간다. 렌스는 지독하게 차오르는 불안감을 이기려 애쓰며 바다를 쳐다보고 있었다. 어느새 동이 틀 시간이 되었는지 새카만 어둠 같던 바다가 파르스름한 빛으로 밝아져 있었다.

"이건 말도 안 돼!"

지금까지 밤새도록 외쳤던 말을 다시 외쳤다. 하지만 그 외침의 끝은 공허할 뿐이었다. 결계가 열리지 않는 지금 상황으로는 아무것도 하지 못한 채 바닷가에 앉아 있는 것밖에 할 수가 없었다. 바다에라도 뛰어들라면 뛰어들고픈 심정이지만, 뛰어드는 것으로 상황이 나아질 수는 없었다. 결계가 열리지 않으면 어떤 시도도 무용지물인 것이다.

아마 이건 전부 휴페른님의 계획이었을 거예요. 트리니티를 그렇게 바꾸어놓고 잘 찾기 힘든 곳에 자신이 알아낸 기술을 숨겨놓았겠지요. 집념 강한 연금술사들은 트리니티를 샅샅이 수색해서라도 무언가 찾아내려 할 거란 사실을 아는 분이었으니까요. 휴페른님의 계산대로 연금술사들은 이곳에 모여들었죠. 아마도 휴페른님이 제시한 기술이 적용된 실험체는 그 상자 안에 든 무언가로 폭주하는 형태였을 거예요. 그렇게 휴페른님은 다리므님에게 그 상자를 전하게 함으로써 그 결계 안에서 전부 없애버리려고 했던 거예요. 연금술사도, 이미 만들어진 실험체도, 스스로 만들었던 다리므님까지도……

몇 시간 전에 들었던 미르의 설명을 다시 되새겨보았다. 역시 말이 안 된다는 생각만 가득했다. 그런 걸 뻔히 알면서 결계 안에 들어가는 멍청이가 어디 있단 말인가. 아무리 다리므라도 그런 건 무리라고 렌스는 생각했다. 이렇게 눈앞에서 사라져 버린 것으로 끝일 리는 없다고 생각하고 싶었으니까.

하지만…….

안… 녕…….

울음을 주체하지도 못한 채 이쪽을 쳐다보던 다리므의 모습이 다시 떠오르자 렌스는 양손으로 머리를 감쌌다. 아니길 바랬다. 그게 영원한 작별이 아니길 간절히 바랬다. 혹여 미르의 말이 전부 사실이라 해도 이렇게 끝나는 건 너무 잔인하니까…….

한참 만에 고개를 들자 사방이 환했다. 바다 끝에 동그란 태양이 올라와 있었다. 아직 불그레한 태양이 안개 같은 대기에 적셔진 채로 찬란한 빛을 세상에 쏟고 있었다. 바닷가에 앉아서 보는 일출이었다. 아름다운 장면이었지만 그걸 아름다움으로 받아들일 수 있을 만큼 렌스의 마음은 평온하지 못했다.

고개를 좀더 들어 주변을 쳐다보니 저택에서 끌고 온 몇 명의 정령들이 서로 말을 나누고 있는 것이 보였다. 결계를 열 시도를 다시 해볼 생각인 모양이다. 이번이 몇 번째 실패던가. 렌스는 이제 거의 자포자기의 심정이 되어 무릎 위에 얼굴을 묻었다.

그때였다.

갑자기 모래사장 전체가 파도를 만드는 듯이 출렁했다. 깜짝 놀란 렌스가 고개를 들어올린 순간, 그는 중심을 잃고 뒤로 굴렀다. 따끔따끔한 모래의 감촉이 이리저리 쏟아지고, 혹시 결계가 풀린 건 아닐까 하는 생각이 든 순간 티그람이 렌스를 붙들어주었다.

"괜찮으십니까?"

충실한 기사 같은 질문이 던져졌지만 렌스는 급히 앞쪽을 쳐다보느라 그 말을 듣지 못했다. 이내 티그람도 대답을 듣지 못했다는 사실도 잊은 채 멍하니 앞을 쳐다보았다. 파도가 모래를 쓸던 지점이 어느새 모래사장으로 변해 있었다. 가까이 있던 바다는 멀찍이 밀려나고, 넓은 모래사장 위에 덩그러니 선 거대한 건물이 아침의 첫 햇살 아래 그 웅장한 모습을 드러내었다.

"아아……!"

누구의 목소리인지도 모를 감탄사를 들으며 렌스는 그 건물로 다가갔다. 건물 입구 앞에 처참하게 찢긴 시체 몇 구가 쓰레기처럼 모래 위에 뒹굴고 있었다. 무슨 일이 일어났다고 생각할 수밖에 없는 광경이었다.

렌스는 그들을 쳐다보려 하지도 않은 채 건물 안에 발을 들여놓았다. 안에 들어서자마자 지독한 탄 냄새가 후각을 자극했다. 양편으로 길게 이어진 복도가 꺼멓게 탄 흉측한 형태로 렌스를 맞이하고 있었다. 렌스는 발 밑에 차이는 새까만 시체 같은 물체를 유심히 내려다보았다. 시체인지 다른 물건인지 판단하기도 힘들 정도로 심하게 타 들어가고 뭉개진 물체였다. 안 그래도 무섭게 느껴지던 불안감이 이제 공포스러운 것으로 바뀌기 시작했다.

"이, 이건!"

"빨리 사람을 불러와요! 어서!"

"저쪽으로 가보겠어요!"

사람들이 이 광경에 급히 움직이는 소리를 들으며 렌스는 아무 방향으로나 달렸다. 건물 안은 완전히 엉망이었다. 본래 깨끗한 흰색이었을 복도는 말라붙은 핏자국과 까만 검댕 같은 자국에 더럽혀져 있었다. 심한 충격이 가해졌는지 금이 간 부분도 심심치 않게 보였다.

"다리므!"

스스로의 목소리가 공포스러울 정도로 크게 소리쳤지만 대답은 들려오지 않았다. 렌스는 시체 같은 물체가 발에 차일 때마다 내려다보았지만 누구인지 알아볼 수조차 없는 것들이 대부분이었다. 강한 위력을 가진 실험체들이 폭주해 엄청난 마법으로 서로를 부숴버린 광경이었다. 렌스는 미친 듯이 통로를 뛰어 들어갔지만 불안감이 점점 확신이 되어간다는 사실밖에는 얻을 수가 없었다.

"와앗!"

정신없이 통로를 뛰어가다가 반대편에서 달려온 누군가와 부딪쳤다. 간신히 정신을 차리고 보니 그건 사이키였다. 분명 아까 완전히 반대 방향으로 뛰어갔던 사이키가 바로 앞에서 렌스를 쳐다보고 있었다.

"미로 같아. 길이 너무 꼬여 있어."

사이키의 목소리에도 불안감이 잔뜩 들어 있었다. 순간 저쪽에서 누군가의 목소리가 메아리쳐 왔다.

"누구 이쪽으로 좀 와줘요!"

렌스와 사이키는 약속이라도 한 듯이 그대로 내달렸다. 필사적으로 달린 탓인지 렌스는 사이키와 함께 달리면서도 그리 뒤처지지 않았다. 지저분하게 무너져 가는 건물의 복도가 한없이 밀려나는 듯싶더니, 문고리를 잡고 서서 사람을 부르는 정령의 모습이 시야에 들어왔다.

"결계인 것 같아요. 문이 열리질 않아요."

그녀는 저택에서 데려온 중급 정령 중 하나였다. 겉보기에도 어리디어린 외모였는데, 실제로도 나이 어린 정령인지 결계를 못 열어서 당황하고 있는 모습이었다.

"파이어 크래쉬Fire Crash!"

사이키의 날카로운 목소리와 함께 무시무시한 폭음이 문을 때렸다. 결계고 뭐고 전부 날려버릴 생각인 모양이다. 귀 아픈 소리가 한동안 통로를 멍멍하게 울리더니 눈앞을 막고 있던 문이 안쪽으로 나가떨어졌다.

폭음을 들은 다른 사람들이 저편에서 뛰어 들어오는 게 보였다. 마법의 폭발이 일으킨 연기가 시야를 가리는 것을 느끼며, 렌스는 무작정 방 안으로 뛰어 들어갔다.

그리고 멈춰 섰다.

"이… 건……?"

붉은 흐름 같은 것이 하얀 벽 가득히 그려져 있었다. 피로 그린

듯한 수없는 선들이 방 전체를 감싸고 있었다. 이 방 전체가 알
수 없는 흐름 속에 파묻혀 있는 듯한 느낌이었다. 단순한 그림 같
은 거라 생각해도 좋았지만, 도무지 그렇게 넘길 수 없을 정도로
인상적인 모양이었다. 뒤에 따라 들어온 사람들도 할 말을 잃었는
지 모두들 멍하니 벽에 그려진 흐름을 쳐다보기만 했다.

"바람······?"

뒤에 선 어린 정령의 목소리에 렌스는 눈을 크게 떴다. 그 말이
맞았다. 이건 거대한 바람의 흐름 같았다. 이 방 전체가 붉은 바람
속에 들어와 있는 것 같은 느낌이었다. 위로 솟구치는 바람, 소용
돌이를 만드는 바람, 낮게 비행하는 바람, 부드러운 바람, 거센 바
람······ 수없는 바람들이 수없는 선이 되어 방 전체를 날고 있었다.

그리고 그 안에 붉게 물든 채 잠든 사람이 있었다.

"다리므!"

이 방에 너무 놀란 탓에 한동안 바닥을 보지 못했던 렌스는 뒤
늦게 안으로 뛰어 들어갔다. 형체를 알아볼 수조차 없는 바깥의 시
체들보다는 좀 나은, 그러나 스스로의 피로 완전히 물들어 버린 사
람이 바닥에 쓰러져 있었다. 뒤에 있던 사람들이 흐읍, 하고 숨을
삼키는 것을 느끼지도 못한 채 렌스는 다리므의 몸을 흔들었다.

"다르! 정신 차려!"

스스로의 피에 거의 잠식당한 다리므의 얼굴은 차가웠다. 렌스
는 미친 듯이 다리므를 흔들었지만 작은 숨소리조차 들을 수가
없었다. 처참하게 찢긴 등에서 흘러나온 피가 렌스마저 붉게 물들
일 뿐이었다.

"다리므으으읏—!"

13

"…그런가요. 그렇다면 이번 전투가 마지막이 되겠군요."

미르는 감정없는 말로 짧은 대답을 중얼거렸다. 이젠 이 전쟁이 어떻게 되든 정말로 신경 쓰지 않는다는 모습이었다.

"정말로 참전하지 않으실 겁니까? 이젠 마지막이라 적도 드래곤을 전부 사용할 겁니다. 서로 드래곤만은 사용하지 않는다는 암묵적인 약속이 깨진, 최고의 화력전이 되겠지요."

정령은 안타까운 듯이 미르를 쳐다보았지만 미르의 아주 작은 관심조차 얻어내지 못했다. 미르는 그저 고개를 저으며 긴 복도를 되짚어갈 뿐이었다.

"맘대로 하라고 하세요. 나와는 상관없는 일이니까."

미르가 돌아선 뒤에도 정령들은 계속 그 자리에 서 있는 듯했으나 미르는 신경 쓰지 않았다. 아니, 약간 신경은 쓰이긴 했지만 관심 갖고 싶지가 않았다. 어차피 양측 다 똑같은 전쟁, 어떻게 끝나든 나아지는 게 없을 테니까.

긴 통로를 지나 방으로 되돌아가기 시작했다. 싸늘하지만 고요한 공간이었다. 처음엔 그리도 익숙하지 않더니, 이제는 이 싸늘한 돌벽에 정이 들어버린 것 같았다. 그렇게 천천히 통로를 걷던 미르는 복도 한쪽의 창가에 누군가가 기대 서 있다는 것을 발견하고 걸음을 멈추었다.

"오랜만이군. 같은 건물에 있으면서도 얼굴 보기 힘들어."

유스파드였다. 바쁜 도중에 잠시 머리를 식히러 나왔는지 피곤한 얼굴이었다. 미르는 가벼운 한숨을 내쉬며 그에게 다가갔다.

"고생하시는군요."

"수장이라는 게 다 이렇지. 슈마리엔이나 에이린님이 남아 있었다면 그래도 편했을 테지만, 혼자 남은 바에야 별수 없지. 오기로라도 버티는 수밖에."

한번도 편한 관계였던 적이 없던 두 사람이었지만, 왠지 모를 친근함이 흐르고 있었다. 그건 어쩌면 세월이란 놈의 수작인 건지도 몰랐다.

"언젠가는 또 대단한 사람이 나오겠지요. 가버린 사람들을 대신할 수 있을 만큼 유능한 사람이."

"언젠가는? 너무 멀게 생각하는군. 벌써 눈에 드는 놈들이 몇 있어. 앞으로 어떻게 이끌어 나가게 될지는 알 수 없지만."

"벌써 그렇게 되었나요?"

미르는 흐릿한 미소를 지으며 그를 쳐다보았다. 그러고 보면 처음에는 꼼짝도 못 하고 방에만 틀어박혀 있던 그가 이렇게 한숨 돌릴 시간을 갖게 되었다는 것만으로도 이미 상당한 여유를 얻은 게 아닐까 하는 생각이 들었다. 사람들은 과거 속으로 사라져 버린 것을 무척이나 아쉬워하지만, 어떻게든 그 자리는 새로운 것들로 채워지는 것이다. 어쩌면 전보다 더 나을지도 모르는 미래로 나아가는 것이겠지.

"이제야 이 전쟁도 마지막이군……."

유스파드는 하얀 허공을 향해 긴 숨을 내쉬었다. 대체 무슨 생각을 하고 있는 것일까. 정확히는 알 수 없지만 과거의 기억에 잠겨들고 있을 거라고 미르는 생각했다.

"방금 들었어요."

"그래, 연금술사들이 무너진 이후로 우리가 거의 이긴 싸움이긴 하지만, 이번 전투에선 적도 사력을 다할 거야. 마지막이니까. 죽지 않으려고 발악하는 거겠지. 지금까지 암묵적으로 빠졌던 드래곤까지 완전히 이용할 거야."

"피해가 크겠군요."

"그래, 게다가 우리 쪽은 드래곤의 수가 압도적으로 적어. 참전을 포기한 드래곤의 수도 꽤 되고."

왠지 미르를 염두에 둔 듯한 말이었다.

"우리들에겐 이 전투가 의미없으니까요."

"그래, 알고 있어. 별로 신경 쓰진 않아. 다만 적군의 드래곤 나이트만 어떻게 죽일 순 없을까 하는 생각이 들어. 드래곤 나이트만 찾아낼 수 있는 기술 같은 게 있으면 편할 텐데."

정말로 엉뚱한 말이었다. 이런 상태의 유스파드의 입에서 나올 말이 아니었기에 더욱 그러했다. 미르는 픽 웃어버렸다.

"나도 옛날에 그런 생각을 한 적이 있었어요. 드래곤 나이트를 찾아내 전부 죽여버리면 세상은 어떻게 바뀔까 하고 말이죠. 그때는 나이트의 횡포가 굉장히 심했으니까요. 하지만 정말 바보 같은 생각이었죠. 드래곤은 나이트없이 살 수가 없는데."

"글쎄, 지금은 뮤트가 있으니 어떻게든 되지 않을까?"

유스파드는 한숨 같은 말을 꺼내어놓고는 흐트러진 머리를 쓸어올렸다. 미르가 그런 그를 쳐다보고 있는 동안, 그는 나직하면서도 의미심장한 말을 꺼냈다.

"어쩌면 이번 전쟁이 끝날 때쯤, 이곳은 드래곤에게 습격당할지도 몰라."

"예?"

엉뚱하면서도 너무나 진지한 말에 미르는 반사적으로 반문했다. 유스파드는 그런 미르가 귀엽다는 듯이 쿡쿡 웃기 시작했다.

"나쁜 게 아냐. 전쟁 중에 나이트를 잃은 드래곤들이 뮤트를 찾기 위해 무더기로 날아올 수도 있다는 거지. 뮤트가 여기 있다는 건 웬만한 사람은 다 아는 사실이니까."

확실히 가능성은 있는 말이었지만 그동안 전혀 생각지도 못한 말이기도 했다. 미르가 복잡한 표정을 짓자 유스파드는 팔을 뻗어 미르의 머리를 쓰다듬어 주었다. 왠지 미르를 애 취급하고 있는 행동이었지만, 확실히 연상인 유스파드의 행동이었기에 뭐라고 할 수도 없었다. 에이린에게는 꼬박꼬박 존댓말을 쓰면서 이런다는 게 상당히 부조화스럽긴 했지만.

"가끔씩 지나치게 오래 사는 건 그리 좋지 않은 일이란 생각이 들어. 적당한 시기에 죽어줘야 하는데, 한없이 버티면서 미래도 과거처럼 운영해 버린단 말이야. 사람이 죽는 데도 익숙해져서 아무리 소중한 사람이 없어진다 해도 잠시간의 괴로움으로 끝나고 마는 걸 보면, 수명이란 건 확실히 필요한 것 같아."

"남겨지는 데 익숙해진다는 건가요?"

"글쎄, 그런 걸지도. 가끔씩은 다른 사람들을 남겨놓고 갔으면 좋겠는데 말이야."

"나도 마찬가지예요."

바보스런 화제를 꺼내놓고 미소 짓는 유스파드에게 미르도 씁쓸한 미소를 지어주었다.

잡담에 가까운 대화는 작별의 말조차 없이 흩어지고, 미르는 다시 걷기 시작했다. 지금까지 살아온 생애에 비하면 그리 길지 않은 기간 동안 머물러온 성의 차가운 복도가 지나간 시간처럼 뒤로 밀려났다. 그렇게 앞으로 남은 생애를 쏟고 싶은 사람에게로 돌아가는 것이었다.

'벌써 이 성에 온 것도 3개월째가 되는군.'

미르는 문득 떠오른 생각에 지나가는 창문을 쳐다보았다. 다리므를 잃고 허무하게 돌아온 그들에게 그래도 안식처가 되어준 것은 네이아였다. 네이아 자신도 스스로의 감정을 참지 못해 눈물 흘리곤 했지만 네이아의 그런 모습을 보고 있으면 그래도 마음이 가라앉곤 했었다. 스시리아너가 내내 네이아의 옆에만 붙어 있었던 이유를 금방 실감할 수 있을 정도였으니까.

그러니 미르가 이쪽에서 조사 작업을 벌이기 시작한 네이아를 따라 이 성안에 들어온 것은 자연스런 전개라 할 수 있었다. 미족들의 본거지인 이 성에 들어온다는 게 처음엔 좀 꺼림칙하기도 했지만 이제는 이곳이 제일 마음 편한 곳이 되어 있었다. 못 믿을 지오르 백작과 함께 있으며 알 수 없는 음모 속에 들어가 있는 것보다는 단순 명확한 유스파드 쪽이 좋았으니까.

요즘의 네이아는 상당히 바빴다. 처음엔 유스파드와 함께 무언가를 조사하는 것 같더니, 얼렁뚱땅 미족의 일까지 맡아버린 것이었다. 처음에 미르는 이 기묘한 흐름을 이해하지 못했지만 이제는 유스파드와 네이아가 진지한 논의를 하며 지나가는 것에 익숙해졌다. 정령이 성안에 있다는 것만으로 긴장을 하던 다른 마족들도 이제는 네이아가 지나가도 무심한 인사를 던지는 정도가 되어 있었다. 네이아 나름대로 정령과 마족 사이의 갭을 줄이는 데 성공한 셈이었다. 이제는 마족들도 정령이란 존재에 그리 신경을 곤두세우지 않고 있었다.

렌스는 아예 지오르 백작 진영에 가담해 버렸다. 처음엔 방 안에 처박혀서 나오지도 않던 렌스가 어느 순간엔가부터 검술을 배우기 시작한 후로 지오르 백작은 여러 가지 권한을 렌스에게 떠맡기다시피 하는 모양이었다. 전에는 그토록 지오르 백작에게서 벗어나려 했던 렌스였지만 이제는 그런 모든 것들을 받아들이고 있었다. 하지만 들리는 말에 의하면 그리 순수하게 받아들이고 있는 것 같진 않다고 했다. 지금까지 아군을 거의 맡다시피 했던 리안 카레이프와 함께 무슨 일인가를 하고 있는 것 같다고 했는데 미르로서는 그 내용을 짐작할 수가 없었다. 다만 두 사람 모두 혼혈이라 마음이 잘 통한 게 아닐까 하는 어림짐작을 해볼 뿐이었다.

스시리아너는 요즘 내내 렌스와 함께 다닌다고 했다. 원래 그렇게까지 친하진 않았던 두 사람이었지만 다리므의 일로 신경이 날카로워진 상태에서 말싸움을 하다가 그렇게 친밀해졌다고 했다. 그때 이후로 지나치게 무심해진 렌스이지만, 그래도 스시리아너의 말은 어느 정도 듣는다고 했다. 그렇게 두 사람이 함께 다니고 있으니 일부에서는 둘을 결혼시키는 게 어떻겠냐는 말까지 나오는 모양이었다. 장본인들에게 그런 생각이 있든 없든 간에 결혼이란 끊어지기 쉬운 동맹을 확실히 잇는 데 가장 효과적인 방법이었으니까.

그리고 딘은······.

미르는 긴 회상의 끝에 다다를 때쯤 목표한 방 앞에 와 있었다. 방 안에서 작은 노랫소리가 들려오고 있었다.

'또 그 노랜가.'

미르는 픽 웃으며 문고리를 돌렸다. 문이 밀려나면서 평화로운 방 안의 풍경과 그 안에서 작은 노래에 파묻혀 있는 사람들의 모습이 시야에 들어왔다.

"오셨습니까?"

레브라드가 가장 먼저 미르에게 말을 건네었다. 두꺼운 책이 그의 손에 들려 있었는데, 미르가 아침에 보았던 페이지 그대로였다. 아무래도 책을 읽으려고 노력만 하고 있는 것 같았다.

"라드훤은 어디 있죠?"

"철창이 모자란다고 또 뽑으러 갔습니다."

"그런가요."

미르는 지하 감옥에서 열심히 철창을 뽑고 있을 라드훤의 모습을 상상하며 픽 웃었다. 이제 거의 완성이 되었는지, 라드훤이 만지던 물체는 긴 망토 같은 형태가 되어 은빛 광택을 자랑하고 있었다.

이젠 쓸모없어진 지하 감옥의 철창을 뽑아 그걸로 옷을 만든다고 하고 있는 라드훤이었다. 대체 철창이 어떻게 옷이 되느냐고 다들 이상하게 쳐다보았지만 라드훤은 그 일을 해냈다. 정령을 가두었던 곳이라 특수 금속으로 된 철창인데, 잘 두드리면 옷을 만들수 있을 정도가 된다는 라드훤의 설명에 다들 감탄했을 정도였다.

바깥은 어떨지 몰라도 드래곤들에겐 한없이 평온한 시간이었다. 엘크가 만든 작은 스웨터를 입은 채 잠든 일레이의 얼굴 위로 햇볕이 비껴드는 것을 느끼며, 미르는 창문을 넘어 베란다로 들어섰다. 역시나 그곳에는 난간에 기댄 채 바람을 맞고 있는 두 사람의 모습이 있었다. 작은 음으로 흘러나오는 노랫소리도.

"이제 그만 들어와요. 추워질 거예요."

미르의 말에 노랫소리가 뚝 멎었다. 미르가 다시 창문을 넘어 들어가려고 하는 순간, 노래를 부르고 있던 소녀가 쪼르르 달려와 미르에게 안겼다. 갑작스런 반응이라 미르는 좀 당황했지만 이내 입가에 미소를 머금으며 소녀의 머리를 쓰다듬었다.

"저녁 먹어야죠. 이제 그만 들어가요."

언제나 그랬듯 소녀의 대답은 돌아오지 않았다. 소녀는 미르를 안았던 팔을 풀고 가벼운 움직임으로 창문을 넘었다. 꽤 무리한 동작이라고 미르는 생각했지만 창문을 넘어간 소녀는 착지하는 소리조차 내지 않았다.

'역시 몸놀림에서는 따라갈 수조차 없다니까.'

미르는 웃으며 창문을 넘었다. 앞서 넘어간 딘처럼 묘기 부리듯 넘어갈 수는 없었지만 그래도 소리를 내지 않고 넘어갈 순 있었다. 문제는 미르가 아니라 류카였다. 이제 3개월째면 창문 넘는 것 정도엔 익숙해질 만도 하련만, 여전히 류카가 창문을 넘어올 때면 요란스런 소리가 났다. 바닥에 턱을 찧지 않는 것만으로도 많이 나아진 거라고 할 수 있겠지만, 역시 운동이 필요하다는 생각을 하게 만드는 류카였다.

미르는 그렇게 방 안으로 되돌아와서 방 안의 풍경을 둘러보았다. 조용한 일상이 넘쳐 나 더없이 평화롭게 여겨지는 풍경이었다.

지금까지 많이 돌아왔지만, 지금도 완전히 안전하다고 할 수는 없지만 그래도 항상 꿈꿔왔던 평화가 이루어져 있었다. 바깥에선 전쟁을 한다고 아우성이지만, 그런 것에 신경 쓰지 않는 한은 평화로울 수 있는 것이었다.

시체를 찾아낼 수는 없었지만 사라는 그 건물 안에서 죽은 듯했다. 그때 갑자기 소리를 지르며 정신을 잃었던 딘은 깨어나고 나서도 제정신이 아니었다. 백치가 된 것처럼 웃기만 하는 것이었다. 실험체들이 몰살당하고 나서의 차분한 모습과는 완전히 상반된 모습이었다.

류카의 말에 의하면 실험체들이 몰살당한 후의 딘은 내내 저런 상태였을 거라고 했다. 그 이후 더없이 차분한 모습을 보였던 사람은 딘이 아니라 사라였을 거라는 말이었다. 납득하기 어려운 말이었지만 다리므를 만났을 때까지만 해도 차분하던 딘이 사라가 죽은 뒤 갑자기 그렇게 되었다는 사실로 미루어보면 그렇게 생각할 수밖에 없었다.

'하지만 이걸로 좋아. 이대로도 충분히 행복해.'

비극이라고 생각하기 쉬운 상황이었지만 미르는 이 상태 그대로 만족하고 있었다. 이 다음 전투에 수많은 드래곤들이 죽겠지만, 미르도 언젠가는 이 성에서 나가야겠지만, 그런 문제 같은 건 그냥 젖혀놓고 싶었다. 그냥 이대로 평화로운 시간을······.

지금은 뮤트가 있으니 어떻게든 되지 않을까?

갑자기 조금 전에 들었던 유스파드의 말이 미르의 머리 속을 스치고 지나갔다. 방법이 있었다. 지금 대면하고 있는 문제점을 모두 한번에 해결할 수 있는 방법이. 지금으로도 만족하는 미르였지만 이게 성공한다면 지금의 걱정까지도 날려버릴 수 있을 터였다.

"넓은 풀밭 있는 데서 살고 싶죠?"

바보스러운 질문이었지만 미르는 자신의 결심을 확고히 굳히기 위해 딘을 쳐다보며 질문을 던졌다. 역시나 딘은 열심히 고개를 끄덕였다. 말로 하는 대답은 아니었지만 그 무엇보다도 확실한 대답이었다.

"미르가드님?"

미르의 행동이 이상하다고 여긴 레브라드가 미르를 쳐다보았다. 미르는 그런 그의 질문을 미소로 받으며 방을 뛰어나갔다.

"잠깐 나갔다 올 테니 이사 갈 준비 좀 해줘요."

"그래서 떠나겠다고?"

유스파드의 말에는 특별한 감상이 담겨 있지 않았다. 어쩌면 그는 미르의 이런 말을 예상하고 있었던 건지도 몰랐다. 다만 지금 있는 문제에 귀찮아할 뿐이었다.

"지금 네이아를 데려가면 복잡해지는데……."

"네이아님도 갑자기 훌쩍 떠나려고 하진 않을 거예요. 이쪽 일이 일단락된 후에야 오시겠지요. 한번 가면 영영 못 오는 곳도 아니니까요."

"하지만 전설의 섬이라니… 왠지 상당히 현실과 동떨어진 곳처럼 들려서 말이야."

미르가 유스파드에게 알린 목적지는 아주 오래 전부터 환상의 섬으로 일컬어져 왔던 섬, 위시였다. 마력까지도 빨아들인다는 가반도프의 소용돌이 너머에 존재한다는 전설상의 섬. 존재한다는 것 자체도 불확실했던 섬이었으니 동떨어지게 여겨지는 것도 당연한 일이었다. 하지만 고대에 있었던 일을 아는 유스파드이니, 그 섬이 어떤 섬인지도 잘 알고 있을 터였다.

"그 섬은 하딘님이 꿈꿨던 이노베이션이었죠."

고대에 이 대륙이 점점 이상과는 멀어진다는 사실을 깨달은 하딘은 대륙의 한쪽 끝을 떼어내어 섬으로 만들었다. 그리고 그 누구도 생각해 내지 못했던, 마력을 빨아들이는 마법을 그 섬 앞에 영구적으로 만들어내었다. 섬 하나를 대륙과 완전히 격리시킨 것이다.

"에이린님이 그 섬으로 들어가는 열쇠 중 하나로 만들어졌었다는 건 알고 있었어. 옛날에 술에 잔뜩 취해서 말했었거든. 아, 혹시 그렇다면 에이린님이 간 곳도?"

"예, 에이린도 그곳에 있어요. 가면 만날 수 있겠지요."

그렇게 섬 하나를 격리시킨 하딘은 그 소용돌이를 없앨 마법을 담은 열쇠를 세 개의 검으로 만들었다. 세 개가 다 모이지 않으면 그 소용돌이를 없앨 수 없도록 만든 것이었다. 하딘은 거기에 만족하지 않고 세 개의 검에 깃들 의식을 만들었다. 검에 깃든 의식의 허락이 없이는 검의 힘을 쓰지 못하게 한 것이었다.

독특한 방식으로 발전된 그녀의 마법과 최고의 연금술 지식이 있었기에 가능한 일이었다. 그녀는 그렇게 동료들의 도움을 받아 희한한 물건을 만들어냈다. 각 검과 의식이 연결되어 검을 나이트로 삼는 세 쌍둥이 드래곤을.

그게 아브렌, 프레스핀, 리세실이었다. 세 개의 검은 휴페른의 3대 정령으로 일컬어진 셋이 하나씩 나눠가졌고, 아브렌의 미르와 리세실의 유카리는 당연스레 검의 주인을 자신의 주인으로 받아들였다. 하지만 프레스핀의 에이린은 그렇지 못했다. 내내 로다를 맘에 안 들어하던 에이린은 본체나 다름없는 검까지 놔두고는 하르드퀴논에게로 가버리고 말았다.

그때는 정령과 마족의 전투가 치열해지기 전이었고, 로다도 할 수 없다는 듯이 프레스핀을 하르드퀴논에게 줄 생각을 하고 있었다. 하지만 프레스핀이 로다의 손을 떠나기 전에 정령과 마족은 완전히 갈라섰고, 덕분에 프레스핀은 로다의 손에, 에이린은 하르드퀴논에게 나뉘어진 묘한 형상이 되어버렸던 것이다.

"내내 싸웠지만 그래도 남매 애라는 건 좀 있었던 것 같아. 위에 한 명이 더 있었다면서?"

유스파드가 말하는 것은 리세실의 유카리였다. 미르는 쓸쓸히 웃었다.

"죽었어요. 본체가 깨져 버렸죠. 네이아님이 필사적으로 막았지만 별수 없었어요. 그렇게 살리려고 애썼는데도 막을 수 없었으니, 운명이었던 건지도 모르지요."

후에 껍데기밖에 남지 않은 그 검을 얻은 위노는 검을 통째로 가반도프의 소용돌이에 처박아 버렸다. 어쩌면 그건 위노가 나름대로 표시한 애도였는지도 모르지만 결과는 엉뚱하게 나타났다. 너무도 강력해서 바닷가에 접근할 수조차 없을 정도였던 가반도프의 소용돌이가 작게 오그라든 것이었다. 하딘은 조각을 전부 모으지 않으면 가반도프의 소용돌이를 없앨 수 없도록 열쇠를 세 조각으로 나누었지만 사실은 한 조각이 삼 분의 일의 위력을 발휘하게 되어 있었던 것이다.

그리고 그들은 프레스핀이 없어도 아브렌만 있으면 그 섬에 들어갈 수 있다는 사실을 깨달았다. 프레스핀이 없으면 그 소용돌이를 없애는 게 불가능하지만, 지나가는 길을 여는 정도는 두 개의 검으로도 가능했던 것이다. 위노는 그 섬에 도달하기도 전에 깊이 잠들어 버렸지만, 에이린은 미르가 알려준 대로 아브렌을 찾아 그 섬에 들어갔다.

"그래?"

유스파드는 괜한 화제를 꺼냈다고 후회하는 얼굴이었다. 미르는 그런 그에게 다른 어느 때보다도 친밀한 정을 느끼며 본론이 되는 말을 꺼내놓았다.

"부탁이 한 가지 있어요."

"뭔데?"

"우리가 위시로 떠났다는 말을 최대한 많이 퍼지게 해주시겠어요?"

"왜 그런 일을?"

"어차피 이제 우리에게 신경 쓰는 사람은 많지 않아요. 하지만 필사적으로 찾아오려는 사람이 있다면 그건 나이트가 없는 상태의 드래곤이겠죠."

"전투에서 나이트를 잃은 드래곤들이 그 섬으로 날아가게 하겠다는 거냐?"

"나도 드래곤이니까요. 될 수 있으면 많은 드래곤이 행복해지길 바래요."

"하긴, 뮤트가 있으니까. 알았어."

유스파드는 간단히 긍정의 대답을 던져 주고는 자리에서 일어났다. 미르는 그가 입가에 쓸쓸한 미소를 머금는 모습을 처음으로 보았다.

"나중에 한번쯤은 가볼 수 있겠지?"

미르도 웃었다. 하지만 쓸쓸한 미소는 아니었다.

"평화를 방해하지 않는다면 언제든지."

*　　　*　　　*

"젠장! 이런 일만 있으면 왜 내가 운송 수단이 되어야 하는 거야?!"

열심히 날고 있으면서도 라드휜은 내내 투덜거렸다. 미르의 본체는 너무 눈에 띄고, 다른 드래곤들보다는 라드휜 낫다는 점에서 만장일치로 라드휜을 운송 수단으로 꼽았는데, 라드휜은 그게 못내 못마땅했던 모양이다.

"그만 해요. 이제 얼마 안 남았잖아요."

미르가 웃으면서 그를 달랬지만 라드휜을 달래기엔 역부족이었다. 스스로 생각해도 그리 성실한 자세는 아니었으므로.

"내 등 위에서 실뜨기하면서 그런 소릴 하면 내가 기분 좋을 거 같아!"

"딘이 하자고 한 거라고요."

"그러니까 바꾸잔 말이야!"

"나도 그러고 싶지만 난 너무 눈에 띄잖아요…… 아얏!"

미르는 라드휜과의 대화에 신경을 쓰다가 손에 건 실이 주르륵 풀리는 것을 보고 당황했다. 잘 집었다고 생각했었는데, 또 손가락 하나를 덜 걸었던 모양이다.

"21 대 0."

류카가 무심한 얼굴로 처절한 전력을 말해 주었다. 딘은 미르가 당황하는 모습을 보는 게 재미있는지 까르르 웃었다.

"너무 못 하는데요."

레브라드마저 심드렁한 말을 던져 왔다. 하지만 스무 번을 넘게 하고도 매번 져버린 미르로서는 할 말이 없었다.

"저랑 같이 하시겠어요?"

처참하게 패한 미르를 놔두고 엘크가 딘을 데려갔다. 미르는 한숨을 내쉬고는 저 아래 펼쳐진 경치를 쳐다보았다. 어느새 시야 가득 푸르른 바다가 들어와 있었다. 약간은 걱정했었는데 실뜨기하는 동안 가반도프의 소용돌이를 무사히 넘은 모양이었다. 미리 에이린에게 연락하여 소용돌이를 넘게 해달라고 한 게 잘 해결된 것 같았다.

"1 대 0."

그새 누군가가 실을 놓쳤는지 류카의 목소리가 들려왔다. 미르는 킥킥거리며 저 먼 곳을 쳐다보았다. 아름답게 출렁이던 바다가 수없이 밀려나고, 그 바다의 한구석에 조그마한 대지가 있었다. 오랜 세월 동안 전설로 남아 있던 섬의 모습이 보이기 시작한 것이다.

라드휜의 속도가 꽤 빠른 덕에 섬의 정경은 순식간에 다가왔다. 바람에 한들거리는 녹색 풀과 고요한 대지와 그 대지 위에 서서 하늘을 올려다보고 있는 한 사람의 모습이 보였다. 라드휜이 일으킨 바람에 머리카락을 날리며 미소 짓는 사람, 에이린이었다.

라드휜이 날갯짓을 하며 내려앉기 시작하자 에이린의 옷자락은 점점 심하게 날렸다. 날려가지 않는 게 용할 정도로 보이는 모습이었다. 미르가 '저러다 진짜 날려갈 것 같은데…' 라는 생각을 품은 순간, 딘이 쪼르르 달려가 라드휜의 등 위에서 뛰어내렸다.

"나이트!"

놀란 레브라드가 급히 소리쳤지만 에이린은 역시 재빨랐다. 라드훤의 등 위에서 직선으로 떨어져 내린 딘은 그대로 달려나온 에이린의 품에 폭 안겼다. 높은 곳에서 떨어졌기에 에이린도 한순간 휘청 했지만, 위에 있는 사람들을 안심시키기에는 충분한 모습이었다.

"평화를 방해하고 있잖아. 못 오게 할 걸 그랬어."

완전히 착지한 라드훤의 등 위에서 내려오는 미르에게 에이린이 괜히 뚱한 말을 던졌다. 하지만 그게 농담이란 걸 아는 미르는 대수롭지 않게 그 말을 받아들일 수 있었다. 아니, 더없이 에이린다운 환영 인사로 받아들였다.

"에구구, 목이야……."

사람들이 다 내리고 나서야 원래 모습으로 돌아온 라드훤이 목을 붙잡고 끙끙거렸다. 아까 딘이 뛰어내리면서 라드훤의 목을 밟았었는데, 그게 좀 잘못된 모양이다. 덕분에 사람들은 인사도 제대로 하지 못한 채 웃음을 터뜨려야 했다.

"저쪽 세상은 좀 어때?"

"항상 있던 그대로지. 별로 변하지 않았…… 에이린?"

미르는 대수롭지 않게 대답하다가 에이린이 갑자기 눈을 크게 뜨는 것을 보고 그녀의 이름을 불렀다. 하지만 에이린은 그 질문에 말로 대답하지 않았다. 놀란 표정을 지은 그대로 한 손을 뻗어 저 앞의 하늘을 가리킬 뿐이었다.

"왜 그러는…… 아앗?"

무심코 에이린의 손끝을 따라간 미르도 에이린과 똑같은 표정을 지으며 저 하늘을 올려다보아야 했다. 끝없이 펼쳐진 바다 위에 끝없이 펼쳐진 하늘, 그 위에 놀라운 일이 벌어지고 있었기 때문이었다.

"드, 드래곤?"

광활하게 존재하는 파란 하늘 위로 색색의 드래곤들이 수없이 떠 있었다. 파란 융단 위에 색색의 보석을 수놓은 것같이 아름다운 장면이었다. 드래곤들의 비늘은 세상에 가득한 햇살을 받아 찬란히 반짝거렸고, 그 수많은 드래곤들을 한번에 수용할 수 있을 만큼 하늘은 충분히 넓었다.

"점… 점… 커… 지… 네?"

에이린의 더듬거리는 말이 지나가고 나서야 일행은 이게 어떻게 된 일인지 깨달았다. 수십 마리의, 어쩌면 수백 마리가 될지 모르는 드래곤들이 하늘 가득 이쪽으로 날아오고 있었다. 방해자가 있는 듯 중간에 자꾸 멈칫거렸지만, 대부분 열심히 이쪽을 향해 날아오고 있었다.

"효, 효과가 너무 좋은데?"

이 비슷한 장면을 예상하긴 했지만 설마 이 정도까지 되리라고는 생각지 못한 미르였다. 미르의 반응을 통해 이게 어떻게 된 일인지 깨달은 에이린이 한숨을 내쉬었다.

"뭐, 온다면 별수 없지. 다행히 이 섬은 넓으니까. 평화롭다기보다는 시끄러워지겠지만……."

아쉬워하는 듯한 에이린의 말에 미르는 조심스런 사과의 말을 건네려고 했다. 그러나 미르가 입을 열기도 전에 갑자기 에이린이 주먹을 불끈 쥐었다.

"역시, 놀 때는 시끄러운 게 최고지! 오늘은 밤새도록 노는 거다! 너희들, 이럴 때 가만히 있지 말고 재깍 날아가서 물건 구해 와!"

"예? 무슨 물건을……?"

270

난데없이 에이린에게 지목당한 레브라드와 엘크는 멍하니 눈을 깜박였다. 그리고 여지없이 에이린의 날카로운 목소리가 떨어졌다.

"저 인원 수용하려면 뭐가 있어야 할 것 아냐! 알아서 구해 와!"

"아, 예."

다소 엉뚱한 말이었지만 에이린의 박력에 넘어간 두 드래곤은 미르가 말릴 새도 없이 바다 저편으로 날갯짓하기 시작했다. 덕분에 미르는 한숨을 내쉬며 저쪽 하늘을 쳐다보아야만 했다.

"대체 뭘 하자는 거야?"

"너도 가만히 있지 말고 따라와."

"대체 뭘 하자고?"

"쟤들, 보기엔 저래도 이쪽으로 쉽게 넘어올 수는 없을 거 아냐? 저쪽에서 필사적으로 막을 테니까 우리가 도와줘야지."

"에이린."

"라드흰도 이리 와! 고룡 셋이면 용기를 주는 데 충분하겠지? 화이트 드래곤이 이쪽에 있다는 것만으로도 사기에 영향을 미칠 거야. 그렇지?"

섬에서의 조용한 생활에 좀이 쑤셨던 건지 전투적인 양상이 되어가는 에이린이었다. 하지만 나쁘지 않은 말이었다. 저 많은 드래곤들을 수용하려면 애 좀 먹겠지만, 이 넓은 섬에 드래곤의 사회를 건설하는 것도 즐거울 것 같으니까.

"잠깐 다녀올게요."

미르는 이쪽을 말똥말똥 쳐다보는 딘을 한번 안아주고는 본체로 돌아가는 주문을 외웠다. 이윽고 거대한 세 마리의 드래곤이 섬의 대지를 박차고 폭풍같이 하늘로 날아오르기 시작했다.

그라다의 말에 의하면, 딘은 묘하게도 드래곤을 가지는 것에 대한 부담을 전혀 느끼지 않는다고 했다. 여러 가지 복잡한 말로 드래곤을 여럿 가질 수 있는 이유를 설명했던 그녀였지만, 그건 결국 선천적인 체질이었던 것이다. 그러니 저 정도의 수라도 특별히 부담을 느끼지는 않을 터였다.

역시나 저쪽 드래곤들은 이쪽으로 못 넘어가게 하는 방해에 꽤나 애를 먹고 있는 것 같았다. 무엇보다도 아이러니컬한 것은, 드래곤들이 이쪽으로 못 넘어오게 막는 것도 드래곤이란 사실이었다. 나이트를 잃은 드래곤과 나이트가 있는 드래곤들의 싸움이라는 걸까? 하지만 이 장면 자체는 현기증 나게 아름다웠다. 새파란 하늘과 새파란 바다를 위아래에 둔 채 반짝이는 수십 마리의 드래곤은 보는 사람의 감탄을 자아내기에 충분했다.

'멋진 장면이야.'

미르는 자신의 백색 비늘이 가장 찬란한 빛으로 반짝거린다는 사실도 깨닫지 못한 채 시리도록 푸른 하늘을 가로지르고 있었다.

〈 끝 〉